中国民族学学会昭君文化研究分会
呼和浩特市昭君文化研究会 策划
内蒙古昭君博物院

宁胡阏氏王昭君

王西萍 著

远方出版社

图书在版编目（CIP）数据

宁胡阏氏王昭君 / 王西萍著. -- 呼和浩特：远方出版社，2019.7

ISBN 978-7-5555-1324-7

Ⅰ. ①宁… Ⅱ. ①王… Ⅲ. ①长篇历史小说 – 中国 – 当代 Ⅳ. ① I247.5

中国版本图书馆 CIP 数据核字（2019）第 134498 号

宁胡阏氏王昭君
NINGHU YANZHI WANG ZHAOJUN

著　　者	王西萍
责任编辑	董美鲜　奥丽雅
责任校对	心　妍
封面设计	张燕红
版式设计	韩　芳
出版发行	远方出版社
社　　址	呼和浩特市乌兰察布东路 666 号　邮编 010010
电　　话	（0471）2236473 总编室　2236460 发行部
经　　销	新华书店
印　　刷	呼和浩特市铭泰精工印务有限公司
开　　本	170mm×240mm　1/16
字　　数	280 千
印　　张	18
版　　次	2019 年 7 月第 1 版
印　　次	2019 年 7 月第 1 次印刷
印　　数	1—3 500 册
标准书号	ISBN 978-7-5555-1324-7
定　　价	54.00 元

如发现印装质量问题，请与出版社联系调换

序

郝存柱

2018年夏秋之交，王西萍的长篇历史小说《王昭君的女儿——匈奴帝国的外交使节》出版发行。今年，她的另一部小说《宁胡阏氏王昭君》也即将和读者见面了。这两部同一题材的长篇历史小说是姊妹篇，两部小说从不同角度讲述了王昭君和她的儿女们在维护汉匈和平过程中所做的努力和牺牲，立体地诠释了王昭君"从汉女王嫱到宁胡阏氏王昭君"这一华丽转身的过程。

俗话说，性格即命运。在中国历史上，和亲的女子不计其数，唯有王昭君胡汉和亲的故事能够流芳千古，这与她有主见、有担当、善于审时度势的性格有着直接关系——明知大漠苦寒、前途莫测，王昭君却主动请缨要求出塞和亲。她敢于挑战自己、敢于为自己的命运做主、敢于冒险的性格，注定了她的一生如夏花般灿烂。

关于昭君出塞的故事人们已经十分熟悉，但对于王昭君来到匈奴之后的生活状况，人们知道得并不多。王西萍这部长篇小说将笔墨放在了王昭君出塞之后，写王昭君在匈奴的生活，写她与两任丈夫间的情感，写她与匈奴人之间的交流，更多的是写她和她的儿女们为了巩固汉匈和平呕心沥血、奔走呼号的悲壮历程。这应该是昭君文化形成的主要过程。

王昭君来到匈奴之后，虽然大漠苦寒，但她的生活并不像人们所想象的那样悲苦，她的性格开朗乐观，一如无数匈奴女人那样相夫教子，日子过得平实而欢悦。汉平帝元始元年（公元1年），安汉公王莽摄政，汉匈关系出现了裂痕。王昭君不忍天下百姓惨遭战火的涂炭，于是极力弥合脆弱的汉匈关系。这个时候，匈奴单于庭内部也暗流涌动，一些颇有权势的王子们觊觎着大单于的王位，一场颠覆单于庭夺取大单于王位的阴谋在悄无声息地进行着。王昭君明白，单于庭的王位之争一旦爆发，必然会引发一场血腥的屠戮与骚乱，最后必然会导致匈奴四分五裂、百姓流离失所。此时的王昭君忍痛抛开个人恩怨带领她的小女儿等人硬是将一场即将爆发的叛乱弹压了下去。

……

一个女人，当她把自己的命运与国家的安危联结在一起时，她的职责便由相夫教子提升到齐家治国平天下的高度，她的人生格局也随之而变得丰满而宽阔。王昭君的生活范围横跨汉匈两地，汉文化和匈奴文化的结合更加丰富了她的阅历。出塞匈奴后，她的精神境界有了一个质的升华，她的美丽、她的聪颖睿智、她的母仪天下，历经两千多年的时光而不褪色。在经历过痛苦、死亡、天灾、人祸之后，王昭君最终完成了她由一个普通浣纱女到和平使者的蜕变。

昭君出塞是我国历史上体现民族友好的重大事件，不仅促成了汉朝和匈奴较长时间的和平相处，也促进了民族文化的交流与融合。围绕昭君出塞形成的文化不仅在中国历史上产生过巨大影响，直至今天仍然有着重大的现实意义，因此不断传播和弘扬昭君文化，进一步发掘、提升和发展昭君文化的内涵，就成了历史赋予我们的一项义不容辞的责任。

为此，中国民族学学会昭君文化研究分会策划并出版了《王昭君的女儿——匈奴帝国的外交使节》与《宁胡阏氏王昭君》两部长篇历史小说。小说从另一角度丰富了昭君文化的内涵并将其研究的层面提升到一个新的高度。

几年来，昭君文化研究会在传播昭君文化的同时，做了许多具体工作，我们的艰辛付出在人与人之间、地域与地域之间架起了一座精神的桥梁，不仅使民族团结与民族文化的交流以及"一带一路"的精神得以融合，而且使昭君文化进一步发扬光大。

第一章	边塞狼烟	...001
第二章	忆当年 初嫁时节	...015
第三章	回家	...041
第四章	王昭君与呼韩邪	...059
第五章	王庭风云	...089
第六章	往事如刃	...105
第七章	须卜当夫妇之赴汉	...143
第八章	伊屠智牙师与他的九哥	...169
第九章	玉碎	...199
第十章	母亲的胸襟	...217
第十一章	为了匈奴草原	...235
第十二章	家国天下	...255

第一章

边塞狼烟

在我身后的两千多年里，人们对我当年出塞的评论始终没有停止过，有人说我是汉匈和平的使者，也有人说我是不甘汉宫寂寞的怨女，还有人说我出塞完全是因为贪恋那份母仪天下的尊荣。其实，我就是我，香溪河畔的浣纱女王嫱，出塞匈奴最初是缘于我的性格，到后来，维护匈汉和平便成了我毕生的责任……

第一章

边塞狼烟

公元10年初冬，黄昏，残阳如血。

阴山脚下，苍茫的草原上，猎猎战旗在晚风的鼓动下呼啦啦地响着，战旗下是无数匹精壮的战马，嘶鸣着，焦躁地喷着响鼻儿；再往后是一眼望不到头的毡帐，毡帐前一堆堆篝火噼噼啪啪地燃烧着，篝火上烤着整只的黄羊和野鹿，黄昏的草地上弥漫着滚滚烟尘……

一场秋雨一场寒，天气说凉就凉了。

进入八月以来，接连下了几场秋雨，几天前还是连天连地的苍翠呢，仿佛一夜之间，就已是满眼的枯黄了。天刚亮的时候，空中竟若有若无地飘起了零星的轻雪，周围便一下子变得彻骨的清冷。

此刻，王昭君披着一件小羔皮的薄袍子站立在单于庭前面的草地上，遥望着面前海海漫漫的草地，眉心间渐渐挽成了一个结。

昨天晚上，儿子伊屠智牙师愁眉不展地来到她的毡帐，对她说，王莽集结了三十万士兵由十二员大将率领着正准备发兵匈奴；而匈奴方面，乌珠留若鞮单于也已经将二十万匈奴汉子集结在阴山山脉以北的草地上，汉匈双方剑拔弩张，大有一触即发的态势。伊屠智牙师走后，王昭君躺在毡榻上整整一夜没有合眼。怎么会这样啊，自呼韩邪单于附汉以来，前后四十多年都没有战乱，汉匈两国和睦相处，百姓安居乐业，那是多么好的光景啊！可是自王莽摄政之后，匈汉边境便不太平了，长此以往，该如何是好啊！

　　天还没有亮，王昭君却躺不住了，便早早地起来，打开寝帐的门，发现外面竟然落雪了。时间过得好快啊，一年又要过去了。王昭君披了一件小羔皮的袍子来到单于庭前的草地上，她想好好地梳理一下自己的思绪。匈汉两国关系骤然紧张起来，这是她最不想看到的情景，她不想呼韩邪单于费尽千辛万苦创建的匈汉和好的局面就这样毁了。平心而论，汉朝那边是她的娘家，有她的兄弟姐妹；而匈奴这边是她的夫家，有她的儿女和亲戚，手心手背都是肉，咬哪个指头都连着心，得想个什么办法阻止这场战争才好啊！

　　这时，远处的草地上，两乘两骑匈奴士兵向单于庭这边疾驰而来，马匹的身上大汗淋漓，长长的鬃毛打了绺，马蹄下不停地飞溅着草沫子和沙土。两个匈奴士兵顷刻间便来到单于庭前，他们翻身下马后急急地向里面走去。

　　王昭君知道，草原上的人爱马不亚于爱自己的孩子，要不是战事吃紧，报信的人是不会把马跑成这般光景的。

　　不知什么时候，大女儿云走了过来，她将一件厚实的袍子披在母亲身上，说："母亲，变天了，还是回去吧。本来咳嗽还没好呢，再受了风寒就更麻烦了。"

　　王昭君和复株累若鞮单于所生的大女儿栾缇氏云已经是二十七岁的女人了。从小她就是个懂事的孩子，自从父亲复株累若鞮单于去世后，她就和哥哥伊屠智牙师、妹妹当陪伴在母亲左右。云十六岁那年，匈奴贵族须卜当向她求婚，当时父亲已经去世，在母亲的操持下她嫁给了须卜当为妻。现在，他们的儿子奢也已经是个半大小伙子了。

　　王昭君的小女儿的匈奴名字为栾缇氏当。当初，王昭君见雕陶莫皋将小女儿捧作掌上明珠，于是就对雕陶莫皋说："既然如此宝贝你的小女儿，当娘的就给她取个乳名吧，我们唤她金珠好了。"一来二去，金珠的名字就叫开了。

如今的栾缇氏云可不简单，她聪明、睿智，是个有主见的女人。云的聪明和睿智不仅表现在持家上，实际上她更擅长理论匈奴王庭的大事。王昭君常常感慨地说："云可惜是个女儿身，云的心里可是装着家国天下呢！"

回到自己的毡帐后，王昭君喝了一碗热乎乎的奶粥，感到身上暖和了许多。云过来对母亲说："乌珠留若缇单于要过来看望母亲呢。"王昭君说："罢了，单于庭那么多事情就不用惦记着我这个老太婆了。"云笑着说："怕是这会儿已经往这边来了。"

话音刚落，女婿须卜当就陪着乌珠留若缇单于走了进来。乌珠留若缇单于本名囊知牙斯，是呼韩邪单于与大阏氏的次子、复株累若缇单于雕陶莫皋的亲弟弟。乌珠留若缇单于对王昭君很尊重，虽然他与王昭君年龄相仿，却一直以母子相称。

乌珠留若缇单于问道："听说母后身体欠安，特地过来看望，今日感觉好些了吗？"

王昭君道："其实也没什么大病，不过是受了些风寒。自从匈汉关系骤然紧张之后，我日夜焦虑，这心里……不踏实啊！"

乌珠留若缇单于说："母后也不必过于焦虑，以我匈奴现在的国力，并不比那王莽的大新朝差多少，他们要打，我们奉陪就是了！"

王昭君问道："囊知牙斯，难道真的非打不可吗？打起仗来，遭殃的首先是两国的百姓，你难道愿意看到匈奴人妻离子散的光景吗？再说，一旦打起来，战火无情，呼韩邪大单于十几年苦心经营的匈汉关系就完了呀！"

乌珠留若缇单于道："母后，平心而论，我囊知牙斯又何尝愿意打仗呢？自从甘露三年父亲附汉以来，匈汉两国罢兵言和、亲如一家，我们匈奴人才得以休养生息。可是自从王莽篡政之后，他不仅背弃了汉匈和好的契约且无理干涉我们匈奴的内政，还把汉元帝颁发给父亲的'匈奴单于玺'收了回去,仅仅发给我们一个'新匈奴单于章'。这是干什么,这明摆着是要压我们一头!"

乌珠留若鞮单于是个火暴脾气,说起此事来就压不住火,继续说道:"我,乌珠留若鞮单于,本名囊知牙斯,这是我父王呼韩邪赐给我的名字,可王莽却要我改名为'知',他还要改我们的'匈奴单于'为'降奴服于'。母后,你说,他这不是明摆着欺负我们匈奴吗?如今,王莽又派遣十二员大将募兵三十万准备进犯我匈奴,这口气我如何能咽得下去?"

王昭君听罢忧心如焚,她长叹一口气,说:"唉,事情怎么会变成这样啊,你们的父王如若地下有知,他会伤心的……囊知牙斯,我理解你,这事搁在任何一个匈奴人身上都不会善罢甘休的。可是,一旦打起仗来就没了界限,这些年匈奴刚刚恢复了元气,我真是不忍心再遭生灵涂炭了,我们该想个什么办法制止这场战争才好啊!"

女儿云宽慰说:"母亲,国家大事单于庭自会处理,你身体有恙,还是好生歇着吧。"

女婿须卜当也说:"有我们这些男人在,还要母亲为匈奴的大事操心,实在惭愧,母亲还是静养病体吧。"

事情的原委还要从王莽篡政说起。

王昭君出塞当年,汉元帝病故,他的儿子刘骜即位,他就是汉成帝。汉成帝尊自己的生母王皇后为皇太后,而皇太后正是王莽的姑姑。从此,王氏家族开始显赫朝野。王莽的伯父王凤做了大司马大将军,本家叔伯们也都封了侯。王莽由于父亲早亡所以没有被封侯,这使得王莽和其他堂兄弟们相比委顿了许多。但王莽是个有心计的人,看上去他非但没有因此而沮丧相反却变得更加勤勉。他在外面苦读,回到家中便孝顺母亲,对待掌握朝政大权的叔伯们更是恭敬有加。

后来,独掌朝政的王凤生病在家休养,王莽便日夜侍奉左右,亲自煎汤熬药,一连数月衣不解带地伺候在病榻前,其孝心远远超过了王凤的儿子们,这使得王凤极其感动。王莽的辛苦没有白白付出,王凤在临死前请求皇太后和汉成帝委王莽以官职，皇太后和汉成帝答应了王凤的请求。不久，王莽就做了黄门郎，虽然官品很低，但这是皇帝身边的官职，升迁的机会很多。果然，不久后汉成帝便擢升王莽为校尉，相当于地方郡守，官职已经很高了，这时的王莽才二十四岁。

王莽三十岁时已是朝廷重臣了，但他始终没有显露出一点骄横之气，相反他待人接物显得更加谦恭，他不仅广交名士，还经常将家财分发救济贫寒的宾客，朝野上下无不赞誉王莽的品德和才干。王莽当时之所以不敢太张扬，是因为他还有一个强大的对手——淳于长。淳于长也是皇太后的外戚，其官职和声望皆在王莽之上。当初，淳于长说服了太后将汉成帝宠爱的赵飞燕立为皇后，这使得汉成帝对淳于长心怀感激，于是封他做了定陵侯。后来，骄横过度的淳于长和许太后的寡居姐姐私通，并且胆大包天地对许太后也敢调戏，王莽趁机在汉成帝面前举报了淳于长的所作所为，汉成帝大怒，将淳于长定了个大逆之罪后打入死牢。对手终于被拿下了。不久，汉成帝擢升王莽为大司马。这时的王莽不足四十岁。

正当王莽仕途顺畅之时，汉成帝刘骜驾崩，汉哀帝刘欣登基。汉哀帝对王家很排斥，王太后为了稳定朝政，让王莽暂时辞去了朝廷的官职。在那段时间里，赋闲在家的王莽几乎精神崩溃，他动辄暴跳如雷，要么就莫名地哭号惨叫，他在为自己多年的心血付诸东流而痛苦不已。

天有不测风云，汉哀帝在位仅四年便去世了。汉哀帝无后，一时间竟然连个主持丧事的人都找不到。已经是太皇太后的王政君把王莽召进宫来，让他主持哀帝的丧事，并且重新任命王莽为大司马兼任尚书。大司马掌管兵权，而尚书相当于丞相，掌管宫中的政务。此时，集文武两职于一身的王莽便成了汉廷举足轻重的人物。王莽草草处理完汉哀帝的丧事后，向姑母提议让九岁的刘衎当皇帝。此时的太皇太后王政君在宫中没有什么倚靠，所以对王莽言听计从。于是，汉平帝刘衎继位，而朝廷的实际权力却落在王莽手中，他成了辅政大臣。

大权在握的王莽并不甘心于自己眼下的位置，他最终的目的是要登上皇帝的宝座。

不久，太皇太后王政君又封王莽为"安汉公"。古代封赏大臣分为五等，即公、侯、伯、子、男，"公"为最高封赏。王莽被封为"安汉公"可谓是破天荒之举了。

这年冬天，王莽趁国内大旱、灾民遍地之机，上书给太皇太后说自己要献钱百万、献私田三十顷以助灾民。安汉公这一带头，下面谁敢不响应？王莽的属下也到处给他扬名，说安汉公为天灾和饥民的困苦而夜不能寐，已经半年多不吃肉食了。于是太皇太后连连降旨，劝他哪怕是为国为民呢，也不该如此清苦自己。

只有王莽的岳父、大司徒孔光知道内情，他冷笑道：安汉公富有天下、永享尊荣，何惜区区几十顷良田，片刻的素食？"

殊不知，每当夜深人静之时，王莽便与妻子大块吃肉大碗喝酒，他从没委屈过自己的肚皮。

为了讨好太皇太后，每逢四时八节，王莽便安排车辇请太皇太后巡游郊野。太皇太后深居宫中数十年，厌烦了青砖灰瓦深院高墙，一见到青山绿水市井人家就甚是欢喜。王莽事先安排好众多百姓在太皇太后面前歌功颂德，太皇太后听了高兴得眉开眼笑。王莽又预备了大量的钱财布帛，任太皇太后随意赏赐给百姓，把太皇太后伺候得妥妥帖帖。从此，太皇太后更加信任王莽，索性把全部朝政交由他全权处理。

转眼过了两年，汉平帝十一岁了，王莽将自己十四岁的女儿许配给汉平帝为妻。为此，朝廷赏赐给王莽两县的土地和一万万钱的聘礼，王莽却以救济灾民为由拒绝接受。因此，全国又一次掀起赞颂王莽的高潮，简直把他当作亘古未有的圣贤。

面对铺天盖地的称颂狂潮，王莽却做出一副诚惶诚恐的模样，他上书给太皇太后说："臣才智低下，常恐举措失当有负圣恩，臣民谬讲愧不敢当，唯愿更敬忠心于太皇太后，一旦天下富足，臣自当隐退。"

实际上，王莽非但没有隐退，反而将阻碍他获得更大权势的人给除掉了。这两个人一个是他的儿子王宇，另一个是他的女婿汉平帝刘衎。

原来，王莽当初把汉平帝迎进京城后，却不允许他的母亲卫氏进京。

王莽认为，一旦卫氏进京，她的内戚必然要在朝中掌权，自己的地位就会受到威胁。因此，无论卫氏一家怎么要求，王莽坚决不同意他们进京，就连汉平帝也无可奈何。

王莽对待卫氏一家的态度引起了他的儿子王宇的忧虑。父亲的行为必然得罪卫氏家族，一旦皇帝亲政，王家必然要遭遇不测，而父亲只顾眼前不顾以后，无疑是给王家埋下了祸根。于是，王宇一方面以自己的名义写信给在外地任职的卫氏兄弟，和他们联络感情，另一方面派人夜里偷偷在父亲的门前泼洒猪血狗血，想以此来警示父亲。

没想到王宇做的事情竟然被王莽发现了，王莽十分恼怒。当天晚上，王莽将儿子王宇及儿媳叫到跟前，他板着脸说："身为朝臣竟私交外藩，你知罪吗？"

"私交外藩"可是杀头的罪啊，王宇没想到父亲给自己定了这么重的罪名。王宇只好把自己的初衷告诉了父亲，希望得到父亲的谅解。

岂料王莽听了王宇的陈述后，冷冷一笑，说："我受太皇太后的重托辅佐皇上主持朝政，决不徇私枉法！"

家人见王莽要动真格的了，于是纷纷跪在地上为王宇求情。

王莽根本不理睬大家的求情，他对王宇夫妻道："自作孽不可活，你们也别怨恨我！"

王宇恳切地对父亲说："为保全父亲名节，儿甘愿一死，只是儿妻即将分娩，求父亲饶她一命，使儿的这一点骨血得以保存……"

王莽绝情道："与其再生个不肖的孽种，倒不如不生！"

王莽杀死了儿子、儿媳及未出世的孙子，并且以"联结朝臣谋求不轨"为借口将卫氏兄弟除掉。王莽借此机会一举杀死对他有非议和不顺服的大臣及地方官员，死者上千人。

汉平帝自登基以来已经有三年没见过自己的母亲，心中十分想念。一天，他大着胆子对王莽说："安汉公，春节快到了，朕想让母后进宫来住几日，你安排一下吧。"

王莽的脸色顿时沉了下来，他不悦道："不准卫皇后进宫是太皇太后的旨意，皇帝不可任性！"

汉平帝生气了，说："什么太皇太后的旨意，这宫里还不是你说了算？好了，既然你不做安排，朕派人去接母后就是了！"

汉平帝的话让所有大臣都吃了一惊，小皇帝敢这样顶撞王莽，怕是要大祸临头了！

第二天早上，朝廷里正准备举行皇帝祭天地大典时，忽然有内侍来报说："皇帝昨夜吃了麦粥后突然腹痛不止，不能来参加大典了！"

王莽大惊，急忙吩咐道："赶快传太医！肯定是你等服侍不周，皇上要有什么不测，定将你们治罪！"

当天晚上，十四岁的汉平帝归天了，而那碗置他于死地的麦粥正是王莽特意派人进献的……

这时候，太皇太后对王莽的野心已经有所察觉，但此时王莽的羽翼已经丰满，她没有回天之力了。被逼无奈，她把王莽从"安汉公"晋升为"摄皇帝"。王莽除了还在太皇太后面前称臣外，此时的他已经是个皇帝了。可是王莽仍不满足，他要登上九五至尊做一位名正言顺的真龙天子！

然而，没有传国玉玺，地位再高也算不得真正的皇帝，于是王莽又想出了一个办法。

时隔不久的一个黄昏，黄风扑面。忽然一个黄衣黄冠之人闯进汉高祖刘邦的神庙，黄衣人将一小铜柜置于神案之上，对守庙的官吏说："此铜柜乃汉高祖命我带来，内有密旨，令你们当朝开启！"说罢，黄衣人转身出了神庙，转瞬间没了踪影。守庙官吏大惊，立刻将此事禀告了王莽。

第二天升朝议事时，王莽当着众臣的面命人打开铜柜，只见里面有一明黄色锦匣，锦匣里面有一帛书，上书八个大字：赤帝刘邦传位策书。待众大臣展开帛书，只见上面写着：王莽乃真命天子，汉运已衰，太皇太后不得违逆天意，钦此。

汉高祖刘邦是汉朝的开国皇帝，是汉朝的最高权威，最大的祖宗，他的命令谁敢违抗？于是，王莽捧着先皇的帛书来到太皇太后面前，说："高皇帝虽然仙逝多年，可他老人家仍然关注着汉室的荣衰，这是高皇帝的旨意，今日若不交玉玺，太皇太后百年后怕是难进汉家陵寝了！"

太皇太后没有想到，自己一手扶植起来的侄子竟然如此诡诈，气得当场昏了过去。

玉玺到手之后，王莽找了个不明身份的孩子充作汉朝最后一位皇帝，为自己举行了"禅让大典"。王莽终于坐上了皇帝的宝座。

公元前31年，呼韩邪单于归天之后，他与大阏氏所生的儿子雕陶莫皋继位，尊称复株累若鞮单于。复株累若鞮单于在位十一年，死后传位于呼韩邪单于与颛渠阏氏所生的异母弟弟且糜胥，即搜谐若鞮单于。搜谐若鞮单于死后，其弟且莫车继位，即车牙若鞮单于。二十多年间匈奴虽然换了好几任单于，但是汉匈关系和睦，天下太平，边贸繁荣，百姓尚能安居乐业。

车牙若鞮单于在位仅四年就去世了，囊知牙斯被匈奴王庭拥立为乌珠留若鞮单于。乌珠留若鞮单于在位的二十一年间，正是王莽篡政前后。

王莽登上皇帝宝座后，心里自然万分欣喜，于是派使者到匈奴去晓谕此事。

使者来到匈奴后的第一件事是晓谕王莽登基做了皇帝，第二件事就是收回了当年汉元帝颁发给匈奴的"匈奴单于玺"，重新发给乌珠留若鞮单于一个"新匈奴单于章"。

聪明的乌珠留若鞮单于意识到：这种印信的改变实际上意味着"单于"地位的进一步沦丧。这种不公平的待遇已经够让乌珠留若鞮单于恼火的了，汉使又借故他们收留乌桓人而进一步发难。汉使当即质问说："当年汉平帝在位时曾给你们定了四条规矩，其中一条就是如果有乌桓人前来投降匈奴者，匈奴方面不得收留，你们为什么违反规定？马上把他们赶走！"

正在单于庭和大臣们商议国事的乌珠留若鞮单于勃然大怒，他大声道："我匈奴不过是收留了几个乌桓人，也值得你们兴师问罪吗？难道我匈奴做什么事情都必须征得他王莽同意吗？"

使者正色道:"大单于,你不该直呼圣上的名讳,应该尊称大新皇帝!"

"我——"乌珠留若鞮单于一脚踢翻地上的火盆,生生地将一口闷气吞了回去。

汉匈关系开始有了火药味。

要说王莽这个人,从他预谋皇位到登上皇帝宝座前后用了将近三十年的时间可知,其用心的诡秘和精妙可谓是个聪明人,可是他坐上皇帝宝座后的种种举动却显得愚蠢至极。王莽很为乌珠留若鞮单于的不听话而恼火,他原本的意思是要匈奴顺服,没想到却彻底惹恼了匈奴王庭。

自从汉匈关系紧张起来后,乌珠留若鞮单于下令,要木工作坊立即赶造一千辆马车,五百辆用来运送粮草,五百辆用来做战车。

两天前,乌珠留若鞮单于亲自到木工作坊视察,当看到一千辆大车已经整整齐齐地排列在那里时,他欣慰地笑了,说:"王莽那老家伙,太不把我们匈奴当回事了,想打仗还不容易?我们匈奴男儿天生就是为了搏杀来到这个世界上的,几十年没有打仗,骨头早就痒痒了!"

当天晚上,乌珠留若鞮单于刚刚从外面回到宽大的穹庐里,立刻就有军士来报:"报单于,长安又来人了!"

乌珠留若鞮单于道:"叫!"

使者进到穹庐后,既不施礼也不下跪,高声喝道:"囊知牙斯听旨!"

使者不尊称乌珠留若鞮单于而直呼其名,这让在座所有的人都感到意外,囊知牙斯也是你们能叫的?众人正要发作时,乌珠留若鞮单于摆摆手示意大家沉住气。

使者说:"大新朝皇帝有旨——其一,从即日起,改匈奴单于为'降奴服于';其二,令分匈奴国土人民,以为十五,立稽侯珊子孙十五人皆为单于!"

使者刚读罢诏书,大帐里就炸了锅。左右贤王、左右谷蠡王都是血性汉子,此刻他们嗷嗷大叫道:

"什么？改'匈奴单于'为'降奴服于'？这也太欺负人了！"

"一个匈奴立十五个单于，这不明摆着要把我们匈奴分割瓦解，再一口口吞掉吗？我们匈奴人敬天敬地，他王莽老儿算个什么东西，竟敢跟我们发号施令。大单于，下令吧，我们打狗日的！"

乌珠留若缇单于让大家安静下来，他对汉使说："回去告诉那王莽老儿，我们匈奴人也是有尊严的，别人敬我一尺，我能敬他一丈，别人割块肉给我，我能剖颗心还他！可要是想羞辱我、骑在我们脖子上拉屎，我匈奴必将让他不得好死！"

第二章

忆当年　初嫁时节

　　或许我前世就是草原的女儿，不然为什么我会有种回家的感觉？或许他前世就是我的亲人，不然为什么初次见面我竟不会感到陌生？他仿佛一直在什么地方等着我，等得额头起了皱纹，等得鬓角添了白发。好像他曾在梦里对我说，如若我再不来，他怕就等不及了……

第二章

忆当年　初嫁时节

天气凉了，云招呼秋菊弄来一个火盆搁在地上，毡帐里立刻暖和起来。王昭君坐在火盆旁，红通通的火焰像一束透明的绸布条儿在欢快地跳跃着。王昭君的心情似乎好了一些，她靠在暖和的皮垫子上，梳理着自己的思绪，不由得回想起自己出塞时的情景。

时间过得好快啊，细算起来，从当年出塞到如今已经三十个年头了。回望这三十年的光景，如烟似水，竟像是做了一个长长的梦。

三十年前，王嫱还是秭归香溪河畔的一个浣纱女，那时的她是一个多么天真的姑娘啊。一天，她和村里的姐妹们照例来到香溪河畔浣纱，忽然听说汉元帝正在广招天下美女，而且办事的大臣就要到秭归了。王嫱听后不禁心有所动，汉宫，那是一个什么地方呢？进宫去看看一定是一件很好玩的事情。王嫱不仅天生丽质、貌美绝伦而且聪明活泼，乡亲们都说她有时候像一轮月亮，顾盼之间风情万种；有时候又像是冬日的太阳，温暖而又宽容……

当听说汉元帝要来秭归选美女的消息后，村里立刻不平静了。有的女子认为这是天赐的良机，只要进了宫就会有一辈子的荣华富贵，再不用为吃饭穿衣发愁了，于是把自己打扮得花枝招展，单等着选美那一天的到来；另一些人则认为，汉宫宫院深深，纵然能够进得去，但想再出来见爹娘一面恐怕就不容易了，怕是要落个老死宫中的下场。

王嫱却不这么看，她之所以想进宫去完全是因为好奇，那里究竟是什么地方呢？那里也许像仙境一样美，园子里长满了天下所有的奇花异草，终日飘荡着美妙的音乐；女人们衣袂飘飘，像仙女似的走来走去，婀娜多姿；那皇帝嘛，听说他文雅博学风流倜傥，是位多才多艺的皇帝……好，就这么定了，若不能入选，就还做浣纱女，若能入选，进宫去走走也是不错的！

依王嫱当时的想象，进宫大约和走亲戚的感觉差不多。

就这样，十六岁的王嫱进宫了。

然而，王嫱进宫之后就后悔了。这地方其实一点都不好玩！进宫之后，王嫱与其他宫女们一起被安排在掖庭做杂务，她们根本没有机会去看看未央宫到底是什么样子。掖庭是汉宫里宫女和使役干活和居住的地方，管理她们的人叫掖庭令，是个小得不能再小的芝麻官。听掖庭令说，整座未央宫有宣室殿、麒麟殿、金华殿、承明殿、钩弋殿、清凉殿、椒房殿等四十多座宫殿，这些宫殿全都用清香名贵的木兰为椽檩，用纹理细腻的杏木为梁柱，椽檩上敷有金箔，门扉上装有玉饰，还有鎏金的铜铺首……据说这些宫殿的础石上耸立着高大的木柱，地面铺着紫红的毯子，墙上有金光闪闪的壁带，回廊雕梁画栋并嵌以珍贵的玉石，殿堂里垂挂着轻柔的纱幔，人间仙境一般。

王嫱听掖庭令说，那座柏梁台更是宏伟，高达二十一丈，铸铜为柱，香柏为梁，香闻数十里，台顶置有铜凤凰，因此又称"凤阙"。

然而这一切王嫱她们这些宫女是看不到的，她们整日在掖庭洗洗涮涮、缝缝补补，看到的只有掖庭那么大一块天地。这里到处都死气沉沉的，听不见鸟叫蝉鸣，连院子里的花朵都不如香溪河畔的水灵。宫里的人虽然穿着华丽的衣裳可他们不敢大声说话，走来走去，还得做出一副低眉顺目的样子，一个个活像是飘移着的幽灵。即使在掖庭也不能大声说笑，不能恣意玩耍，活得憋屈极了！谁说这是天下最好的地方？唉，早知这么没意思就不来了。更让王嫱失望的是皇帝，王嫱曾经远远地望到过一回，那皇帝也许曾经风流倜傥过，可现在已经是个糟老头子了，看上去一点都不招人喜欢。王嫱开始想家，想秭归，想爹娘，可是宫院深深，纵然进得来想出去却没那么容易了。

王嫱认识了一个二十九岁的老宫女，名字叫芝兰，从芝兰那眉眼上可以看出，她当年一定是个绝色的女子。芝兰对王嫱说："妹妹，女人就是为男人而来到这个世上的。趁着年轻漂亮，你要想尽一切办法见到当今天子，否则，你这一辈子就完了。"芝兰说着，眼睛里透出一股绝望的悲凉。王嫱说："不，我压根就不想去侍奉皇上，也不想老死宫中，我要想办法出去，离开这个鬼地方！"

正在这时，王嫱听说皇帝要在她们这一批宫女中选妃了，当然，条件之一就是足够的漂亮！来到汉宫后，王嫱才渐渐明白，后宫嫔妃被分为昭仪、婕妤、娥、容华、美人、八子、良人、长使、少使、五官等十四个等级，而她们这些宫女的位分是最低的无涓。十四个等级就像是矗立在面前的一架天梯，要想登上婕妤或者昭仪的位置就如登天一般。明白了眼前的处境后，王嫱反倒冷静了，她发誓要离开这个并不属于自己的地方。王嫱看到同来的宫女们一个个兴奋不已，她们高兴地说："老天爷啊，这辈子如果能够得到一次天子的宠幸，那该是怎样的欢愉啊！"王嫱心里掠过一阵悲哀。听说画师要来给她们画像，宫女们几乎一夜没睡，不到五更天就早早地起来了，又是沐浴又是化妆，她们把自己的命运赌在了画师的那支笔上。

那天，王嫱也早早地起来了，她要把芝兰打扮得漂漂亮亮的，进宫十三年，这也许是她最后一次机会了。芝兰显得异常兴奋，以至于她苍白的脸颊透出了少有的红润。芝兰本来就是一位绝色女子，在王嫱的精心装扮下，显得异常漂亮，看上去竟然年轻了许多。

"妹妹，你为什么不收拾一下自己呢？"芝兰问道。

"我并不想得到皇上的什么宠幸，迟早有一天我要从这里走出去。"

芝兰望着宫墙上面的蓝天,那里正有几只云雀欢快地飞过,她苦笑着摇摇头说:"谈何容易呀,傻丫头,除非你变成一只鸟儿……"

"我不管,只要有一线希望,我就要去争取,再说,我是谁呀,我是王嫱!"王嫱开玩笑地说。

可是,那样的机会多么渺茫啊!

画师来给宫女们画像了,他就是被后世人所责骂的毛延寿。毛延寿看上去除了有些傲气之外,并不像后世人说得那样可恶。看到其他宫女在画师前阿谀逢迎,王嫱感到一种深深的悲哀,难道说一个女子的命运真的要靠那支画笔来点弄?但是她必须帮助芝兰,岁月不饶人,芝兰已经二十九岁了,她没有别的机会了。

王嫱将自己的积蓄全都交给了芝兰,让她去打点画师毛延寿,她说:"芝兰姐,你去试试吧,也许真有一天你会光艳照人地站在皇帝面前呢?"芝兰眼里含着泪光,她向王嫱深施一礼后飘然而去。

轮到为王嫱画像的时候,毛延寿着实有些意外,眼前的这个女子素面朝天,甚至都没有简单的梳妆,莫非这是个呆子不成?毛延寿草草几笔画完了王嫱,在落下最后一笔的时候,毛延寿发现这个女子其实是不难看的,青发如丝,五官端正,那微微上扬的嘴角多少透出一丝傲气,尤其那双眼睛,很好看也很特别,仿佛横卧着一潭秋水……唉,可惜是个呆子。画师心里多少有些惋惜。

芝兰的画像被送到了皇帝面前,画像上的女人风姿绰约、风情万种,皇帝看后心中大喜,没想到宫中竟然还有如此美丽的女子!皇帝当即把芝兰召进宫去。可是等到洗尽铅华后,望着芝兰脸上那细小的鱼尾纹和已经失了光泽的皮肤,皇帝失望了,虽然是个美女,但已经是明日黄花了。皇帝没有难为芝兰,只是打发人将她送回掖庭。芝兰苦苦盼了多年的希望破灭了。回到掖庭后芝兰的心情非常忧郁,花开花落,小桥流水,北雁南飞,目光所到之处,满眼都是深深的忧伤,没有几天便病倒了。

看到芝兰卧床不起,王嫱心里非常难过,她觉得是自己害了芝兰,若不是她将芝兰打扮得花枝招展,或许就不会被毛延寿画得那么好,也就不会被皇帝看中，芝兰就不会有那么深刻的失望和痛苦了。唉，好悔！

春去秋来，芝兰的病一日重似一日，虽然王嫱在旁边精心地照顾着，但当那个冬天的第一场雪到来时，芝兰还是凄凄惨惨地走了。

王嫱在宫中熬着日月，冥冥之中她有了一种异样的感觉，她觉得到这里来不过是她生命中一个小小的过场，或是一段插曲，她的根并不在这里。那么王嫱的根在哪里呢？不知道。王嫱等待着……

一天傍晚，王嫱独自一人站在花园的残花衰草间，遥望家乡秭归，思念着亲人，感到一种从未有过的哀伤和凄凉，也就是从那一刻起，她更加坚定了出宫的信念。可是，怎么才能出得去呢？

王嫱并不知道，这个时候，在距离长安几千里之外的大漠上，她的丈夫，她未来的丈夫呼韩邪单于正一步步地向她走来。

公元前33年春，呼韩邪单于第三次来到长安觐见汉帝。

以如今人们的眼光来看，呼韩邪单于不仅是一员战场上的将军，更是一位有着杰出才能的政治家。自公元前51年至前33年，呼韩邪单于十八年间先后三次亲自入汉。第一次是在汉宣帝甘露三年（公元前5年）。当时，他继任单于不久，地处漠北的匈奴王国在经历了"五单于争立"的混战之后，受到了致命的创伤，战斗结束了，百姓死伤无数，匈奴人口大减，牲畜损耗十之八九，呼韩邪单于手下的部众仅剩下数万人。由于饥饿，人们相互抢夺牛羊食品甚至互相残杀，草原上昔日的繁茂不见了。呼韩邪单于的处境变得十分艰难。正当他着手收拾战乱后的残局时，草原西部又起纷争，他的兄长左贤王呼屠吾斯在草原上自立为郅支骨都侯单于。不久，郅支骨都侯单于依仗着自己装备的精良气势汹汹地向单于庭杀来，呼韩邪单于势单力薄，虽竭力应战终究还是失败了，郅支骨都侯单于占据了单于庭。呼韩邪单于认真分析了当时的形势，郅支在北，汉朝在南，他必须做出正确的选择，如不附汉，必将遭受南北两面夹击，而主动归附汉朝，不仅可以解除汉朝对自己的威胁，还可以进一步借助汉朝中央的力量来与郅支部抗衡。

第一次入汉不仅使呼韩邪单于的地位得到了汉朝的承认，而且还得到许多珍贵物品和大批的粮食。更重要的是，从此结束了汉匈两国间一百五十年的战争，此后的六十年里，两国没有战乱，百姓安居乐业。

第二次入汉是公元前49年……

公元前33年春，呼韩邪单于第三次入汉。这回，出乎汉元帝预料的是呼韩邪单于竟然提出要和汉朝永结秦晋之好，甘愿做汉朝的女婿。汉元帝乐得做个顺水人情，汉宫内宫娥美女不计其数，为了汉匈两国永修和好就算嫁十个八个宫女出去又算得了什么呢？汉元帝同意了呼韩邪单于的请求。

一时间，呼韩邪单于要在汉宫选一位美女回去做王妃的消息传遍了后宫。王嫱意识到这是一个千载难逢的好机会，一旦错过，今生今世就不会再有第二次了。于是，王嫱立刻去见掖庭令，她说自己愿意出塞。掖庭令听了王嫱的话后颇为吃惊，这个平日里并不多言的女子怎么会有如此胆识？

掖庭令端详着眼前的这个女子，虽说她不施粉黛却也楚楚动人，身上颇有些国色天香的韵味，于是正色道："王嫱，这可不是开玩笑，你要三思啊！"

王嫱不动声色地说："我早就想好了，麻烦您禀告圣上，就说王嫱情愿出塞。"

掖庭令又说："大漠那地方几百里没有人烟，整日风沙弥漫，你一个南国女子能受得了吗？"

王嫱说："大漠的女子受得了，王嫱就受得了。"

掖庭令又问道："听说匈奴人穿兽皮、睡毡帐，茹毛饮血，腥膻无比，你大概没有想到吧？"

王嫱说："大人，王嫱本来就是秭归香溪河畔的一个浣纱女，从小风里来雨里去吃惯了粗茶淡饭，无论匈奴人是什么生活习俗，我想我会习惯的。"

掖庭令听了王嫱的话，呆在那里半天缓不过神儿来。他惊叹于眼前的这个女子，虽然出身平凡，却思维清晰、谈吐自如，远不是后宫里其他宫女所能比的。看起来，出塞匈奴非王嫱这小女子莫属了！

掖庭令将王嫱自愿出塞匈奴的事禀报给汉元帝后，汉元帝非常高兴地说："难得有这样一个女子为朕分忧，好，准奏！"

汉元帝命人给王嫱送去了最华丽的衣服，最漂亮的头饰，并吩咐说："告诉那个王嫱，打扮得越漂亮越好，让他们匈奴人看看，我们大汉朝不仅男子英俊潇洒，女子也美若天仙！"

一切像是做梦似的，真的要离开汉宫了！

那天，王嫱并不要别人动手，她亲自到园子里采来新鲜的花卉，有大红的石榴、粉红的海棠、素雅的兰花，还有鲜香扑鼻的香草，这可是女儿家出嫁呀！王嫱平生第一次这样认真地给自己化妆，她用香草煎汤沐浴，然后用新鲜的花汁做胭脂，再用上好的黛青仔细地描着眉眼……王嫱本来就是一个绝色美女，稍加修饰便显得不同凡响，她的美果真是那种令人窒息的美！

为了欢送呼韩邪单于和王嫱，汉元帝在未央宫的金华殿为他们举行了盛大的宴会。那天未央宫内外到处是一派喜气洋洋的景象，几百个乐师和歌舞姬使出浑身解数歌舞弹唱，平日寂寥沉闷的大殿一下子热闹了起来。汉元帝高坐在龙榻上，望着眼前歌舞升平的情景，龙心甚悦。是啊，近年来天下太平，百姓安居乐业，和亲后，汉匈关系将会更上一层楼，他怎么会不开心呢？

此刻，呼韩邪单于端坐在贵宾席上，他今天照旧是一身戎装，不过是在戎装外面加了一件杏黄色的披风而已。呼韩邪单于仪表堂堂地端坐在那里，虽说已年过五旬，可是由于他长年在马上征战狩猎的缘故，看上去依然很矫健。此刻，呼韩邪单于微笑着频频举杯，没有匈奴狼主的霸气，倒更像一位谦和而儒雅的将军。

朝中的文武百官以及呼韩邪单于的随从们分坐在大殿两旁一边喝酒一边欣赏着歌舞。此刻，也许他们的心里在想着同一个问题——这王嫱到底是怎样一个女子呢？

正在这时，鼓乐骤然停了下来，殿角响起一个男子的洪亮声音："宣王嫱王昭君上殿——"

雍容华贵的王昭君在轻柔的丝竹声中款款地走了出来。大殿上先是片刻的寂静，紧接着便响起一片赞美之声："啊，太美了！太漂亮了！"

为了这一刻的亮相，王嫱精心地装扮着自己，仿佛从她出生到现在的一切都是为了这一刻的辉煌而准备的。只见她容貌丰美，衣饰靓丽，举止从容大方，她的一举一动、一颦一笑都为汉宫增色生辉。从那之后，"丰容靓饰，顾影徘徊"八个字，便成了王昭君出现在临辞大会的绝版写照。

呼韩邪单于自然是喜出望外，就在那一刻他深深地爱上了这位汉朝美女，娶王昭君为妻，平生大快事，今生足矣！汉元帝也被王昭君的美貌给惊呆了，他在心里数遍了身旁的佳丽，竟然没有一个人能比得上王昭君。汉元帝心里多少有些懊悔，心想："早知王嫱是这样的绝色美人留在自己身边岂不是妙事？唉，可惜啦……大丈夫一言既出驷马难追，何况自己贵为一朝天子呢？罢了罢了，个人事小和亲事大，为了大汉朝的利益朕只能忍痛割爱了！"

汉元帝在心里叹息着，亲自斟了一杯酒，向王昭君走去，说："王嫱，汉匈和亲，你功不可没。今天我以公主出嫁的规格待你，但愿你不要辜负了朕对你的期望。来，这杯酒就算是朕为你饯行了！"

事实证明，汉元帝无论多么儿女情长，但在和亲的问题上他还是很理智的，保持了大汉天子的威仪。从历史的角度看，汉元帝虽不如汉武帝那样名声显赫，但是在很大程度上，昭君出塞这件事提高了他的知名度。一个皇帝因一个民女而出名，也算是一段佳话了。

王昭君在呼韩邪单于的搀扶下，在文武百官惋惜的目光中走出大殿，走出未央宫，望着头顶上明澈碧蓝的天空，她深深地透了一口气，终于出来了！

宝马香车已经等候在殿外，离家的日子久了，想家了，那些马儿不安地刨着蹄子，都有些迫不及待地要起程了。王昭君来到马车旁，朝着秭归的方向磕了三个头，眼睛里顿时浸满了泪水，她哽咽道："爹，娘，王嫱去也！"然后毅然登上了那辆装饰华丽的马车。

这是一个马队、驼队和车辆混合而成的娶亲队伍，神龙见首不见尾，逶迤十几里地。前面由呼韩邪单于的马队开道，一百匹红枣骝、一百匹黑铁骊，马上的二百名壮士尤其显得精神；卫队后面是几十辆马车，车上满载着汉元帝陪送给王昭君的嫁妆，无数绸缎绵帛，无数金银珠宝，还有衣服、佩饰、用具以及粮食和成箱的药材等；马车后面是驼队，驮着整个和亲队伍的日用品食物和水；再后面就是呼韩邪单于的皇家卫队了，领队是他的儿子雕陶莫皋，一个英俊而威武的青年，此刻他正威风凛凛地骑在一匹白马之上……

　　就这支队伍的规模和气势而言，怕是比真正的皇上嫁女有过之而无不及。队伍从长安的大街上走过时，街市上的人们纷纷议论说："王嫱一个良家女子能享受如此待遇，今生该是无憾了！"

　　王昭君四平八稳地坐在覆盖着红色毛毡的车里，身旁是她新婚的丈夫呼韩邪单于。听着车轮轧在路面上发出的辘辘的声音，王昭君仿佛有种不真实的感觉，思前想后，真像是一场梦啊！

　　出生在湖南秭归的王昭君，像一个冒险家似的踏上了北去的路途。她不知道她的未来会是什么样子，也不知道等待着她的会是什么，但是王昭君喜欢这样，她喜欢做别人没有做过的事情，更何况，身边的这个匈奴单于看起来是个很不错的男人呢！

　　呼韩邪单于的和亲队伍出了长安之后，过左冯，经北地、上郡、西河、朔方而至五原，他们晓行夜宿，经过大半年的长途跋涉，终于来到了高阙塞。

　　高阙塞，南临屠申泽，北界那仁乌拉山，是汉匈大通道上的重要关隘。翻过那仁乌拉山就是广袤荒凉的漠北了。高阙塞坐北朝南，是一座不太大的石头城，城里有数十间房屋，供来往的人们居住，城外散落着几十顶毡包，可以驻兵也可以囤积货物。

　　六月的塞北艳阳高照、金风飒爽，王昭君缓步登上高阙塞的城墙，东西两侧山势巍峨，眼前的谷地上山花绚烂、牛羊肥壮，与汉宫的昏郁阴沉有着天壤之别。王昭君站立在城墙上，顺着来路向南回望过去，远处的汉地城郭变得朦胧而迷茫。当她意识到自己离秭归、离父母越来越远时，不由得落下了两行热泪，此后她与家人天各一方，无论前面是一条什么样的路，是自己选的，只能自己去走了。

西北风鼓动着王昭君那宽大的红披风，她的身后，如火的夕阳将大地染成一片金红，王昭君被火红的颜色笼罩着，美丽绝伦。

看到王昭君伤心，呼韩邪单于走过来用他那粗大的手掌抹去王昭君脸上的泪珠，安慰她说："别伤心了，我不会让你受委屈的。"呼韩邪单于是个懂得心疼女人的男人，他一路上体贴入微地照顾着王昭君，如兄如父般地疼爱着她，在他的体贴和关照下，王昭君的心情很快好了起来。

这支庞大的队伍走走停停，前后经过大半年的行程，穿越阴山山脉后终于来到了真正的草原上。呼韩邪单于告诉王昭君，他们已经走了大半路程，从这里一直往北，大约再有几个月就到单于庭了。长安与龙城相距约两千公里，平时信使们骑快马两三个月就可以到达，这回由于车辆辎重才走得慢些。

王昭君望着眼前的草原，她简直不敢相信天下还有这么宽阔的地方，草原太大了，大得仿佛没了边际，他们这支队伍行走在上面，就像是一串爬行着的蚂蚁。正是盛夏时节，草原上的草疯了一般长得连天连地，在阳光的照耀下，绿得几乎透明。比起长安城来，这里的空气有股透骨的清凉，一呼一吸间让人感到很舒畅；在这里人是舒展的，心也是舒展的，一时间，王昭君深深地迷上了这个地方。

天色将晚，呼韩邪单于下令说："不走了，就在这里过夜！"

雕陶莫皋听了父亲的吩咐后，飞身上马向远处跑去，转瞬间便跑进了草原深处。

王昭君问道："他去哪儿了？天都快黑了！"

呼韩邪单于笑笑，说："雕陶莫皋是草原上长大的，想干什么他心里有数，让他去吧！来，赶了一天的路，你还是好好歇歇吧！"

说话间，早已有人搭好了毡帐，并在里面铺好了厚墩墩的毛毡，毛毡上面又铺了狼皮褥子。呼韩邪单于在王昭君的身旁坐下来，将一件雪狐披风披在她肩上，关切道："草原上夜风太凉，这样就好多了！"王昭君忽然鼻子一酸，自从离开爹娘之后，已经很久没有人这样关怀过她了。在宫里的时候，人与人之间像是隔着一座大山，冷漠、猜忌，小心翼翼地说话，小心翼翼地走路，哪里还有什么温情可言？王昭君想着，不由自主地靠在了呼韩邪单于的肩上，心中漫过一阵温暖。

呼韩邪单于看出了王昭君的心事，宽慰她道："什么都别想了，你是我稽侯珊的阏氏，我们匈奴男人说话是算数的，你放心，我会好好疼你的。"

王昭君很为单于的话感动，她说："单于，今后草原就是我的家了，王嫱虽说是个女子，可我会帮着你把我们的家治理好的！"

呼韩邪单于显得很兴奋，自从离开长安后，他和王昭君还是第一次说了这么多贴心的话，他紧紧地将她搂在怀里……

一阵马蹄声从远处传来，是雕陶莫皋回来了。雕陶莫皋一阵风似的来到跟前，利索地从马上跳下来，将两只黄羊从马背上拽下来扔在地上，他兴奋地对呼韩邪单于说："父亲，今天晚上可以吃到新鲜的烤肉了！"

王昭君没有想到草原的夜色如此迷人。在夜色的遮蔽下，天和地的界限模糊了，草原变得更加空旷而神秘，它随着人们的想象在无限地扩展着，心有多大，草原仿佛就有多大。天幕低低地悬在头顶上，星星亮晶晶的，似乎一探胳膊就可以摘到手里，王昭君高兴地向夜色中的草原深处跑去，身后的呼韩邪单于在喊着什么，她几乎没有听见，踉跄着一头扎进黑幽幽的神秘之中。

草原上安静极了，这里成了她一个人的世界，王昭君跑着跳着喊着，恣意地放纵着自己，连她自己都不明白这是怎么了。王昭君跪倒在草地上，却意外地发现夜晚的草地其实是很温暖的，那是草地积蓄了一整天阳光的热量，这时才缓缓地散发出来的结果。跪坐在温热的草地上，王昭君的心变得很安宁很踏实，有种回家的感觉。家？是的，家。一股热乎乎的东西在心里涌动着,最终喷涌而出,是眼泪。

王昭君双手合十跪在草地上,向着漆黑的夜空大声呼喊道:"苍天啊!我,王嫱王昭君来了!"

草原上,篝火燃起来了,这里一堆,那里一堆,红亮的火焰将黑沉沉的夜烘烤得十分温暖。中央的一堆篝火最大也最旺盛,沿着它的周围,其他篝火如散落的星星一般,直向黑暗中延伸开去。卫兵和武士们一圈圈地围坐在篝火旁,快活地呼喊着,说笑着,夜晚的草原充满了野性的生机。在那堆最大的篝火旁,呼韩邪单于和雕陶莫皋正在忙着烤黄羊,架子上的黄羊已经烤好了,红亮亮、油汪汪的,散发着诱人的香气。

呼韩邪单于用短刀割下最好的一块肉送到王昭君面前,说:"来,我的阏氏,尝尝这烤肉的味道怎么样?这可是雕陶莫皋专为你打来的黄羊!"

王昭君接过来,新奇地品尝着烤肉,平生第一次知道这肉竟然还有这样的吃法。

"香!太香了!"

王昭君手握短刀,学着雕陶莫皋的样子,笨拙地割下一条烤肉送进嘴里。

呼韩邪单于见状哈哈大笑道:"好!好!这才像我们匈奴的女人!来,多吃点,把身子吃得壮实些,你呀,太瘦啦!"

呼韩邪单于一行离开阴山后,本应该北进直接到达龙城单于庭,可是由于北进的道路被一片浩瀚的戈壁荒漠所阻挡,所以不得不绕道西行至休屯井。在荒漠中跋涉不能没有水,呼韩邪一行在休屯井补充了足够的水之后,继续向北行进。他们向西北通过了夫羊句山峡后,大名鼎鼎的范夫人城便遥遥在望了。

一路上,王昭君有时坐车,有时骑马,有时骑骆驼,她感到他们一行正在向天边走去,没有比天再高的山,也没有比腿更长的路,远是远了点,可他们毕竟离单于庭越来越近了。

由于绕了个大弯,所以当他们把那片戈壁荒漠抛在身后时,带的水也基本喝光了。这时，那些骆驼大约感觉到快到宿营地了，所以用不着人们怎么吆喝，甩开四只蹄子走得又快又稳。正当人们又饥又渴的时候，在视野的尽头，出现了一块红褐色的土包，那土包变得越来越大，越来越清晰了。

"快看，那里有一座城！"王昭君兴奋地喊道。

呼韩邪单于对王昭君说："没错，是一座城。我们到范夫人城了，在那里我们好好歇息两天。你怕是一辈子都没走过这么多路吧，唉，真是难为你了。"呼韩邪单于当即吩咐雕陶莫皋率人前去通告达达夫人。

然而，谁都没有想到，他们一行进入范夫人城后差一点没能出来。

范夫人城其实就是一座土城堡。

这是一座坐北朝南的土城。那圈厚实的土城墙，是用红沙土夯起来的，笨重而厚实，大约有八尺多宽，有两尺多高，说不上能抵什么用，但用它一围，这地方就是一座城了。城里的房屋大多是土木结构，普通民房，都是土坯垒墙，黄泥盖顶，矮趴趴地卧在那儿，由于这地方雨水少，所以十几二十年也坏不了。

城里最高的地方要算是东南西北四个城墙角上的烽火台了。说是烽火台，不过是在那土城墙上又加了一个土墩而已，约莫高出去五六尺，已经被风侵蚀得不成样子了。站在那土墩上，城里城外的情景就尽收眼底了。土房子，土店铺，土城墙，整个城堡呈一片红褐色，像是一个饱经沧桑的老人。

此时，土城墙的烽火台上，一个中年女人正向城外瞭望着，一件阔大的黑色披风将她包裹得严严实实，却显出了几分女人的妖媚和神秘。她就是范夫人城的主人，人们都叫她达达夫人。

达达夫人是个巫女，谁都说不清她的来历，仿佛她一直就在范夫人城生活；也没有人能说清她的年龄，她似乎永远都是一副徐娘半老风韵犹存的模样。有人说达达夫人法术高超能呼风唤雨，能和天神对话，可谁都没有见过。倒是人们常看见达达夫人给谁家的孩子看病驱魔，凡经她的手，十有八九都会没事，所以达达夫人在草原上还是很有声望的。

看到呼韩邪单于一行远远地向城堡走来，达达夫人立刻吩咐手下杀牛宰羊准备大摆宴席；当他们一行来到城堡门前时，达达夫人已经笑吟吟地恭候在那里了。

达达夫人走到呼韩邪单于面前，妩媚地笑道："大单于一路上辛苦了，快请进城歇息吧，我已经为您准备好了最舒适的屋子！"当达达夫人看到骑在骆驼上的王昭君时，眼睛亮了一下，随即夸赞道："好漂亮的一位阏氏，大单于，好福气啊，天下最美的女人让您给娶回来了！"

呼韩邪单于听罢哈哈大笑，说："夫人，你总是这么会说话，谢谢你啦，我会赏赐你的！"

达达夫人说："单于，快进城吧，早就给您预备好了饭菜，都等着呢！"

呼韩邪单于开玩笑地问道："夫人给我们预备了什么好吃的呀？"

达达夫人妩媚地一笑，说："大单于放心，我保您满意。"

呼韩邪单于哈哈大笑道："好！进城！"

一行人在达达夫人的带领下向城里走去，只有王昭君的心里有些疙疙瘩瘩的不舒服，她觉得这个女人的眼睛里有一丝令人琢磨不透的东西。

当天的宴席果然丰盛，大盆大盆煮好的肉端上来了，城堡的大厅里弥漫着浓郁的肉香，呼韩邪单于看后非常高兴，吩咐雕陶莫皋说："去，把汉帝赏赐的御酒拿几坛出来，今天我要一醉方休！"

那天，王昭君终于见识了草原上男人们喝酒的风采，那才是名副其实的喝酒呢！与此相比，未央宫里男人们喝酒的模样实在令人伤心，那怎么可以叫喝酒呢，瞧瞧他们那样子，手握着酒杯，袍袖掩面，虽然足够斯文，但那遮遮掩掩的样子实在不够酣畅，那样子充其量只能叫作抿酒。瞧瞧人家呼韩邪单于与雕陶莫皋是如何喝酒的，每人面前摆开几个大碗，说是碗，其实与盆差不多，从第一碗开始喝起，男人们边喝边大声地吆喝着、唱着，他们每喝完一碗就将碗翻过来扣在案子上，直到喝光最后一碗，然后再从头开始……爽！那天晚上，几乎所有的男人都喝醉了。

王昭君和呼韩邪单于被达达夫人安排在一间宽敞的屋子里休息。大单于已经喝得烂醉，刚倒在床上便响起了如雷般的鼾声。王昭君打量着这间屋子，不是很大却很干净，既有汉人的精致又有匈奴人的粗犷，那些茶壶茶碗及用具还兼有西域人的风格。这个达达夫人到底是什么人呢？

宴席上，王昭君不好驳达达夫人的面子，便浅尝了几杯，这时候酒劲上来了，竟感到有些迷糊。王昭君躺在床上，似睡非睡，似醒非醒。这时，王昭君恍惚感到屋子里有一股幽幽的香气弥散开来，有些像秭归山里兰花的味道。接着，王昭君便觉着自己的身子飘了起来，她想控制住自己，但是一点都动弹不得。她使劲地喊着，想把身旁的呼韩邪单于喊醒，可是一点声音都发不出来。也许是梦魇了吧，王昭君在心里对自己说。就在这个时候，王昭君仿佛看到一个女人的影子从帷幔后面飘了出来，看上去有些像达达夫人，又不完全像，身子轻飘得仿佛是一股烟儿。只见这个影子的手里端着一个紫铜盘，上面搁着一个紫铜杯。那影子来到王昭君的跟前只伸手一招，王昭君便随着她的手势坐了起来；那影子将紫铜杯端到王昭君面前，里面是喷香的一杯清茶。王昭君感到口渴得要命，舌头像粗糙的木条儿，于是她就着那女人的手将那杯茶水一口气喝了下去。王昭君感到那个影子在笑，可是她看不清她的脸……

那天夜里，一个蒙面黑衣人牵着一匹黑马悄悄地溜出了城堡。离开城堡一箭地后，那人便跃上马背，飞也似的直向西奔去。

第二天早晨，呼韩邪单于早早地醒了过来，他看到王昭君仍然沉睡着，以为是她累了，于是给王昭君掖了掖被角便蹑手蹑脚地下了地，唯恐惊醒他的新娘。可是，中午过去了，下午过去了，又一个黄昏到来时，王昭君仍然没有醒过来的意思。呼韩邪单于急了，喊道："来人！"

随行的汉医过来了，他仔细地为王昭君把脉，脉象沉稳平和，并没有什么不对的地方。

汉医对呼韩邪单于说："大单于，王妃没有生病。"

"没病？没病怎么会昏睡不醒呢？"

汉医重复道："王妃确实没有病，也许是旅途劳累了吧！"

呼韩邪单于显得有些急躁，他喊道："来人！去把达达夫人叫来！"

达达夫人很快就过来了，她依旧是那副笑吟吟的模样："大单于，唤我有什么事？"

呼韩邪单于指指王昭君，说："我的阏氏已经昏睡了一天一夜，这是怎么回事？"

达达夫人笑着说："单于，您把这么漂亮的女人带到草原上来，连鬼神都嫉妒了，怕是不吉利啊！"

呼韩邪单于说："达达夫人，你是草原上出了名的巫医，你一定要想办法让她醒过来！"

达达夫人说："既然大单于这么信任我，那我就试试看吧。"达达夫人说着，眼睛里闪过一丝狡黠的目光。

晚上，天黑透了的时候，达达夫人吩咐人们在草地上点燃一堆硕大的篝火，篝火旁供奉着活羊，她又在四周点起九堆篝火，围绕中央的那个火堆摆成了一个圆圈。等周围都寂静下来后，达达夫人穿着一件色彩斑斓的长袍上场了。她一手拿着用牛髋骨做成的法器，另一只手挥舞着一大把七色的彩条。达达夫人一边敲击着法器，一边以夸张的动作在九堆篝火间穿行着，跳跃着，嘴里念念有词。达达夫人的身影被火光投在地上不断变幻，杂乱而迷离，只见她越跳越快，越舞越急……忽然，达达夫人停止了跳跃和敲击，只见她展开双臂手心向上，虔诚地仰着头，紧闭着眼睛，好像是在聆听什么声音。渐渐地，达达夫人的眉头蹙了起来，越蹙越紧……

达达夫人终于从癫狂的状态中缓了过来，脸上满是汗水，她对呼韩邪单于说她听见了天神的声音。呼韩邪单于忙问天神说了什么，达达夫人长叹一口气对呼韩邪单于说："你随我来吧。"

达达夫人的屋子收拾得十分雅致，有种西域情调，屋子里异香扑鼻，长案上摆满了色彩艳丽的陶罐。呼韩邪单于相信眼前这个巫女的能力，她想要得到什么就肯定会得到，要不然她一个女子怎么会在这座孤零零的范夫人城里一待就是几十年呢？

呼韩邪单于迫不及待地问达达夫人："夫人，昭君她……"

达达夫人亲手为呼韩邪单于沏了一杯香茶，笑道："单于，我说了您可别生气，因为是天神的旨意，我也不好违逆的。"

呼韩邪单于说："你说吧。"

达达夫人说："天神说了，这个女人身上有一股邪气，怕是会给大单于您和匈奴草原带来灾难的。"

"你这话当真？"呼韩邪单于急切地问。

达达夫人道："天神的话，难道会有假吗？"

呼韩邪单于又问："夫人，可有什么办法破解吗？"

达达夫人说："有！要么大单于把她留在我这里，我慢慢地给她化解身上的邪气；要么你就废了她这个阏氏，天神会赐福给匈奴的。"

呼韩邪单于说："不行！王昭君是匈汉和亲的使者，她是大汉天子赐给我的阏氏，我不能把她单独留在你这里，即使是天神也不能把我们分开！"

达达夫人暧昧地笑笑，说："那就只好麻烦大单于也留下来陪着宁胡阏氏了。不过大单于请放心，阏氏会醒来的，至于醒来之后是什么样子我就不知道了。"

果然如达达夫人所言，第二天早上王昭君醒了，却显得神思恍惚。她不吃不喝，迷迷糊糊地在城堡里悠来荡去，有时候痴痴地笑，有时候自言自语，与几天前的王昭君简直判若两人。后来，在王昭君清醒过来后，她对呼韩邪单于说，在生病的那几天里，她感觉怪怪的，身子轻飘得仿佛能飞起来，一时飞回家乡，一时又飞到了汉宫，无论走到哪里到处都是蜂飞蝶舞、鲜花盛开，那景况竟然也很迷人呢！王昭君说她还看到了宫女芝兰，芝兰还是那么漂亮，只是头发白了许多……

眼看着已经在城堡耽搁了好几日，呼韩邪单于显得十分焦急，再等下去，怕是要赶上雨季了，雨季一到，姑且水和鄂尔浑河就要涨水，大队的人马怎么过河？过不了河，这几百人就要滞留在河的西岸，且不说粮草供给不上，万一遇上流寇的袭击或者土匪的抢劫就麻烦了。可王昭君现在这个样子，又怎么能赶路呢？

雕陶莫皋宽慰着父亲说："父王不必着急，总会有办法的。"

雕陶莫皋是个智勇双全的年轻人，他仔细分析了他们来到城堡后的一切，觉得达达夫人甚是可疑，于是暗中观察着达达夫人的行踪。

达达夫人回到自己的屋子坐在榻前，悠然地品着使女送来的一盏香茶。她欣赏着茶盏中上下浮动的茶叶，得意地笑着心想："不管是什么人，只要中了我的圈套，就得乖乖地听从我的摆布。"

原来，当呼韩邪单于一行浩浩荡荡地来到范夫人城，达达夫人看到几十辆车上拉着一座座小山似的物品时，眼睛立刻亮了起来。凭经验，达达夫人知道那是汉朝赠给呼韩邪单于的珍贵礼物。达达夫人心想：这么多的财物哪怕有一半属于我的话，也够我城堡几年的用度了。"但是达达夫人手下并无一兵一卒，于是，她想出一个借刀杀人的计谋，她一面热情款待着呼韩邪单于一行，一面派人去和草原上的流寇联络，约定七日后的月圆之夜动手，所以她必须尽量拖住呼韩邪一行，等待着七日后那帮流寇的到来。于是，达达夫人在王昭君的茶里下了足够剂量的迷幻药。望着王昭君昏昏沉沉的样子，达达夫人在心里冷笑道："小美人，委屈你了！"

达达夫人喝着茶，唤道："来人！"

她的贴身使女来到达达夫人面前，说："夫人，有什么吩咐？"

达达夫人指着墙角的一个黑漆描金的小匣子对使女说："看好那个匣子，无论什么人都不许靠近它！"

使女应道："是，夫人。"

达达夫人惬意地打了个哈欠，进卧房休息去了。

夜深了，整个城堡安静了下来。

达达夫人的屋子是个一进两开的套间，西套间是她的卧房，东套间就是刚才她待过的地方。东套间也可以说是一间密室，是达达夫人配制迷幻药和储藏财宝的地方，不是心腹之人是绝不允许进去的。

东套间里那个使女正坐在那个黑漆描金的小匣子前出神，这时候不知从什么地方飘进来一股艾草的香气，不大一会儿，使女便伏在那个匣子上昏昏地睡了过去。

事情是这样的。雕陶莫皋感到王昭君病得蹊跷，他觉得达达夫人很可疑，便秘密地跟着她，想了解一些蛛丝马迹。这天晚上，当他尾随达达夫人来到她的屋外时，无意间听到了达达夫人叮嘱使女的那句话。雕陶莫皋回到住所后将看到和听到的一切都悄悄地告诉了他的朋友韩昌将军。韩将军是汉朝的车骑都尉，奉旨护送王昭君前往匈奴龙城。此刻韩将军正在为王昭君的病发愁，听了雕陶莫皋的话后大喜过望，他立即拿出一件东西交给雕陶莫皋。雕陶莫皋低头一看，竟然是一截褐色的香线，他不解地望着韩将军。韩将军附在耳畔如此这般地嘱咐了一番后，拿出一套士卒的服饰让雕陶莫皋换上，雕陶莫皋心领神会，待一切收拾停当后他闪身走了出去。

雕陶莫皋见达达夫人的使女昏昏睡去后，便轻轻推开门闪身进去，他径直来到屋角推开使女，将她身子下面的那个黑漆描金的匣子轻轻地抽了出来。雕陶莫皋将那匣子拿到灯下打开一看，里面有一个褐色的小陶罐，揭开陶罐的盖子，里面是一个扁平的小瓷壶。雕陶莫皋小心地倒出一些里面的东西，见是些淡黄色的粉末。雕陶莫皋将瓷壶揣进怀里，其他东西依原样放好，然后轻轻地退了出来。

雕陶莫皋带着小瓷壶来到父王的住处，呼韩邪单于正在灯下发愁。雕陶莫皋将事情的经过讲了一遍，并说："父王，我猜这一定是那巫女的解药，不妨试一试。"

呼韩邪单于命人取来净水，他扶起王昭君，就在他们准备给她灌那瓷瓶里的东西时，雕陶莫皋又犯了嘀咕，万一这不是解药怎么办？万一这是另一种毒药呢？正在雕陶莫皋踌躇之际，呼韩邪单于从他手中拿过瓷壶，倒了一些粉末在手掌上，在雕陶莫皋还没反应过来是怎么回事时，他已经将那些粉末吞了下去。

"父王！"雕陶莫皋大喊，可是已经晚了。

呼韩邪单于喝了一口水，说："究竟是毒药还是解药尝尝不就知道了！"

雕陶莫皋说："哎呀父王，要尝也该由孩儿来尝，万一您有个闪失可怎么办？父王，您感觉怎么样？"

呼韩邪单于在地上走了两圈，说："哈哈，没有什么不适的地方，只是感到身子清爽了许多！"

雕陶莫皋说："这么说……不是毒药？"

呼韩邪单于说："不像。"

雕陶莫皋小心地说："这么说……这药能服用？"

呼韩邪单于说："我看能。"

父子俩给王昭君喝下那些粉末后，不到一个时辰，王昭君便缓缓地睁开了眼睛。她看见雕陶莫皋也在这里，不解地问："我这是怎么了？莫非出什么事情了？"

呼韩邪单于说："哎呀我的阏氏，你可算醒过来了！"

王昭君舒展了一下身子，说："我好像睡了很长时间了，我想醒过来可是无论怎样挣扎都醒不过来，看来我真是在酒宴上喝多了。"

呼韩邪单于松了口气，说："你岂止是喝多了，还醉得不轻呢！知道吗，你已经昏睡了六天六夜了！"

王昭君不好意思地笑笑，说："单于，昭君失态了。"

呼韩邪单于安慰王昭君说："不管怎么说，醒过来就好，醒过来就好！雕陶莫皋，你速去请韩昌将军过来！"

呼韩邪单于吩咐王昭君身边的四个女子照顾好她，再给她弄些吃的东西，他走到另一间屋子里，等待着韩将军的到来。

王昭君临出塞前，汉元帝从后宫中挑选了四个伶俐的姑娘陪伴在她左右，王昭君为她们重新起了名字，分别唤作：百合、采莲、秋菊、如琴。若干年后，王昭君为这四个姑娘在草地上寻了婆家，其中百合与采莲遵从王昭君的意愿嫁给了匈奴人，如琴和秋菊却一直照顾在王昭君左右，后来秋菊病故，如琴则一直陪伴王昭君至暮年。

第二天，就是达达夫人与流寇约好的第七天，按照约定，当天晚上，他们将有一场惊动天下的劫掠。达达夫人醒来的时候太阳已经很高了，她慵懒地爬起来，舒展了一下自己的腰身，缓缓地下了地，坐在梳妆台前的铜镜旁。

"来人呀！"达达夫人懒懒地喊道。

没有人应声。往常的这个时候达达夫人的贴身使女早已候在门外了，她这里话音未落，那边人就已经进来了。今天这是怎么了？

达达夫人感到有些奇怪，她披散着头发走出屋门，侧耳听听，城堡里一片安宁。达达夫人的脸上露出一丝轻笑，是啊，自从呼韩邪单于一行来到城堡后，她天天都是大酒大肉地款待着，筵席几乎通宵达旦。看来这吃酒席也是能把人累坏的，已经是日上三竿了还都在睡觉，怎么样，累倒了吧？

达达夫人冷笑道："好好睡吧，有你们睡不着的时候！"

达达夫人打开密室房门时，只见她的贴身使女伏在那个匣子上睡得正香。看到没有什么异常情况，达达夫人放心了。当达达夫人正要转身出去时，她在窗户的缝隙间发现了一小截浅褐色的香灰，凑上去闻闻，竟然有股特殊的味道。

达达夫人陡然紧张起来，她快步来到那个黑漆描金的匣子跟前，一把将使女推到一旁，打开匣子掀开陶罐的盖子，顿时，达达夫人的脸色变了。达达夫人扔下手里的东西向外跑去，长长的头发在身后披散着，脸色苍白，看上去竟有些恐怖。

达达夫人来到呼韩邪单于的住处，推开门一看，屋子里空无一人；她又跑到士兵们的驻地，同样是一个人都没有。达达夫人忽然感到一阵眩晕，天神啊，难道他们都隐遁了不成？

就在这时，有人进来对达达夫人说："夫人，有客人到了！"

原来，达达夫人派人去联络的那股流寇到了。达达夫人忙跑出去迎接，只见黑压压一片人马闯了进来，轰隆的马蹄声震耳欲聋，顷刻间便将城堡中间的空地都占满了。

一个头领模样的人在马上大声问道："达达夫人，呼韩邪在哪里？他们的财宝在哪里？"

达达夫人气急败坏地说："走了，全走了，一夜之间连根柴草都没有留下！"

那头领怒道:"这么说是你达达夫人在耍我们?"

达达夫人忙说:"瞧您说的,我哪里敢呀!本来一切都安排得好好的,谁知道被他们把解药偷了去……"

那头领又问道:"那他们人呢,去哪儿了?"

达达夫人说:"我估计是往姑且水方向去了。"

那头领听了达达夫人的话,立刻掉转马头,扬起手中的弯刀,说:"追!"

一彪人马轰隆隆地向城堡外涌去。

达达夫人望着那股远去的烟尘,喃喃道:"唉,只怕是晚了!"

呼韩邪单于一行连夜离开了范夫人城后急急地向姑且水方向行进着。当然,若依呼韩邪单于的权力和能力,根本不会把区区一个巫女放在眼里,他考虑更多的是王昭君。自从离开长安后他们风餐露宿已经颠簸了大半年,王昭君也跟着大家风风雨雨跋涉了这么久,身子骨本不强壮的她显得更加羸弱了,所以他决定摆脱达达夫人的纠缠,尽快回到漠北单于庭,免得再生出什么是非来。

这姑且水是范夫人城西北的一条河,水势不算大也不算小,它与北面的鄂尔浑河相连接,形成了一道天然的屏障。从范夫人城出来后本可以直接北行到达单于庭,可是北面是一片浩瀚的沙漠,因此要想安全到达单于庭就必须向西北绕行。穿过东西浚稽山峡谷后,一条南北走向的河流就出现在人们面前了,这条河就是姑且水。过了姑且水后就再没有什么阻隔了,眼前是水草丰美的大草原,再过些时日就到单于庭了。

说来也巧,呼韩邪单于的队伍刚刚过了姑且水,便看见身后不远处荡起一股烟尘,一彪人马呼喊着,凶神恶煞地席卷了过来。呼韩邪单于冷笑道:"这帮流寇,看来偷袭不成要明抢了!韩将军,你带领一百名士卒断后,其他人继续赶路!"

大队人马继续逶迤北行。韩将军带领一百名士卒站在姑且水东岸,单等着那股不要命的流寇前来送死。

那股流寇一阵风似的来到姑且水西岸,眼见呼韩邪单于一行逶迤而去，气得哇哇大叫。

韩将军高坐在马上，朝对岸喊道："不要命的盗贼，莫非你们吃了熊心豹子胆，竟敢来劫掠大单于的车队！"

对岸的流寇举着手中的刀剑呼喊着向韩将军示威。

韩将军冷笑道："你们不必张狂，不怕死的就放马过来！"

那边的流寇果然有些胆子，只见那头领一挥手中的弯刀，那帮喽啰们稀里糊涂就下了水。

这边，韩将军大喝道："放箭！"

箭镞飞蝗似的向对方飞去，立时有十几个人栽倒在河水中。流寇头领的肩上也中了一箭，他见势不妙，带着他的部下落荒而逃了。

韩将军站在高坡上大声喝道："回去告诉达达夫人，让她收敛着些，否则我就踏平她的城堡！"

第三章 回家

> 许久以来,我一直在做着同一个梦。梦中的我孤零零地站在月光下。我想回家,可我找不到回家的路。眼前的小路足有上百条,我却不知该走哪条路才好。自从来到草原后,那个奇怪的梦就再没有出现。也许我前世就是草原的女儿,寻觅了这么久,我终于回家了。

第三章

回家

终于到家了!

王昭君从车里探出身子打量着眼前坦荡如砥的草原,不禁在心里赞叹着:好美啊!当初,头曼单于将匈奴王庭建在这个地方,实在是明智之举。听呼韩邪单于说,匈奴单于庭的东面是姑衍山和狼居胥山,南面是一望无际的大草原,西边的两条大河郅居水与安侯河北上交汇最后流入北海;额尔浑河在单于庭以北,而土拉河则环绕着单于庭缓缓向北流去,不得不说这是一块水草丰美的风水宝地。

王昭君坐在车里时,就听见外面热烈的喧闹声了。两天前,雕陶莫皋已经快马加鞭地回单于庭报信去了,细心的雕陶莫皋想必已经把一切都安排好了。听着外面热闹的喧嚣声,王昭君的心里反倒有些忐忑起来,匈奴的单于庭到底是个什么样子?单于庭的成员会不会欢迎她的到来?呼韩邪单于的其他几位阏氏会和她和睦相处吗?这些事情王昭君曾经问过呼韩邪单于,呼韩邪单于每次都笑呵呵地说:"我美丽的阏氏,到时候你就知道了。"

王昭君正在不着边际地想着什么,忽听得车子外面的呼韩邪单于朗声唤道:"昭君,我们到家了,下车吧!"

呼韩邪单于骑着一匹黑白相间的豹花马,站立在王昭君的马车前。王昭君刚刚从车里出来,呼韩邪单于伸出手臂轻轻一揽,便将王昭君放在了自己的马背上。

一条洁白的毛毡铺开了,从脚下一直铺到单于庭的大帐前。匈奴人崇拜自然,也崇拜自然的颜色,白色在他们眼里就是最纯最美的颜色。

呼韩邪单于骑马搂着王昭君从容地站立在白色的毛毡上,面对成千上万的匈奴臣民,他大声道:"孩子们!看看吧,这就是自愿和亲来到我们匈奴草原的王昭君!给我们匈奴草原带来和平与安宁的王昭君!你们听着,现在,本王就封王昭君为宁胡阏氏!"

宽阔的草原上人山人海,匈奴百姓手里挥舞着一切可以挥舞的东西,长剑、短刀、弓弩、衣服、铠甲……巨大的欢呼声震耳欲聋:"宁胡阏氏!宁胡阏氏!宁胡阏氏!"

王昭君望着沸腾的场面,望着沸腾的人群,她的眼睛里忽然浸满了泪水,汉女王嫱不过是秭归香溪河畔的一个浣纱女,不过是未央宫里做杂役的一个宫女,有何德何能,竟然享受到这样的礼遇?

呼韩邪单于和王昭君骑着马缓缓地在白色毛毡上走着,毛毡的两侧是单于庭的马队,由红、黑、白、花四种颜色的骏马组成,每队足有一两百骑,只见那些骏马高大健硕,黑的墨黑,白的雪白,这也是呼韩邪单于的"皇家卫戍部队"。高高的马背上士兵们身穿皮革和青铜制成的盔甲,一个个士兵手持弯刀英姿勃勃显得格外威风!

人们还在呼喊着,欢叫着:"宁胡阏氏!宁胡阏氏!宁胡阏氏!"

毛毡的尽头是单于庭高大的穹庐。单于庭的建筑应该是土木建筑与穹庐的混合体,既有土木结构的殿宇,也有牛皮和毛毡构建的穹庐;中间那个巨大的穹庐就是单于庭的主帐,通体洁白,穹庐的顶子上镶着漂亮的纹饰,显得十分华贵;围绕着单于庭的主帐穹庐,是一圈洁白的毡帐,足有几十顶,那是匈奴皇室的"宫殿",里面住着的是呼韩邪的五位阏氏以及他的儿子们;再向外,又是一圈毡帐,足有一百多顶,是单于的大臣和将军们的住处；"皇家卫队"的毡帐密密匝匝地在最外面围了好几层，看上去有好几百顶，毡帐外面包裹着厚厚的牛皮。这就是单于庭，一个用毛毡和牛皮构筑起来的城堡。

城堡的外围停着无数辆马车，车上站着的除了士兵之外还有匈奴的百姓，此刻他们都在为宁胡阏氏的到来欢呼着："宁胡阏氏！宁胡阏氏！"

在人们的欢呼声中，一阵美妙的音乐声传了过来，原来是单于庭的乐师们开始演奏了。这是一个庞大的乐队，一百名胡笳手，一百名筌篌手，一百名鼓手……响亮的音乐在草原上飘荡着，喜庆而激扬。

多少年了，单于庭都没有这么热闹过。

王昭君下马后在呼韩邪单于的陪伴下，向大单于的穹庐走去，她的身后是那四个如花儿一般鲜嫩的使女。

此刻，高大的穹庐前站满了呼韩邪的阏氏和他的儿子们，还有不少匈奴的贵族，他们都在以最高的礼节迎接着宁胡阏氏的到来。王昭君原以为匈奴人习惯食畜肉穿毛毡，即使是贵族，穿着也一定好不到哪里去，可是当她慢慢走近那些贵族夫人时，她被她们华丽的衣饰惊呆了，这是多么漂亮的衣服啊！站在中间的两位夫人，大约四十多岁的模样，穿着质地厚实的紫红色缎袍，头发上和脖子上佩戴着沉甸甸的黄金首饰和硕大的玛瑙珠子，显得华贵而雍容；旁边的女人们一个个也穿金戴银打扮得十分讲究。

王昭君问呼韩邪单于道："单于，中间那两个尊贵的女人是谁？"

呼韩邪单于告诉王昭君说："她们一个是颛渠阏氏，一个是大阏氏。很快你们就会认识的。"

直到这时王昭君才知道，在她之前呼韩邪单于已经有五位阏氏了。王昭君惊讶地发现，这些阏氏无一例外地丰满健壮，红扑扑的脸膛，圆滚滚的腰身，结实得如同小母牛一般。

穹庐前的女人们看到款款走来的宁胡阏氏，都在为她容貌的精致和美丽而赞不绝口："天神啊，这哪里是凡间的女子，分明是女神下凡了嘛！"

王昭君在下车前特意打扮了一番，她先是在使女如琴的帮助下梳了一个高高的发髻，在发髻上别了一根金簪，又在脸颊上淡淡地施了脂粉，还特意在唇上点了一点胭脂。汉朝的女子十分注重唇的美丽，别看是一点胭脂，点上之后女人们便立刻显得妩媚生动起来。王昭君今天换上了一件藕荷色的绸衫，又在绸衫的外面加了一件亚青色的披风，与她在长安临辞大会上的丰容靓饰相比，今天倒别有一番玉树临风的韵致。

  呼韩邪单于在迎娶王昭君之前有五位妻子，他的第一任妻子是匈奴老臣乌禅幕的女儿，为呼韩邪生下一个儿子铢娄渠堂，母子均早亡。其时呼韩邪还未登临大单于的宝座。大阏氏和颛渠阏氏是亲姐俩，先后嫁给了呼韩邪单于，如今已经年届五旬，是两位德高望重的阏氏。四阏氏生性随和，只晓得伺候男人抚养儿子，少与人争长短。唯有那五阏氏是个不省心的主儿，五阏氏陶奴长得有几分姿色，又会察言观色，在王昭君没来匈奴的时候，她倒也颇得呼韩邪单于的宠爱。此刻，五阏氏陶奴站在大阏氏的身后，望着款款而来的绝色美人王昭君，心里十分不舒畅，她知道自己的好日子怕是要过到头了。

  五阏氏陶奴在大阏氏和颛渠阏氏的耳朵边嘀咕道："真不知道大单于是怎么想的，娶这么个狐媚的女人回来，瞧瞧她那身段，一阵风就能刮倒，我都担心她能不能给大单于生个儿子出来！"

  大阏氏冷冷地瞥了五阏氏一眼，道："别胡说！"

  颛渠阏氏向来瞧不上五阏氏陶奴的品行，喝道："陶奴，你也不看看今天是什么日子，少在这里说三道四！"

  陶奴自讨没趣，不再唠叨了，心里却是一百个不乐意。

  王昭君和大小阏氏们行过礼后，大阏氏和颛渠阏氏拉着她的手嘘寒问暖。尽管王昭君一句也没听懂，但是她从大家的目光中明显感觉到阏氏们对自己的怜悯，那意思仿佛是说："真可怜，你怎么长得这么瘦啊！"

  按着规矩，王昭君这时就该换装了。王昭君被引至一个华丽的穹庐内，厚墩墩的毡榻上搁着王昭君的喜服，在大阏氏的指点下，四个匈奴女人伺候着王昭君换上了喜服。脱下汉家装，换上匈奴服，至此，王昭君就是一个地道的匈奴女人了。

王昭君吩咐如琴从行囊里取出临来时准备的肚兜与荷包分送给了单于庭的众位阏氏，阏氏们将肚兜与荷包捧在手上端详着，十分喜欢。那肚兜与荷包的面料都是十分讲究的丝绸，上面绣着各色图案，煞是喜人。

大阏氏拉着王昭君的手说："好看，太好看了！"

王昭君明白了大阏氏的意思，温和地笑着说："这些东西都是我亲手绣的，权当是见面礼了，各位阏氏喜欢就好。"

从此，单于庭的阏氏们开始有了颇具风情的贴身内衣，别看这样一件轻薄的肚兜，穿在身上，女人们便显得妩媚了许多。王昭君对阏氏们说："这肚兜其实就是一件贴身的小衣，一早一晚的多少遮挡些寒凉而已。"

不仅如此，阏氏们的首饰等体己物件从此也有了体面的存放之处，真不晓得这之前女人们的那些小物件会藏在什么地方，穹庐的缝隙间或者是毡榻的犄角旮旯？总之，阏氏们的穹庐里都挂上了大大小小的荷包，除了存放首饰等物件，也搁些有针头线脑什么的杂物，有了这些荷包的点缀，单调的穹庐里似乎多了些美艳的情调。

之后，单于庭的女人们闲暇时便聚集在王昭君的穹庐里跟着她学绣花，学缝荷包，宽敞的穹庐里经常传出叽叽嘎嘎的说笑声。天气晴好的时候，阏氏们就在单于庭外面的草地上做针线，王昭君向阏氏们学着缝毛皮，阏氏们向王昭君学刺绣。就连王昭君也没有意识到，两个大国间的交流与融合竟然在女人们的针黹间开始了……

此时，在单于庭最大的穹庐里，一场盛大的宴席就要开始了。这是多么大的"屋子"啊！王昭君望着穹庐阔大的穹顶，在心里感叹着。穹庐像一口硕大无比的大锅，将几百人扣在里面，宽大的弧形"墙壁"衬着华丽的锦缎，在上百盏巨大的羊油灯的映照下，显得金碧辉煌。

王昭君被安排在呼韩邪单于身旁，其他的五位阏氏则坐在单于的另一侧。此刻的呼韩邪单于已经洗去了鞍马劳顿的疲惫，换上了华丽而厚重的衣饰，头上戴着黄金的王冠，脚蹬一双熊皮缝制的靴子。他高坐在王位上，和蔼而慈祥地望着他的子民们在下面又唱又跳，心中油然生起一股欣慰与自豪。是啊，汉匈两国经历了二百多年的战争，终于在他的手上握手言欢了，匈奴百姓从此可以安享太平了！

呼韩邪单于端坐在宝座上，朗声道："开宴！"

我的天呐，这是怎样的宴席啊！王昭君在心里惊叹着，这是她平生所见过的最了不起也是最有排场的宴席了——整只的红酥酥、油汪汪的烤羊被抬上来了，大盆热气腾腾的鹿肉、狍子肉被端上来了，宽敞的穹庐里氤氲着暖融融的气息，空气中弥漫着一层浓郁的肉香……让王昭君吃惊的是最后一道菜，四个匈奴汉子用棍棒绳索抬上来的竟然是一整头烤得直冒油的牛！那头牛被安放在穹庐的中央。在人们的欢呼声中，宴席进入高潮，几个武士和姑娘上场了，他们手握尖刀一边跳着粗犷、豪放的舞蹈，一边将大块的牛肉送到宾客面前的盘子里。人们大碗喝酒，大口吃肉，享受着眼前的美食与快活。

大半年的风餐露宿，王昭君已经习惯了匈奴人喝奶子、吃肉食的生活习俗。此刻，她面前的条案上各种肉食堆积如山，若是在家乡秭归，就是全村的人用一年也吃不了这么多的肉啊！身边的颛渠阏氏还在不断地往王昭君面前堆放着肉食，看那意思恨不得立刻把她喂得像匈奴女人一样壮实才甘心。

豪华的宴席进行了七天七夜，穹庐后面的草地上一溜儿二十几口硕大的镬（锅）里终日翻滚着浓郁的肉汤；那座小山包一般的烤炉上十几个汉子不停地忙碌着，快活的脸上挂满汗珠。人们吃着、喝着、跳着、说着、笑着、唱着，最后的那天谁都撑不住了，无论是贵族还是贫民，男人还是女人，武士还是歌女，当他们喝下最后一杯酒后还来不及搁下手里的酒杯时，便一个个倒在地上酣然沉睡了过去……

王昭君不记得自己是怎么度过了那疯狂的七天七夜，她也学着其他阏氏的样子开心地吃肉喝酒，七天七夜仿佛自己从来没有睡着过也从来没有清醒过。她只记得自己很放松，很愉快。这里与汉宫完全是两个不同的天地，在汉宫里即使是皇后、妃嫔也绝不会这样肆无忌惮，她们自然也体会不到这样曼妙的感觉。

初来乍到的新鲜感与七天七夜的狂欢很快便被平实的日子掩了过去，

草原上仿佛什么也没有发生似的，男人们该放牧的放牧，该打猎的打猎，女人们也脱去了豪华的服饰，一天到晚不停地干活。

在草原上，女人们其实是很辛苦的，她们不仅要伺候男人们的吃喝，还要做奶食、擀毡子、做针线、缝皮子，还要没完没了地生孩子。王昭君看到女人们仿佛是在比赛一般，骄傲地挺着圆滚滚的腰身，前一刻还在草地上拾牛粪、拣蘑菇呢，后一刻便不见了踪影。不一会儿，草丛里便响起婴儿嘹亮的啼哭声。女人从草丛里站起来，用衣服的前襟兜起婴儿，然后向自家的穹庐走去，当然临走时不会忘记拿走地上装牛粪和蘑菇的羊皮口袋。

别以为单于庭的阏氏们像汉宫的女人那样无聊，一生只充当钩心斗角的花瓶与传宗接代的工具，单于庭的女人们同样有干不完的营生。虽然单于庭有各种工匠作坊，但男人和娃娃们的四季服饰还是要阏氏们操心的。

天气晴好的时候，单于庭前的草地上充满了太阳和奶子的味道，温暖而馨香。王昭君很羡慕地望着那些干活儿的阏氏们，她们一边麻利地做着手上的营生一边大声地说笑着，草地上因这些快活的女人而变得有声有色。这里与未央宫是截然不同的两个世界，那边的女人活得拘谨、小心翼翼，稍有不慎便会招来责罚甚至杀身之祸；相比较而言，这里的女人就活得恣意多了，简单，明亮，想说就叽里呱啦地说，想唱就扯开喉咙唱。从她们叽叽嘎嘎的笑声中，王昭君感受到了她们发自内心的愉悦。

与汉朝的皇帝相比，呼韩邪单于倒更像一个酋长。他一天到晚忙忙碌碌的，不是去查看畜群，就是去巡视他的工匠作坊，要不就带着他的儿子们去打猎。自从附汉以来，汉匈关系和睦，曾经与他为敌的哥哥——左贤王呼屠乌斯也在汉军的逼迫之下远遁到了大漠西北。用不着成天为打仗操心，呼韩邪单于自然也该松一口气，尽享一下为人夫为人父的天伦之乐了。

初来乍到的王昭君也有寂寞无聊的时候，她开始想家了，想秭归，想那条清澈而绵长的香溪，还有爹娘……

呼韩邪单于仿佛看出了王昭君的心事，那天一早起来就对她说："多穿点衣服，今天带你去一个地方。"

王昭君怎么都不会猜到她实际上是目睹了一场歃血为盟的过程。

呼韩邪单于带着王昭君来到狼居胥山上时，韩将军和另外一些汉将已经等候在那里了。

呼韩邪单于朗声道："韩将军，让你久等了。"

韩将军笑道："不，我们也是刚刚上来。"

呼韩邪单于看上去很愉快，说："好，我们开始吧。"

呼韩邪单于和韩将军一行人来到山包的最高处。这时，一轮红日正好从天地相接的地方跳了出来，金灿灿、亮堂堂的光芒刹那间洒满草原，天地万物瞬间便变得生动了起来。

呼韩邪单于大声道："马来！"

一个匈奴武士牵过一匹白马。

另一个手持利刃的武士来到白马前，手中寒光一闪，只见一道血光直喷了出来，早有另一名武士接了马血送到了呼韩邪单于和韩将军面前。

呼韩邪单于命人打开一个柔软的皮囊，从里面取出一个镶金嵌银的骨碗出来，在碗里斟满酒，然后取下身上的径路刀，削了一些金子在里面，搅了搅，又将新鲜的马血滴了进去。

呼韩邪单于迎着太阳高举起那碗酒朗声道："天神啊，你看到了吧，我，稽侯珊，匈奴的呼韩邪单于，奔波近二十年，终于使匈汉两家停止了战乱而成为亲戚。今天，我们在这里歃血为盟，愿匈汉两国国运昌盛、百姓安居乐业永享太平！"

呼韩邪单于与汉朝的车骑都尉韩昌将军当即立下盟约：自今以后汉与匈奴合为一家，世世毋得相诈相攻。有窃盗者，相报，行其诛，偿其物；有寇发兵相助，汉与匈奴敢先背约者，受天不祥，令其世世子孙尽如盟。

呼韩邪单于端起酒碗，率先喝了一大口酒，又将酒碗递给韩将军，说："韩将军，这些年为了匈汉和睦，你风餐露宿常年奔波在匈汉两地之间，你辛苦了！"

韩将军眼里含着泪花，笑着接过碗来，吞下去大半。

呼韩邪单于对王昭君说："宁胡阏氏，这个酒碗可不同寻常，它是当年老单于所破月氏国王的头骨做成的酒器，平时是不用的，匈汉两家能有今天，你王昭君功不可没，来，你也喝一口！"

用人头骨做的酒器？这对王昭君来说既新鲜又多少有些恐惧，不过，此情此景，面对广袤的草原与亮堂堂的太阳，面对韩将军与呼韩邪单于的鼓励，王昭君接过头骨酒器，大着胆子将里面的酒一饮而尽。

看到汉女王嫱竟也这般豪爽，呼韩邪单于高兴地大笑道："哈哈，果然是我的宁胡阏氏！"

日子过得真快，一晃几十年过去了。

清晨，秋菊端着一个托盘来到王昭君面前，说："夫人，天气凉了，喝碗羊肉汤御御寒吧。"

王昭君说："我说过多少次了，大家年龄相当，你们唤我一声大姐就行了，何必多礼呢！"

如琴笑道："那可不成，到底还是要有尊卑之分的。"

王昭君说："你们这是要活活折磨死我呢！当初给你们找了人家，百合、采莲乖乖地嫁了，你们却死活不肯离开。要是当初嫁了人，如今也是做婆婆的人了，你们俩呀，生生是要让我牵挂一辈子了！"

如琴说："夫人，我们愿意。"

秋菊催促道："夫人，快喝吧，要凉了。"

王昭君嗔道："夫人夫人，看看，又来了！"

喝了一碗热乎乎的肉汤，王昭君感到自己的精神清爽了许多，正想出去走走，如琴说："夫人你看，是谁来了？"

说话间，一个年轻的匈奴男子走了进来。

"母亲，虎儿来看您了。"男子走进来躬身施礼。

虎儿是王昭君为儿子伊屠智牙师起的乳名，伊屠智牙师四十岁出头的样子，极英俊。从伊屠智牙师的神情上王昭君看得出，边关的形势大约是更紧张了。

王昭君关切地问道:"虎儿,是不是又有什么不好的消息了?"

伊屠智牙师不得不把几天来边关发生的事情告诉了母亲。

原来,那天汉使颁读了王莽对匈奴的诏书之后,终于惹恼了乌珠留若鞮单于。于是,乌珠留若鞮单于立刻召集几位将军,命令他们杀进关去,给那王莽老儿些颜色看看。

乌珠留若鞮单于说:"按说,当年父王和汉元帝共同创建的和平大业是不能违背的,但是王莽欺人太甚,他本来就不是刘家的什么人,他有什么资格当汉朝的皇帝?有什么资格对我们匈奴指手画脚?"

于是乌珠留若鞮单于命令驻守在夫羊句山峡和阴山一带的边王挑选出勇猛强悍的匈奴人组成了几支马队,日夜兼程地向云中和朔方几个地方冲杀了过去。

听了伊屠智牙师的话,王昭君的心情又沉重了起来。

三十多年来没有什么战乱,匈奴人得到了充分的休养生息,现在的匈奴畜牧繁荣、人丁兴旺。不可否认的是,匈奴人本来就是马背上的民族,骨子里天生就有勇猛强悍的血性,所以匈奴人并不害怕战争。当奔跑的马蹄与戈壁上的石头碰撞出火星时,匈奴人骨子里的那种狼性也被激发了出来,他们像一道黑色的火焰直向云中和朔方一带席卷而去。

也许乌珠留若鞮单于并不想发动大的战役,只是要震慑一下王莽,让那老儿明白,匈奴人的眼里也是揉不得沙子的!

王昭君的担心终于成了事实。

据说,那天晚上,云中郡的刘太守披着一件夹袄正坐在昏暗的油灯下打瞌睡,面前放着一杯淡茶。刘太守已经在这里守了二十多年,年深月久,从一个意气风发的青年熬成了一个半老头子,一个人的精气神儿慢慢地被边关的寂寞和冷清给抽光了。前些年,汉成帝在的时候,朝廷还经常有人来关照一下他这荒僻之地,粮草军饷的发放也能如期而至。汉成帝驾崩后汉哀帝当政,关内的粮草经常接济不上,官兵们的饷银更是有一搭无一搭,先前官兵们还怨气冲天地骂骂娘,后来渐渐地习惯了也皮实了,身上的锐气衰减殆尽，逐渐变成一副副软塌塌的皮囊，连骂娘也懒得去骂了，反正是熬日头，熬一日便少一日了……如今已经是王莽登上皇帝宝座的第七个年头，朝廷的诸般大事已经让他左右不能兼顾，所以对边塞士卒们的冷暖就更无暇顾及了。士卒们也落得轻闲，一天到晚他们最大的乐趣就是在靠着边关的土城墙晒太阳，在和煦的太阳光下惬意地打瞌睡、抓虱子……

刘太守刚刚脱了衣服钻进被窝，正要吹灯时，忽然听得外面有人惊慌地喊道："不好了，匈奴人杀进来了！"

刘太守骂了一句："这么晚了，什么人在外面喧哗？"刘太守一定以为是他手下的士卒们闲得无聊在搞恶作剧。

房门"哗"地一下被推开，一个奴仆惊慌地跌进来，战战兢兢地说："大人，不好了，匈奴人杀进来了！"

刘太守喝道："不要惊慌，慢慢说！"

奴仆说："大人，真是匈奴人杀进来了，已经进城了！"

这时，外面什么地方突然起火了，火光熊熊映得半边天空通红。

刘太守这才相信，真的是匈奴人杀进来了，他故作镇定地吩咐道："几个小蟊贼也把你们吓成这样，傻站着干什么，赶紧去叫都尉组织兵士将蟊贼赶出城去！"

奴仆哆嗦着说："大人，都尉已经阵亡了……"

听到这里，刘太守顿时慌了手脚，他将奴仆打发走后自己竟然哆嗦着好半天穿不上裤子。刘太守出了屋子来到院子里，可还没容他看出个究竟，只觉得脖子上凉飕飕地掠过一股冷气，便倒在地上不动了。

那天夜里，匈奴人同时还袭击了朔方城，朔方城的太守和都尉同时被杀。

谁都没有料到匈奴人会来得那么快，像旋风般袭来又像旋风般消失，所到之处，火光遍地。好多年不打仗了，守城的士卒已经习惯了四平八稳的日子，他们没有想到匈奴人会这般剽悍，袭击一座城池竟然麻利得像秋风扫落叶一般！

这次袭击，是汉匈和好三十多年来第一次刀光剑影的摩擦。虽然仅仅是一次小规模的擦枪走火，但足以使两国百姓震惊：战火烧起来了，老百姓又要遭殃了……

王昭君听说发生在云中郡的战事后，心急如焚。她知道，集结在阴山南北的汉匈双方，一旦刀枪相撞，他们就会像野兽嗅到血腥一样失去理智，双方就会死死地纠缠在一起拼个你死我活，他们就像是两群饿极了的狼，在对方撕开口子的肌体上撕咬着、搏斗着，最后落个两败俱伤。

王昭君坐在毡榻上心里油煎般地难受，她痛惜呼韩邪单于苦心创建的匈汉和平就要付诸东流了，天呐，这可如何是好啊！

忽然，王昭君看到坐在一旁愁眉紧锁的女儿云和女婿须卜当，一个大胆而冒险的想法涌了出来。她拉着云的手说："云儿，匈汉关系到了这步田地，打仗不是个办法，总得有人出来斡旋才好，可惜母亲老了……"

云是何等聪明的女人，她听懂了母亲的弦外之音，她说："母亲有什么话但说无妨。"

王昭君说："我们汉人有句话说，养兵千日用兵一时。你是匈奴的女儿，这个时候，你该挺身而出了。"

云说："这两天我也在想这个问题，匈汉关系有了裂痕就需要修补。可如今王莽当政，据说那是个喜怒无常的家伙，我只是担心和这种人……"

王昭君说："云儿，那王莽虽然骄横跋扈，但他好歹也是读书人出身，总不该一点道理都不讲吧？若是有人前去斡旋，或许两国百姓可以免遭战火的涂炭，可要是一任势态无节制地发展下去，两国的百姓就苦了……"

云见母亲这样说，忐忑道："可是母亲，我行吗？"

王昭君说："云儿，你行，只要你心中装着匈奴百姓，就肯定能弥补匈汉间的裂痕。母亲拜托你了！"

一直没有说话的右骨都侯须卜当这时开口道："母亲，我想过了，我和云一起去吧,有须卜当一同前往,母亲尽可放心。"

王昭君眼里有了泪,她对须卜当说:"有你和云儿同去我自然是放心了,可你是右骨都侯,单于庭的辅政重臣,乌珠留若鞮单于如今有病在身,你离得开吗?"

须卜当说:"当下最重要的家国大事就是匈汉关系,这件事情不妥帖,国无宁日,百姓无宁日。我现在就去面见乌珠留若鞮单于,我想他会答应的。"

右骨都侯须卜当来到乌珠留若鞮单于的寝帐时,大单于正在一声接一声地咳嗽着,他看到须卜当,示意他坐下。

须卜当担心地问道:"大单于的咳疾又犯了,我还是去找个巫医来瞧瞧吧。"

乌珠留若鞮单于喝了两口水,制止道:"不用,有事你就说吧。"

须卜当向乌珠留若鞮单于说了入汉的想法。

乌珠留若鞮单于说:"右骨都侯,咱们君臣想到一处去了。"

虽然前些天乌珠留若鞮单于派兵袭扰了云中郡和朔方郡,但平心而论他并不是真想打仗,只是想敲山震虎,吓唬吓唬王莽。虽说这些年匈奴国力强大,就是真打起仗来也足以和王莽的大新朝抗衡,但打仗就要死人,就会消耗国家的元气。"男儿去打仗,妇孺守后方,征战归来日,白骨漫沙场",没有哪一个母亲和妻子愿意看到那种悲凉的胜利场面,就算战争打赢了,草原上整日萦绕着女人们的哭声,那又有什么意思?所以,当右骨都侯须卜当提出南下斡旋的事情时,乌珠留若鞮单于当即爽快地答应了。

乌珠留若鞮单于对须卜当说:"右骨都侯,匈汉双方陈兵阴山南北,各自步步紧逼互不相让,斡旋的事情宜早不宜迟,你们快去准备吧。"

乌珠留若鞮单于说着又咳嗽了起来。

须卜当关切地说:"大单于,你这咳嗽已经有些日子了,硬扛着可不成。"

乌珠留若鞮单于道:"不碍事,大约是天气骤然冷了的缘故。你快快收拾东西准备南下,我过些日子自会好的。"

云和须卜当这是第二次入汉。第一次入汉是汉哀帝的建平二年(公元前5年)。当时,还是大司马的王莽为了讨好他的姑姑王政君太皇太后,向太皇太后举荐了王昭君的女儿云。王莽对太皇太后说:"云是王昭君的长女,听说容貌不输她的母亲,性子又极伶俐,老太后何不唤来让她陪侍些日子?"

太皇太后欣然接受了侄儿王莽的孝心。

半年后,云和须卜当来到了长安。他们夫妇那次在长安逗留了将近一年的时光。

云和须卜当带着儿子奢离开单于庭的那天早上,天空又开始飘雪。雪不大,风也不大,只是天气却冷了许多。

乌珠留若鞮单于带着单于庭的人到穹庐前的草地上为云和须卜当送行。短短几天的时间,他竟然显得憔悴了许多。

王昭君在秋菊和如琴的搀扶下也来到穹庐前的草地上,她拉着女儿的手,嘱咐道:"闺女,早去早回,大家都等着你们的好消息呢!"

说完,王昭君在外孙奢的额头上轻轻地吻了一下,说:"去吧,照顾好母亲和父亲。"

王昭君乐呵呵地拍拍奢的脑袋,只有细心的如琴看到了夫人的眼睛里闪动着亮晶晶的泪光。儿行千里母担忧啊,何况这一去生死未卜,她怎么能不担心呢!

云正要上车时,忽听得身后有人喊道:"姐姐!"

云回头一看,竟然是妹妹金珠。

云说:"妹妹,你怎么来了?"

金珠埋怨道:"还是当姐姐的呢,这么大的事也不告诉我一声,要不是我恰好回来看母亲,你这一走,咱姐俩还不知道啥时候才能再见面呢!"

说着，金珠的眼睛里有了泪。金珠出嫁后，随丈夫当于将军去了婆家，由于路途遥远并不怎么回来。

云拉着妹妹的手说："看看，这不是也见着了嘛。你呀，也是做母亲的人了，还动不动就掉眼泪，没出息！好了，你来了母亲就有人照顾了，我出门也就放心了！"

车队已经开始行动了。

须卜当拉着两匹马来到云的身旁催促道："不早了，我们上路吧。"

云抱了抱妹妹，又来到母亲身边抱了抱母亲，然后接过丈夫手中的缰绳……

金珠在后面喊道："姐夫，照顾好姐姐——"

直到连马队的烟尘都望不见了，王昭君才转身向自己的毡帐走去。王昭君对金珠说："来，扶母亲一把，我这两条腿怎么一点劲都没有了呢？"

一直不离左右的如琴笑道："夫人，这两天你心上的弦绷得太紧了，一旦放松下来，可不就没劲儿了嘛！走，回去我给你熬一碗热乎乎的羊肉汤补补吧。"

王昭君摇摇头，叹息道："唉，岁月不饶人啊，怎么说也是五十多岁的人了……"

第四章

王昭君与呼韩邪

> 我是一个女人，按照两千多年后人们的说法我应该是一个名女人。其实这并不重要，重要的是我是一个妻子，一个母亲。从相夫教子到齐家平国的过程，我却在不经意间完成了。

第四章

王昭君与呼韩邪

自从女儿和女婿南下之后，王昭君紧锁多日的眉头终于舒展开了。她了解她的大女儿云，虽然是个女子，但斡旋能力绝不在须卜当之下，况且云在汉平帝的元始年间已经入汉侍奉过太皇太后，对于汉宫的诸多事情她并不陌生，但愿他们这一去能够马到成功。

这天早上起来，看到太阳很好，虽然已是冬天了，但由于没有风，天气并不怎么冷。王昭君心血来潮，对小女儿说："金珠，快起来！我们今天打猎去！"

自从姐姐走后，金珠就一直陪在母亲身边。虽然现在的乌珠留若缇单于对母亲很尊重，要是在汉朝她现在的身份已经相当于皇太后了，可是金珠知道自从父亲去世后母亲其实很孤独。金珠不像她的姐姐那样有着一副男人般叱咤风云指点江山的性格，她一直认为姐姐是为了匈奴而来到草原上的；而她就是她，她是女人金珠，金珠是为了男人而来到这个世上的，或者干脆说就是为了她的丈夫当于将军，当于将军说金珠是缓缓流淌在草原上的一湾水，清澈透明，能洗去男人一身的征尘和疲惫。在母亲身边，金珠是一只长不大的羊羔子，让你疼让你爱，还给你温存和快乐。金珠撒娇说:"那是你们把我给宠坏了,别忘了我小时候可是跟着父亲练过功夫的,一旦发起威来,了不得呢!"

金珠听母亲说要去打猎,高兴地爬了起来,倒不是她本人多么想去打猎,而是母亲高兴了,她自然也就高兴了。

早饭很简单,依然是不稠不稀的肉粥。王昭君来草原上多少年了,特别钟情的早饭就是这肉粥。羊肉切成细细的丝儿,加上糜米,再稍稍放一点盐,熬上半个时辰,香喷喷、热乎乎的,喝上一碗又顶饿又解渴,真是再好不过了。

虽然已经是五十多岁的人了,可王昭君看上去并不显老,依然是个风韵犹存的美人,只不过比年轻的时候显得丰腴了一些。

听说母后和金珠要出去打猎,乌珠留若鞮单于立即吩咐手下去安排。当王昭君和女儿来到单于庭外面的草地上时,二十多个装备整齐的武士已经骑马等候在那里了。

王昭君笑着说:"各位壮士,你们回去吧,我们只不过想出去走走,不劳烦你们了。"

武士谦恭地说:"这是大单于的命令,我们不敢违抗。"

正如王昭君和女儿说的那样,她其实就是想出来走走,你看太阳多么好啊,初冬的时候难得有这样的好天气。

王昭君和女儿骑马在前面走着,武士们远远地跟在后面。

草原上的草已经完全枯了,虽然没有了夏天的碧绿和秋日的金黄,但却将一种成熟后的深沉弥散在大地上。沉甸甸的褐黄铺天盖地,从脚下一直缓缓地向天边弥漫着,渐渐地变成一种温厚与宽阔。

王昭君和女儿松开缰绳任由马儿小跑了一阵,感到身子活泛了许多。金珠嬉笑着说:"母亲,真看不出您是五十多岁的人了,跟我来的那几个使女差点把咱俩当姐妹呢!"

王昭君笑道:"不许胡说!这么大的人了净说浑话!"

金珠嗔道:"哎呀母亲,怎么是浑话呢,我巴不得您今年五十明年四十越活越年轻呢!"

王昭君望着眼前熟悉的草地，心里忽然掠过一丝伤感。三十年了，哪一年不出来打几次猎呢？先是跟稽侯珊，后来是跟雕陶莫皋，再后来就是自己一个人了……

忽然，一只野兔从眼前窜了过去，王昭君脱口而出："单于，快看！"

金珠一愣，说："母亲，您说什么？"

王昭君回过神来，笑笑说："哦，没说什么。"

王昭君打马向前跑去，仿佛走进了另一番天地，她似乎看见前面一队人马在草地上奔跑着，而打头的那个结实的汉子就是她尊敬的呼韩邪大单于……王昭君心里明白，那不是真的，那已经是三十年前的事了，但她却管不住自己的坐骑，一路追赶过去。她仿佛钻进了一条时光隧道，三十多年前的事情，如梦如幻，渐渐变得清晰了起来。

……自从王昭君来到单于庭后，呼韩邪单于就一直和她住在一起，与其说他是王昭君的丈夫，倒不如说是位体贴的兄长。前后三次入汉，呼韩邪单于的汉话已经说得很地道了，只有他在身边时，王昭君心里才会感到踏实。那天早上，奴仆像往常一样端来了早饭，除了奶子和肉食之外还有一点盐。王昭君几乎没吃什么东西，说实话，她真想喝一碗家乡的米粥。

"我的宁胡阏氏，你难道有什么心事吗？"呼韩邪单于问道。

王昭君说："没有。"

"肯定有，你的眼睛告诉了我。"呼韩邪单于笑呵呵地说，像个善解人意的大哥哥。

"我想……今天我不想待在家里了，我想和你出去走走。"王昭君说。

"那好吧。我今天带你去一个地方，保证让你高兴。来人！吩咐下去，宁胡阏氏今天要出去走走，叫他们备一匹听话的马。还有，告诉他们带足水和干粮，我们说不准要在外面过夜。"

王昭君小声说："单于，你这样宁胡阏氏地称呼着，倒显得生分了呢，你叫我昭君就好。"

"好好好，本王依你就是了。"呼韩邪单于笑着说。

呼韩邪单于带王昭君出去打猎。那天，他可真威风，穿了一件牛皮制成的甲胄，呈棕红色，上面钉着亮闪闪的铜饰，很威武也很帅气。

王昭君看看自己的衣裳，说："单于，我……就穿这出去吗？"

呼韩邪单于笑笑，说："看看，是本王疏忽了。"随即吩咐道，"去，把本王送给宁胡阏氏的东西拿上来！"立刻有人送来一个精致的皮匣，呼韩邪单于示意王昭君把它打开。王昭君打开皮匣一看，竟然是一副浅棕色的小牛皮软甲！

王昭君高兴道："单于，是给我的吗？"

呼韩邪单于笑道："快，穿起来试试！"

王昭君抱着软甲向寝帐跑去，片刻后出来时，已经是另一番模样了。

呼韩邪单于笑着赞叹道："天神啦！快瞧瞧，这是哪里来的小将军啊！"

王昭君羞涩地笑笑，说："大单于，你又取笑昭君了。"

呼韩邪单于牵着昭君的手来到外面，马已经备好了，给王昭君准备的是一匹温顺的小白马。小白马通体洁白，只在眉心的地方有一块核桃大小的黑点，显得俏皮而妩媚。呼韩邪单于的力气可真大，他将他的宁胡阏氏抱起来，只轻轻一托，王昭君便稳稳地坐在了小白马的背上。

呼韩邪单于关切地问："我的宁胡阏氏，坐稳了吧？别怕，有本王呢！"

王昭君心里忽然生出一些感动，除了小时候父亲对自己的些许关爱之外，她不记得还有哪个男人宠过自己，连同在汉宫的那两年也算在内，她王昭君活得就像是野地里的一棵草；可是眼前的这个匈奴汉子却像爱护自己的眼睛似的珍爱着她，这样的日子如能相伴一生，也该知足了。

初秋的草原，暖融融的，空气中弥漫着醉人的草香，越走脚下的草越茂密，荡来荡去差不多有半人多高。王昭君感叹道：怪不得这里能养活那么多的牛羊呢，这草就是饱满的乳汁啊，一方水土养一方人，这话一点都没错。

呼韩邪单于率领的这支马队正走着，顺风传来一阵叮咚的驼铃声。不一会儿，一支商队从草浪里钻了出来，有骆驼有马，驮着的羊皮口袋鼓鼓囊囊的。

离着老远，呼韩邪单于就和商队的人打招呼："你们这是刚从南边回来吧？"

商队的人见是呼韩邪单于，恭敬地说："是的，大单于。"

呼韩邪单于说："生意不错吧？"

商队的人说："托大单于的福，生意不错。我们到马邑去卖马，赚钱了，回来的时候捎了些布匹和日用品，大单于您瞧，羊皮口袋都快撑破了呢！"

呼韩邪单于呵呵地笑着说："好啊，快走吧，家里人还在等着你们呢！"

商队的驼铃声又响了起来。

呼韩邪单于笑呵呵地对王昭君说："看到了吧，这就是你的功劳。"

王昭君不解地问："什么我的功劳？"

呼韩邪单于说："匈汉两国从过去的连年征战到现在的和平相处，你王昭君功不可没啊！从此匈奴和汉朝是亲戚了，这边是你的婆家，那边是你的娘家。女人啊，真是不可小瞧，别看你们柔弱似水，有时候还真能熄灭一场战火呢！"

王昭君笑道："单于，过奖了。在汉朝大多数的男人眼里，女人不过是一件衣裳，想穿时拎起来，不想穿时就扔在一旁。"

呼韩邪单于说："在我们匈奴不是这样的。匈奴女人比征战沙场的武士们更让人尊重，她们首先是母亲，是她们孕育了所有的男人和武士，就像大地孕育万物一样。匈奴男人出去打仗了，女人留在家里放牧牛羊，哺育儿女，一年四季她们没有一刻轻闲。男人们若能囫囵个儿地回来，那便是女人们天大的欢喜；若是男人们回不来了，匈奴女人也没有怨言，她们拖儿带女依然在草原上一日日地苦熬着。昭君啊，在我们匈奴人的眼里，匈奴女人是让人尊敬的，没有她们就没有匈奴啊！"

王昭君叹了口气，说："唉，无论汉朝还是匈奴，女人终归是可怜的。我的大单于，那你们不打仗不行吗？为什么要把那些可怜的女人们撇在草原上受苦呢？"

呼韩邪单于接着说："昭君，虽然我们匈奴人整日驰骋在马背上，但我们并不是个爱打仗的民族，我们只希望在自己的地盘上安静地过日子，生儿育女，放牧牛羊。其实，匈奴人打仗多半也是为生活所迫，吃不饱穿不暖的时候就打出去抢，要么和外族，要么和族人，从头曼单于开始一直打了几百年，结果呢，并没有分出个你高我低，有的只是两败俱伤。唉，说起来让人惭愧啊！"

王昭君没想到呼韩邪单于能说出这样一番话来，心里对这位如父兄般的丈夫生出了几分敬意。

说实话，他们那天并没有打到多少猎物，呼韩邪单于带王昭君出来主要是为了散散心，唯恐她过不惯匈奴的生活。

"单于，不早了，我们该回去了。"王昭君说。

呼韩邪单于笑笑说："别急，我说过要带你去一个地方的。"

王昭君问："什么地方？"

呼韩邪单于说："你别问，一会儿就知道了。"

说罢，他用马鞭在小白马的屁股上轻轻抽了一下，王昭君来不及说什么，小白马便轻快地跑了起来。

跑着跑着，忽然王昭君大声喊道："单于！"

呼韩邪单于勒住马，问："什么？"

王昭君欢快地喊道："单于快看！"

随着王昭君手指的方向，呼韩邪看到一只野兔蹲在草丛中望着他们发呆。

呼韩邪单于说："那是一只老兔子了，已经到了风烛残年，我们就不要打搅它了。"

从呼韩邪单于的眼神里，王昭君看出了这位匈奴单于的悲悯仁慈，难怪他肯屈尊降贵前后三次附汉呢，作为一国之君，他心里装着的可全是匈奴百姓的悲欢啊！

十月的草原，一片芬芳。

马队又跑了一个多时辰，眼前的草原出现了一个缓坡，昭君跟着呼韩邪单于上了缓坡后，她忽然被眼前的情景惊呆了：面前的山洼里出现了一大片桦树林，也许是经了霜的缘故，树叶都变成了红色，远远望去，那些树们仿佛高举着大捧大捧的红色花朵，美艳极了。

呼韩邪单于跳下马来，朗声对那些随从说："去准备吧，今天就在这里过夜了！"

呼韩邪单于把王昭君从马上抱了下来，然后牵着她的手向那片林子走去。王昭君望着比自己高出一大截的呼韩邪单于，一座塔似的在身边晃来晃去，她感到心里非常踏实。

呼韩邪单于牵着王昭君的手直向林子的深处走去。蓦地，王昭君的眼前出现了一座小屋，样子和毡帐差不多，看上去很是精致。

呼韩邪单于说："进去看看吧。"

王昭君推开门，屋子里有一股清香的桦树皮的味道，很干爽。屋内收拾得十分洁净，正中间是一张睡榻，上面铺着厚实的熊皮褥子，墙上木头的缝隙间插着大把大把的干花，粉的白的，如云如雪。

王昭君摸摸这儿，摸摸那儿，眼睛里满是喜悦。

呼韩邪单于说："这是特意用桦树皮为你搭建的。这花叫干枝梅，是咱们草原上特有的，永远都开不败。"

王昭君仔细地瞧着那些花，果然是精妙，成千上万朵细碎的花密密匝匝地挤在一起，不过豆粒般大小；那花瓣仿佛是粉白绫子做的，中间绽着几点金黄色的花蕊。这花的奇妙之处就在于从打开了就是这般模样，不枯不萎，永远都开不败。

呼韩邪单于不仅是匈奴人的大单于，他也是个好丈夫，他知道匈奴能有今天祥和的局面不容易。一个南国女子能无怨无悔地跟他来到大漠过日子，这并不是任何一个寻常女子都能做到的，所以他很珍惜王昭君，珍惜这个如他女儿一般的年轻妻子。

那天晚上,他们就在那间小屋里安歇,没有人打搅,也没有什么事情干扰,天上的月亮就是他们的灯盏,他们相拥而卧在厚墩墩的熊皮褥子上,听着外面的树叶哗啦啦的声响……

那天夜里,王昭君做了个奇怪的梦,她梦见自己先是被禁锢在一个沉寂的黑洞里,没有声音,四壁坚硬而潮湿。她在里面摸索着,企图找到一道缝隙或一个出口。就在这时,前面什么地方突然亮起一点光,细小如豆,温暖成橘黄色,她欣喜地向那点光奔去。可是脚下的鞋子太沉重了,拖得她几乎迈不开脚步。她使劲甩掉鞋子,又感到身上的衣裳拖泥带水滞重不堪,于是又蝉儿似的蜕掉了那些衣裳……这时,她赤裸的身子变得无比轻柔,羽毛般地飘了起来。在那点光的引导下,她飘进了一个幽长的隧道,隧道里很黑,只在很远的地方透来一点光亮……渐渐地,隧道里变得明亮起来,渐渐地有了花香,有了笑声,迎面飞来一群只有蜜蜂般大小的孩子,孩子们嬉笑着在她身边飞来飞去,引导着她朝着一片光明飘去……就在她从隧道里脱颖而出的刹那,她看到眼前祥云缭绕,霞光万道,四处莺歌燕舞,百花盛开……骤然间,一阵仙乐扑面而来,丝竹弹唱,鼓乐笙箫……云雾间,一群美丽的仙子踏歌而来……

从树林里回来后不久,王昭君忽然病倒了,不吃不喝,在寝帐里无日无夜地昏睡,呼韩邪单于请巫医看过之后也不见有什么起色。眼见得王昭君一日日消瘦下去,呼韩邪单于心急如焚。

众阏氏们听说宁胡阏氏病了,都过来探望,王昭君竟然没有力气起来见礼。阏氏们也说不清王昭君这是得了什么病。五阏氏陶奴则显得有些幸灾乐祸,说:"咱们的大单于把宁胡阏氏宠得也太没边了,他们一定是在林子里冲撞了什么东西,这是魔鬼在惩罚她呢,不如到范夫人城把我表姐请来给驱驱魔,或许就没事了呢!"

呼韩邪单于喝道:"滚开!你少给我提那个达达夫人,上回差点出了人命,我还没找她算账呢!"

这时,颛渠阏氏与大阏氏走了进来,她们来到王昭君的睡塌前,仔细地询问了她的病情后，俩人交流了一个眼色，会心地笑了。大阏氏对呼韩邪单于说："恭喜大单于，宁胡阏氏没有病，她这是有喜了！"

呼韩邪单于大喜，高兴道："是吗？有喜了？啊呀，这可太好了，咱们单于庭又要有一个王子出世了！"

颛渠阏氏和大阏氏是亲姐俩，她们都是四十多岁的女人了，姐妹俩性情温和、待人和善。虽然与王昭君同为呼韩邪的女人，但自从王昭君来到单于庭后，她们待王昭君却如自己的女儿一般。

这天，王昭君正在自己的寝帐里做针线活儿，虽说肚子里的孩儿离出生还有一段时日，但小衣裳小帽子却是要尽早准备的。王昭君有了身孕，大阏氏是最欣喜不过了，她将自己寝帐里的好东西都搬了过来，吃的用的几乎倾其所有。她对姐姐颛渠阏氏说："昭君肯从那么远的地方嫁到匈奴来，已经够难为她了，现在有了身孕可不能让她受了委屈。"颛渠阏氏笑道："那是自然，姐姐明白。"

如琴和秋菊在忙着收拾阏氏们送来的东西，见大阏氏又着人送来许多吃用之物，笑着说："大阏氏，您就缓缓吧！昨天颛渠阏氏送来的东西还没收拾利落呢！"

大阏氏呵呵地笑着对王昭君说："我说昭君啊，你看看你，太瘦弱了，你得好好吃，俗话说母壮儿肥嘛，就是不为你自己也得为你肚子里的娃娃着想啊！"

大家正说笑着，呼韩邪单于一阵风般地闯了进来，脸上挂着怒气，一屁股坐在毡榻上。

颛渠阏氏姐妹见状，相互使个眼色，对呼韩邪单于说："稽侯珊你回来了？好生歇着吧，我们也该回去了。"说着姐妹二人便走了出去。

王昭君柔声问呼韩邪单于道："单于脸色这般难看，莫不是出了什么事？"

呼韩邪单于说："还不是为了我那哥哥！"

王昭君不解地问道："你不是说呼屠乌斯哥哥已经去世了吗？他怎会惹你生气呢？"

呼韩邪单于叹口气说:"他是走了,可他养的'好'儿子,那乌幕渠堂竟然屡次袭击我的边民,抢掠牛羊。这小子太贪婪,半月前抢了许多牛羊还不肯罢休,前日又强拆了牧人的毡帐,掳走不少女人,结果被当于家族的兵士发现了,当即绑了送了过来。"

王昭君小心地问道:"那……大单于准备如何发落你的侄子乌幕渠堂呢?"

呼韩邪单于不耐烦地说:"这个狼崽子,留着无益,索性砍了算了!"

王昭君沉吟片刻,说道:"大单于,这乌幕渠堂也是有儿子的人,他的儿子将来也会生儿育女,今日你把乌幕渠堂杀了,保不住什么时候他的儿子就会前来寻仇,如此冤冤相报,什么时候才算有个了结呢?何况你与呼屠乌斯哥哥还是一母同胞的亲兄弟,大单于的父母都在天上看着呢,难道你就真把你亲侄子杀了不成?"

呼韩邪单于叹口气问道:"那你说怎么办?"

王昭君给他端来一碗热乎乎的奶子,说:"能不能让我见见你那侄儿乌幕渠堂?"

呼韩邪单于不解地问:"你见他做甚?"

王昭君笑道:"大单于别问为什么,你允我见见就是了。"

第二天一早,在呼韩邪单于的寝帐里王昭君见到了乌幕渠堂。乌幕渠堂三十多岁,衣冠不整,人也显得极憔悴,被绑进来的时候却是一副桀骜不驯的样子,一双眼睛充满了敌意。

王昭君笑望着对呼韩邪单于说:"在自己家里还绑着做什么,还是给侄儿松开吧。"

呼韩邪单于没有说话,没有说话就是默许了,王昭君于是示意兵士们给乌幕渠堂松了绑。她端了一碗酒走过来,温和地说:"先喝碗酒驱驱寒吧。"

一碗酒喝下去后,乌幕渠堂渐渐放松了下来。

王昭君道:"乌幕渠堂,你用不着害怕,按辈分讲,你该唤我一声婶婶，我是宁胡阏氏王昭君。"

乌幕渠堂闷声说："我听说了。"

王昭君又关切地问道："我知道，你们那地方苦寒，想必日子过得不舒展，否则也不会出来抢劫，婶婶说得可对？"

乌幕渠堂不说话，垂着脑袋坐在了地上。

王昭君拿过一个毡垫对乌幕渠堂说："坐垫子上吧，暖和些。"

乌幕渠堂说："本来我是什么都不想说的，杀便杀了，多说无用。可婶婶待我如此宽厚，我……"

王昭君道："乌幕渠堂，好歹我们也是亲戚，有什么难处你就说出来，或许婶婶能帮你一二呢？"

乌幕渠堂长叹一声，说："正如婶婶所说，当年父亲呼屠乌斯与汉朝交恶之后，屡战屡败，最后带着我们长途跋涉在北海边上安顿了下来。由于连年征战，部落已经十分空虚，父亲在的时候，日子还勉强过得去，父亲死后，便一日不如一日了。由于饥寒，部落里抢夺争斗时常发生，再加上北海连年的白灾……唉，婶婶，要不是日子实在是过不下去了，我也不会……"

王昭君这时对呼韩邪单于说："大单于，想必乌幕渠堂说的是实情，要不是被逼急了，他们也不至于冒着生命危险去抢劫。"

呼韩邪单于坐在毡榻上，没有作声。

王昭君叹口气，自语道："唉，今天杀，明天杀，杀来杀去杀自家，死的都是爹娘肉，女人戴上白绫花……"

王昭君转过身来对乌幕渠堂说："你叔父虽说是匈奴的大单于，可他也是一副慈和心肠，你还是求求你叔父吧，看在他与你父一母同胞的份儿上，或许能饶你不死……"

乌幕渠堂听了王昭君的话，当即跪在呼韩邪单于面前，说："叔父，侄儿错了，千不该万不该，不该抢掠叔父的边民，以后侄儿就是冻死饿死，也不会来叔父的地盘上抢掠了……"乌幕渠堂说着，泪水落了下来。

呼韩邪单于摆摆手，对士卒说："带他下去吃点东西吧。"

乌幕渠堂出去后，呼韩邪单于对王昭君说："你呀，好人都让你做尽了。你说吧，此事该如何了断？"

王昭君并不正面回答呼韩邪单于，只是笑着问道："大单于，如今我们单于庭的食物可充沛？"

呼韩邪单于道："自然充沛。"

王昭君又问道："那我们的毡裘锦帛可富裕？"

呼韩邪单于应道："这个不劳你操心，我库房里的毡裘锦帛怕是十年也穿不完。"

王昭君道："既是如此，难道堆在库房里让它沤烂了不成？我们何不拿出一二，也好救救乌幕渠堂的燃眉之急？"

呼韩邪单于哈哈大笑道："我就知道你要打我的主意！看在你的面子上，我已经默许不杀他们了，你却还要我资助他们食物和穿戴，你呀，难不成还要我再送些牛羊马匹给他们？"

王昭君立刻笑道："如此最好！大单于仁慈，这也正是昭君心里想的，昭君替乌幕渠堂谢过大单于了！"

呼韩邪单于疼爱地望着王昭君，笑道："你呀，我真是拿你无奈何了！"

乌幕渠堂离开单于庭的时候，呼韩邪单于给他带走了十几车的食物和毡裘，又吩咐下面的人赶来了上千只牛羊骆驼，他吩咐侄儿说："抢劫杀戮不是长久之策，回去后带着你的族人好生经营着这群牲畜，两三年后便是另一番光景了。"

乌幕渠堂抚胸颔首道："叔父待侄儿天高地厚，叔父的话侄儿记下了。"

乌幕渠堂转过身对王昭君深施一礼，道："姊姊保重，乌幕渠堂去了。"

王昭君嘱咐道："回去后好生过日子，切不可惹是生非了。若再有第二次，任谁也帮不了你了。"

乌幕渠堂含泪道："侄儿记下了。"

第二年的初夏，王昭君和呼韩邪单于的儿子伊屠智牙师出世了。

伊屠智牙师出世的时候，匈奴王庭东西各部正聚集在姑衍山下举行着一年一度最盛大的集会。

匈奴人在一年中要举行三次规模不同的集会：正月，单于召东西各部的王及贵族相会于单于庭，举行春祭，属于上层贵族间的聚会；五月的聚会规模和范围要大得多了，匈奴人聚集在一起祭祀祖先、天地、鬼神；九月间举行的蹛林大会是一次规模最大的王庭与民间的联袂活动，地点并不固定，有时在姑衍山下，有时在水草丰美的额尔浑河畔，是最热闹、最繁华的盛会。

牛羊开始上膘的时候，成千上万的匈奴人如蚂蚁一般从四面八方向姑衍山下涌来。仅仅两三天的工夫，姑衍山下就支起了成百上千顶大大小小的毡帐，站在山顶向下望去，绵延十几里，像是盛开了一片洁白的莲花；毡帐外围则是无数大大小小的畜群，浩浩荡荡，海海漫漫，有牛羊骆驼也有马匹……一时间，姑衍山下人喊马嘶好不热闹！

在一个高坡上，一顶宽大的毡帐分外醒目，这就是呼韩邪单于的大帐，也是各部的王和首领们议事的地方。此刻，呼韩邪单于站在大帐前，身旁是王和他们的阏氏，呼韩邪单于俯望着面前繁荣的景象，心中好不得意，他呵呵地笑道："没有战乱的袭扰，百姓才得以安居乐业，照此下去，我就是死了也安心了。"

颛渠阏氏制止道："大单于何必说这样不吉利的话，单于身体康健如日中天，这是我们匈奴的福分，咱们的好日子还在后面呢！"

呼韩邪单于听了哈哈大笑道："我不过是随口说说，何必认真呢。别看我已经是五十多岁的人了，你看看，我这身体壮实得像头豹子。我要亲眼看着匈奴一天天壮大起来，放心吧我的颛渠阏氏，我十年八年的死不了！"

这时，雕陶莫皋来到大帐前，拱手道："父亲，走马和斗驼就要开始了，父亲不去看看吗？"

呼韩邪单于朗声道:"好,过去看看!大阏氏,你们照顾一下宁胡阏氏。"

这是王昭君出塞后第一次参加这样规模的盛会,她看什么都感到新鲜。和沉郁的汉宫相比,这里的一切都在蓝天白云下进行,和煦的阳光豁朗朗地照耀着草原万物,明亮而热辣。王昭君的心情好极了,感觉就像小时候在秭归跟着大人们逛庙会似的,只不过这里的"庙会"规模要大得多。

忽然,什么地方传来一阵有节奏的"咚叭咚叭"的声音,激越而热烈,其间还夹杂着人们呜呜的欢叫声。

王昭君不解地问大阏氏:"姐姐,你听,这是什么声音?"

大阏氏笑着问道:"想过去看看吗?"

王昭君瞅着自己的肚子,啜嚅道:"自然是想了……"

大阏氏说:"好!我们过去看看!"

颛渠阏氏叮嘱说:"妹妹,好生照顾着昭君!"

大阏氏是颛渠阏氏的亲妹妹,他们同为匈奴贵族呼衍王的女儿,当年她们双双嫁给了呼韩邪单于。颛渠阏氏育有二子,大阏氏生了四个儿子,长子就是雕陶莫皋。一晃二十多年过去了,姐俩的儿子们都已经娶妻生子,赐爵封侯了。

颛渠阏氏姐妹都是性格温厚的女人,虽然与王昭君同为呼韩邪单于的阏氏,但在生活中却像母亲似的关照着她,有时候大阏氏还悄悄地开玩笑说:"看来是天神把红绳给拴错了,你应该是我的儿媳妇才对啊。"

王昭君的命运被大阏氏的话不幸言中,两年后,王昭君从胡俗嫁给了她的儿子雕陶莫皋。当然,这是后话。

大阏氏和王昭君循着那激越的声音来到一个场子边上,围观的人群看到衣饰华贵的大阏氏和宁胡阏氏后主动让开一条通道,大阏氏拉着王昭君的手向里面走去。

王昭君惊叹道:"天啊,真热闹!"

场子的中央,几百名匈奴男女手拉着手组成了好几个大圈子,随着

"咚叭咚叭"的鼓声在跳着一种热烈而奔放的舞蹈，嘴里不停地"噢噢"地叫着，恣意而快乐。这种高亢激昂的情绪感染着围观的人们，不停地有人冲进场子里加入到那几个大圈子当中。

王昭君看着那些欢快的人群，心都有些痒痒了，要不是带着身孕，她也非去跳个痛快不可！

就在这时，人群忽然乱了！远处，一匹发疯的骆驼向这边冲了过来，毫无防备的人群四散奔跑着。

大阏氏护着王昭君磕磕绊绊地向外跑去，不时被疯狂的人们冲撞着，而身后的那匹疯骆驼瞪着血红的眼睛径直向她们冲了过来。

奔跑的人们终于认出了大阏氏和宁胡阏氏，纷纷跑过来帮助她们，人越裹越多，越多越乱，那匹疯骆驼却越来越近了。

就在那匹骆驼向王昭君冲过去的时候，忽然从斜刺里跃出一个人影，一堵墙似的向骆驼撞了过去，骆驼猝不及防，轰隆一下横着倒了下去。人群中发出一阵惊叹："啊！神力啊！"

大阏氏突然叫道："雕陶莫皋！"

大家这才看清撞倒骆驼的那人竟然是雕陶莫皋！

雕陶莫皋来到母亲和王昭君跟前，问道："你们没事吧？"

王昭君摸一把脸上的汗水，说："没事……"

不远处，呼韩邪单于带着他的卫队也向这边赶来。

忽然，王昭君"哎呀"了一声，捂着肚子缓缓地倒在了地上，脸色顿时变得惨白。

大阏氏慌张地问："你怎么了？怎么了，啊？"

一股殷红的鲜血从王昭君的袍子下流了出来……

那天，在天神温和目光的关注下，伊屠智牙师出生了。

五十多岁的呼韩邪单于又得了一个儿子，他高兴得都有些疯癫了。

呼韩邪单于站在山坡上他那顶硕大的穹庐前，高举着双手向苍天祝祷："天神啊，我稽侯珊又有了一个儿子，匈奴人从此又多了一个武士，感谢天神对稽侯珊的恩赐！"

然而，此刻的呼韩邪单于无论如何也不会料到，当他的小儿子伊屠智牙师一岁半的时候，他的生命却走到了终点。

匈奴人有句话说：勤劳的女人看手就知道；初生的豹子，看身上的花纹就知道。伊屠智牙师从生下来就看得出将来准是个英俊的小伙子，真正是目若晨星，面如满月。

伊屠智牙师生得像他的父亲那样结实，像他母亲那样端庄，而印堂上又不偏不倚地长着一颗米粒般大小的红痣。巫医看了说，这孩子将来必是大福大贵之人。

呼韩邪单于听了自然十分高兴。

可是，当伊屠智牙师长到一岁半的时候，忽然得了一种咳嗽病，常常咳得仿佛要把心都呕出来似的。呼韩邪单于望着小儿子昼夜不停地咳嗽，心疼坏了，于是传巫医速速前来诊治。巫医看过后说："大单于请放宽心吧，小王子的病暂时还不要紧，但是需要一副新鲜的熊胆配药，而且越快越好。"

呼韩邪单于不顾众阏氏和众大臣的阻拦，决意要亲自上山去猎熊。

初冬，地上落了一层薄雪，狼居胥山上参天的林木已经掉光了叶子，黑熊们大多已经钻进树洞开始了它们惬意的冬眠，这个时候它们是不希望有什么人来打搅的。呼韩邪单于带着几个武士闯进山后并没有费什么力气就找到了一个巨大的树洞，从凝集在洞口的那一层厚厚的霜雪可以断定，里面准有个大家伙。

呼韩邪单于命令武士们狠狠敲击树干，咚咚的声音震得树上哗哗地往下落雪。正在树洞里睡觉的黑熊被震醒了，它十分生气，想冲出去看个明白，但还是忍了，它实在不愿意离开那个暖和的窝，便抱着脑袋又睡了过去。

呼韩邪单于见没有动静，对武士们说："再敲，狠着点！"

咚咚的声音骤然间变得强烈了起来。树洞里的黑熊这回真的生气了，它低吼了一声，移动着笨拙的身子钻出洞来。

呼韩邪单于和武士们早已做好了准备，当黑熊从树洞里露头的刹那，一支锋利的长矛直向它胸前的那撮白毛刺去。本来还处于半睡眠状态的黑熊被突然的剧痛彻底惊醒了，它带着胸前那柄长矛直立起身子，一堵墙似的直向呼韩邪单于和武士们扑了过来。

要是脚下没有那根树桩就好了，要是呼韩邪单于的脚稍稍再抬高一点点就好了，但是，一切都好像是老天爷特意安排好了似的，呼韩邪单于注定是躲不过这一劫的。就在黑熊向他们扑过来的刹那，呼韩邪单于猛地举起右手，他要借力打力，就在他将那柄长矛又向黑熊的胸腔送进去半尺多，而黑熊已经擦着他的身子跃过去的时候，他突然被脚下一截树桩绊了一下，一个踉跄之后身子向前扑去，而他倒下的地方正好有一截锋利的树杈……

呼韩邪单于被树杈戳了一下，他甚至没有感到疼。好在那头黑熊没走多远就倒下了。他命令武士们取了熊胆，下山后翻身上马飞快地向单于庭方向奔去。

温暖的寝帐里，王昭君和大阏氏守候在伊屠智牙师身边，孩子还在剧烈地咳嗽着，体力也明显地衰弱了下来。巫医在地上走来走去，焦急地等待着呼韩邪单于他们归来。

忽然外面一阵骚动，紧接着就听见人们在喊："回来了，回来了！"

说话间，一身血污的呼韩邪单于手捧着熊胆走了进来，说："快！熊胆来了！"

巫医忙接过熊胆去配药。呼韩邪单于却疲惫地一屁股坐在了毡子上。

大阏氏照顾呼韩邪单于脱去外面的衣服，她忽然叫道："稽侯珊，你这是怎么了？"

王昭君上前看时，只见呼韩邪单于的侧腹部有一道三寸多长的伤口，还在不断地向外渗着血……

王昭君与大阏氏给伊屠智牙师灌下巫医配制的药之后，伊屠智牙师渐渐地缓了过来，第二天就开始要着吃东西了，整个单于庭总算松了一口气。

可是呼韩邪单于的精神却一天不如一天，疲惫乏力，身上忽冷忽热，伤口也总是红肿着消散不下去。巫医说一定是在山上冲撞了什么神灵，要不然就是黑熊死后的灵魂在作怪，于是在单于庭前面的草地上跳神驱鬼，直折腾了三天三夜。然而，呼韩邪单于的病情非但不见好转，反而更重了。

那年冬天，从北海刮过来的暴风雪第一次袭击单于庭的那个晚上，昏迷了好几天的呼韩邪单于忽然清醒了过来，他说他想喝一口肉汤。王昭君抹一把眼泪，高兴地说："好了，这就好了……"

王昭君一边吩咐如琴去熬汤，一边打发秋菊要她去把众位阏氏请过来。呼韩邪单于一把拉住王昭君的手说："昭君，不用去惊动她们了，我只想和你说说话。"他的脸色似乎比往日红润了许多。

王昭君从呼韩邪单于那格外明亮的眼神里感到了一丝不安，她俯下身子说："单于，有什么吩咐你就说吧，我把伊屠智牙师也抱来了。"

呼韩邪单于抚摩着小儿子，十分温和地说："昭君，看来我要走了……"

王昭君说："单于，你今天看上去精神好多了，你不要瞎想……"

呼韩邪单于摇摇头说："汉匈两家的战乱刚刚平息，我们的好日子也才刚刚开始，原以为我能看着我们的伊屠智牙师长大成人，看来，以后的日子要靠你自己了。"

王昭君的眼眶里浸满了泪水。

呼韩邪单于说："为了匈汉两家的和睦，也为了匈奴的安定，我曾经三次入汉，经过多年奔波，匈奴人终于能够安心过日子了。我担心在我走了之后，两国的关系会有反复，那我十几年的心血就白费了。"

王昭君努力将眼中的泪水咽了下去，说："单于，你放心，匈汉和好是顺应天意的大事，昭君只要有三寸气在，单于的心血就不会白费，你放心吧。"

呼韩邪单于说："昭君，你一个汉家女子，千山万水地跟我来到这里，没有亲人没有兄弟姐妹这且不说，你从来到单于庭的那天起，就跟着我吃匈奴饭穿匈奴衣，你受委屈了……"

王昭君说："单于，我是你的女人，我不委屈，我愿意。"

呼韩邪单于勉强做出一个笑容，说："你呀，可算得上是汉家第一个奇女子了，我稽侯珊娶了你，是我的福气，可是我却没有福气跟你白头到老。昭君，对不住了……"

王昭君依偎在呼韩邪单于的胸前，泪如雨下："大单于……"

呼韩邪单于气若游丝："昭君……"

天快亮的时候，呼韩邪单于走了。

他去世之后，王昭君十分忧伤，她在匈奴最亲近的一个人走了，她感到从未有过的孤独。

安葬了呼韩邪单于后，王昭君抱着不满两岁的伊屠智牙师来到韩昌将军的毡帐。无论怎么说韩将军也是她的娘家人了，呼韩邪单于不在了，韩将军就是她的亲人。

王昭君未及说话，早已是泪流满面了，喊道："韩将军……"

韩将军像一个慈祥的长辈，安慰她道："昭君，别难过，有什么话慢慢说。"

王昭君毕竟是一个坚强的女子，她揩干眼泪说："将军，我想回家。"

韩将军温和道："大单于走了，我知道你心里不好受，你先调养一下身子，回家的事还需从长计议。"

王昭君说："将军，当年王嫱主动请缨出塞匈奴，往大了说是为了匈汉两国的和睦，往小了说也是我逃离汉宫的唯一机会。来到匈奴王庭后，大单于爱我疼我如兄如父，短短两年昭君似把一辈子的福都享完了。如今，大单于走了，匈汉和好的使命我也完成了。将军，昭君家中父母年迈，我想回秭归去侍奉爹娘了……"

韩将军说："昭君，归汉之事并不是那么简单，毕竟，你如今是宁胡阏氏啊……"

王昭君说："依将军的意思……"

韩将军说："我可以把你的想法上奏给朝廷，然后我们再做打算，你看如何?"

王昭君含泪道:"将军费心了。"

其实,当王昭君这边想着回家的时候,匈奴王庭也并不平静。

呼韩邪单于的五阏氏陶奴有个弟弟叫呼衍勿央,是匈奴东部地区的贵族呼衍家族的子弟。呼衍勿央依仗着手下兵强马壮,对大单于的位置垂涎已久。呼韩邪单于刚刚去世,他便借着吊丧之名,携八千精兵连夜向单于庭奔来,距离单于庭二十里地时,他将兵士们驻扎在草地上等候命令,自己则带了几个随从来到单于庭。呼衍勿央和姐姐陶奴躲在毡帐里密谋着,他们想趁单于庭新主将立未立之机,对单于庭来一次突然袭击,一旦杀戒大开,顺者昌,逆者亡,那匈奴的天下就非他呼衍勿央莫属了!

陶奴和弟弟呼衍勿央正在密谋的时候,单于庭的大帐里,颛渠阏氏和大阏氏姐妹俩围着火盆也在商议着匈奴的大事。

大阏氏披一件绿色的皮袍子坐在火盆前,一边烤火一边听姐姐说话。

颛渠阏氏伤心地说:"妹妹,稽侯珊走了,留下了我们孤儿寡母和偌大一座单于庭,此后只有我们姐妹相依为命了,长此以往,可如何是好?"

大阏氏虽然小姐姐几岁,却是个有主见的女人,她劝道:"姐姐不可太过悲伤,人迟早都是要去天神那里的,匈奴的男人生下来就在马背上征战厮杀,今天出去打仗明天还不知能不能回来,年纪轻轻就战死沙场的数都数不清。稽侯珊已经是五十多岁的人了,在我们匈奴男子中他已经算是长寿的了,所以姐姐不可太难过。"

颛渠阏氏一听这话更伤心了,说:"稽侯珊一生征战数十载,好不容易过了几年安稳的日子,没想到他竟然去了……"

大阏氏说:"姐姐,单于走了,国不可一日无君,立单于之事迫在眉睫。有人说这几天陶奴和她的弟弟呼衍勿央鬼鬼祟祟不知在做些什么勾当,姐姐还是尽早拿主意的好。"

颛渠阏氏抹一把泪,说:"那么依妹妹之见呢?"

大阏氏真诚地说："既然稽侯珊留下遗言，那就让且莫车继任大单于吧，再说且莫车也是个仁义懂事的好孩子。"

颛渠阏氏说："不可。且莫车虽然很得稽侯珊的器重，但他性情过于温和，还缺少历练，怕是担不起匈奴大单于的重任。依我看，雕陶莫皋倒合适，在年龄上他年长且莫车几岁，而且少年老成，待人接物也很有分寸，是一位深得民心的王子，为了匈奴，我们还是立雕陶莫皋为单于的好。"

雕陶莫皋是大阏氏的儿子，而且莫车却是颛渠阏氏的儿子。

大阏氏说："姐姐如此信任雕陶莫皋，妹妹心里自然十分宽慰，可是匈奴百姓刚刚过上安定的日子，和周边国家的关系还不够稳定，若立雕陶莫皋为单于，我唯恐他没有安邦定国的心胸和韬略，若辜负了单于庭和姐姐的希望……"

颛渠瘀氏听到这里时，忽然哭着说："妹妹，如果你执意不肯雕陶莫皋出任匈奴大单于的话，匈奴怕是要大难临头了……"

这时，雕陶莫皋闯了进来，劈头就说："姨母、母亲，不好了！有探马来报，左大将军呼衍勿央将八千精兵驻扎在单于庭外二十里的地方，他究竟想干什么？"

颛渠阏氏说："他不是来吊唁的吗？"

雕陶莫皋说："吊唁用得着带八千精兵吗？看来呼衍勿央是另有图谋！"

颛渠阏氏说："那我们该如何是好？"

雕陶莫皋说："我现在就派人去密切监视着呼衍勿央，并调派单于庭的一万卫士过去，以演练为名将呼衍勿央的士兵们围起来。如果呼衍勿央乖乖地退兵倒也罢了，要是他有什么异动，我立刻把他抓起来！"

大阏氏嘱咐道："谨慎些，千万不可打草惊蛇！呼衍勿央是个残暴的家伙，好歹现在还有一层面子护着，无论如何他还是匈奴的左大将军，一旦撕破脸皮，恐怕局面就不好收拾了。"

雕陶莫皋应道："母亲放心，儿子知道深浅。"

雕陶莫皋说完快步向外走去。

颛渠阏氏望着雕陶莫皋的背影，对妹妹说："这几年跟着稽侯珊走南闯北，雕陶莫皋这孩子已经历练出来了。依我看大单于的继任者非雕陶莫皋莫属了。"

大阏氏忙说："姐姐不可，还是立且莫车的好！"

颛渠阏氏拉着妹妹的手说："匈奴国自创建始，三百余年来战乱不断，不是本族与外族交战，就是本族内部残杀，今天儿子弑父，明日兄长戕弟。近十余年来，战事更是不绝如发，百姓饱受战乱之苦，稽侯珊赖蒙汉力，故得以复安。今日我匈奴好不容易平定了下来，任谁都不再想颠沛流离。且莫车年少，且寸功未立，这匈奴的大单于我怕他担当不起。"

大阏氏恳切道："且莫车虽然年少，有大臣辅佐，料无大事。"

颛渠阏氏朗声笑道："妹妹，我知道你的心思。我们姐妹先后嫁给稽侯珊，我为正，你为偏；且莫车为嫡生，雕陶莫皋为庶出，你是担心舍贵立贱难以服众，对不对？"

大阏氏低着头不说话了。

颛渠阏氏道："妹妹，多年来你我共侍一夫，我们就是一家人，无论雕陶莫皋还是且莫车，都是我们的孩子，谁来继任匈奴的大单于自然是凭他的德行和能力了。再说了，这件事我和且莫车没有异议，还轮不到旁人来说三道四！妹妹，国不可一日无君，你也看到了，一个呼衍勿央都敢来跟咱们叫板，人心隔肚皮，谁知道其他人是怎么想的呢？让雕陶莫皋出任大单于，我心已定，你就别再犹豫了。"

当天夜里，匈奴王庭的最高会议上，颛渠阏氏当众提出让雕陶莫皋继任匈奴大单于。雕陶莫皋本来口碑就很好，他来出任匈奴大单于也是顺理成章的事，听了颛渠阏氏的话后，人们当即呼喊着："雕陶莫皋！雕陶莫皋！雕陶莫皋！"

雕陶莫皋被立为复株累若鞮单于，从此开始了他匈奴单于的生涯。

单于庭的会议刚刚结束，雕陶莫皋就连夜带着单于庭的一万卫士风驰电掣般地来到呼衍勿央驻扎的草原，将他们团团围了起来，大声喝道：

"你们是什么人？竟敢在单于庭外围私自驻兵，莫不是要造反吗？"雕陶莫皋明知这些士兵是呼衍勿央的人，他之所以这样发问也是揣着明白装糊涂，故意给呼衍勿央一个台阶。

此时，天色微明。

雕陶莫皋的到来，让呼衍勿央非常吃惊。一般说来，新单于继位，单于庭总要大宴宾客，热闹个七八天那是再正常不过的事了。他原本想趁着酒宴的混乱杀进去，给雕陶莫皋来个措手不及，没想到自己反倒让人家给围了起来，真是太窝囊了。

呼衍勿央也是聪明人，见事已至此，于是顺坡下驴地说："新单于多心了，我这不是来给呼韩邪大单于吊唁吗，顺便带着孩儿们出来操练操练，日子久了没打仗，再不活动活动筋骨，怕是骨头也要生锈了。"

雕陶莫皋笑道："原来如此。看来是本王误会将军了。既然如此，将军请回吧，我们来日方长，本王新任匈奴大单于，今后还要将军鼎力扶助才是！"

偷鹰不成反倒被鸽了眼，呼衍勿央只好带着他的八千精兵灰溜溜地回他的驻地去了。

复株累若鞮单于即位之后，首先做了一件在王昭君看来是无论如何也难以接受的事情。

连日来，王昭君在自己的寝帐中坐卧不宁，她在焦急地等待着朝廷准许她归汉的旨意。

伊屠智牙师快两岁了，这天他好像是忽然想起了什么，便来到母亲跟前懵懂地问道："母亲，父王呢？"

王昭君含泪说："儿子，你父王去了天神那里。"

伊屠智牙师又问："父王什么时候回来？"

王昭君说："儿子……你父王他恐怕回不来了。"

伊屠智牙师说："母亲，那我们去找父王好不好？"

王昭君说："儿子，我们迟早会去找他的，只是现在还不是时候。"

伊屠智牙师说:"为什么?"

王昭君说:"因为……因为你要跟母亲回到汉地去了。"

伊屠智牙师问道:"母亲,汉地在哪里?"

王昭君不知该如何回答孩子,她说:"汉地有外公外婆,还有很多亲人……"她说着,眼里又有了泪。

伊屠智牙师稚声问:"母亲为什么哭了?"

就在这时,如琴走进来说:"夫人,颛渠阏氏和大阏氏来了。"

话音刚落,就见颛渠阏氏和大阏氏走了进来。相互问安之后,大家坐在厚实暖和的毡褥上说话。自王昭君与呼韩邪单于成亲以来,除了五阏氏陶奴经常寻她些不是外,她和其他几位阏氏都相处得非常好。尤其是颛渠阏氏和大阏氏,她们的儿子都与王昭君年纪相仿,所以她们和王昭君虽同为呼韩邪单于的夫人,实际上相处得却好似婆媳或母女。

颛渠阏氏关切地劝慰道:"昭君啊,稽侯珊走了,可我们的日子还要过,伊屠智牙师还小,你不要太过伤心啊!"

说起呼韩邪单于,王昭君心里依然酸酸的想落泪。虽说呼韩邪单于年岁大了些,毕竟他是匈奴的天,有他在,自己尚有个倚靠,如今他走了,今后的日子该怎么过?

颛渠阏氏又说:"昭君啊,别难过了,稽侯珊是去了天神那里,我们大家最终都会在那里见面的。"

王昭君红着眼圈说:"您不必为我操心,我没事……"

大阏氏插话说:"昭君,稽侯珊走了,众阏氏中你年纪最轻,虽然有大家照应着,但终究不是一回事,所以……"

王昭君说:"两位姐姐不必为我担心,我已经拜托韩将军上奏朝廷,我想回老家秭归去侍奉爹娘,他们的年纪都大了……"

颛渠阏氏柔声说:"昭君,你听我说,你不能走,按照我们匈奴的习俗,你是要再嫁给……"

王昭君一惊,问:"姐姐你说什么?"

颛渠阏氏说:"昭君啊,你听我说,按照我们匈奴的习俗,你是要再嫁给雕陶莫皋的。"

王昭君大惊道："什么？要我再嫁给雕陶莫皋？不！我不嫁！我要回家！"

大阏氏拉起王昭君的手说："孩子，我知道你一时接受不了，可这是我们匈奴的规矩，无论什么人都不可悖逆的——哥哥死了，嫂子要嫁给兄弟；丈夫死了，妻子要嫁给他前妻的儿子或者孙子，多少年来，匈奴女人都是这样过来的。"

王昭君急道："可我是汉人，我不——"

颛渠阏氏说："宁胡阏氏，你先别急，你听我慢慢跟你说。"

使女如琴给火盆里添了几块木炭，木炭很快便燃起了透明的火苗。秋菊端来了肉汤，温热醇香的气息在毡帐里弥散着。

颛渠阏氏喝了一口肉汤后，慢语轻声地说："昭君，我们匈奴人活得不容易啊……自从头曼单于建立匈奴国以来，我们匈奴国实际上就是一个驮在马背上四处奔波的部落。为了让妻儿老小活下去，男人们不得不去打仗，早晨走的时候，一个个都是活蹦乱跳的小伙子，晚上回来时，马背上驮着的却是一具具尸首。常常是一仗打下来十成人马只剩下两三成……可怜那些孩子们，十五六岁就跟着父兄们出征，大多数还没等到娶妻生子就夭折在了战场上，你知道吗？匈奴男人能活过四十岁的就算是长寿了！"

大阏氏接着颛渠阏氏的话说："草原上的穹庐对于男人来说仿佛就是个驿站，一仗打下来，回穹庐里跟女人亲热几日就又忙不迭地走了。匈奴的女人了不起啊！她们打发男人们上路之后，就拖着一群儿女忙着放牧牛羊，忙着晒肉干做奶食，还得一个接一个地生孩子……昭君啊，没有女人就没有男人，没有女人就没有一茬接一茬的匈奴武士。从你嫁给稽侯珊的那天起，你就是我们匈奴的女人了，匈奴的女人就是男人们的地，她要像长庄稼似的给匈奴生出一茬又一茬的孩子，所以你不能走，我们也不会让你走的！"

王昭君抹了一把眼泪，说："你们的意思我明白，可是我还是要回去的。现在匈汉两家已经和好了，男人们也不用去打仗了，匈奴是我的夫家,汉朝是我的娘家,以后我会回来看望你们的,只要朝廷的圣旨一到,我就要带着伊屠智牙师启程了……"

颛渠阏氏说:"昭君啊,有一句话我必须告诉你,即使你执意要回到汉地,按照我们匈奴人的规矩,伊屠智牙师也必须得留下来,因为他是呼韩邪的儿子,是匈奴人的子孙,匈奴的男人就是死,也必须死在自己的土地上。"

王昭君说:"不,伊屠智牙师是我的儿子,我一定要带他走!"

大家听了王昭君的话后神色黯然,虽说她嫁给了匈奴人就应该遵从匈奴的习俗,可她毕竟是以汉朝公主的身份嫁过来的,如果汉朝的皇上执意要召她回去,那就没有办法了。但是,匈奴王庭也不是一点脾气都没有。如果为了这件事,匈奴和汉朝之间再度发生纠葛,或者引发一场战争,那呼韩邪十几年的心血就白费了。

眼见得这个话题说不下去了,毡帐里出现了少有的尴尬。大阏氏的眼睛里渐渐地浸满了眼泪,是为了匈奴,还是为了她故去的丈夫稽侯珊,或者说是为了宁胡阏氏王昭君?

大阏氏含着泪轻轻地唱了起来:

你是远方的一朵云彩呀,
什么风把你带到了草原上?
是看上了这块风水宝地吧,
给我们带来了吉祥和安康……

颛渠阏氏和其他的女人也跟着轻轻地吟唱了起来:

你是草原上的一只马驹子呀,
为什么要离开家乡去远方?
是草地上的水草不好了吗,
还是这里没有你中意的情郎……

阏氏们轻轻地唱着，却又像是在娓娓地述说，言语之恳切、声音之凄婉，让人无不为之动容。

　　昭君的眼泪无声地涌了出来……

　　伊屠智牙师用小手抹去母亲脸上的泪水，稚声说："母亲，你为什么哭了，是不是想父王了？"

　　就在这时，有人来报说，韩将军求见。

　　听了这个消息，颛渠阏氏、大阏氏和王昭君都紧张了起来。尤其是王昭君，她此刻的心里充满了矛盾，她既希望走，当然是希望带着儿子一起走；可如果王庭执意不肯让她带走儿子的话，她又将如何孤零零地离开？

　　颛渠阏氏忙说："快快有请韩将军。"

　　韩将军进来向各位阏氏施礼后对王昭君说："宁胡阏氏，朝廷的旨意下来了。"

　　王昭君忙问："朝廷怎么说？"

　　韩将军叹了口气，说："夫人，朝廷的旨意只有六个字。"

　　王昭君紧张得有些发抖，问："哪六个字？"

　　韩将军一字一顿地说："嫁胡人，从胡俗。"

　　王昭君愣怔片刻后忽然哭了。说实话，她的心里太纠结了，她想念远在秭归的父母，可她更舍不得丢下还不到两岁的儿子，伊屠智牙师已经没有了父亲，他不能再没有了母亲啊……走，走不得；留，又留不得，她的心里油煎火烹般地难过。天神啊，你让我们孤儿寡母该如何是好？

　　阏氏们也哭了，说不上是为什么，或许因为她们都是女人……

　　这时，单于庭的大臣们也都来到王昭君的毡帐，大家都在期待地望着王昭君，忽然，人们大喊一声："宁胡阏氏……"

　　人们在王昭君面前齐齐地跪了下来。

　　王昭君好像是被谁重重地推了一把，宁胡阏氏！是啊，当初自己从汉地来到匈奴，就是为了汉匈和好的宏图大业，如果硬是违逆匈奴的习俗而决然离开，无异于在汉匈和好的基础上生硬地撕开一道口子，若是因我个人的缘故给匈汉关系再蒙上一道阴影的话，我王昭君岂不成了千古罪人？唉，也罢！

　　几天后，王昭君从胡俗嫁给了呼韩邪单于与大阏氏的儿子雕陶莫皋，成了复株累若鞮单于的阏氏。

第五章

王庭风云

　　许久以来，我总是用一种悲悯的目光注视着大地，心中充满焦虑；我无时不在关注着长城南北的烽火狼烟，因为这一边是夫家，那一边是娘家，两边都有我的亲人……

第五章

王庭风云

须卜当夫妇的马队从单于庭出来后，日夜兼程，已经过了额尔浑河和范夫人城，再有十几天的路程就能到阴山脚下的高阙塞了。

在太阳将出未出的时候，须卜当一行已经赶了两个多时辰的路程，寂寥的大漠上，除了急促的马蹄声，再就没什么别的声音了。天气干冷干冷的，呼出的哈气顷刻间便凝成了霜花。由于急着赶路，人和马的身上都出了汗，汗又凝成了霜，变得通体皆白。

须卜当招呼大家说："大伙下马活动一下身子吧，再跑下去，脚趾头就该冻掉了。"

天还没亮就起来赶路，人们此刻又冷又饿，身子僵直得连腿都抬不起来，一个个几乎是从马上跌下来的。须卜当过去把云和儿子扶下马来，大声说："别站着，跑，牵着马跑！"

云望着前面的丈夫和儿子，招呼着其他人跟了上去。

大家下马小跑了一阵后，僵硬的身体渐渐活泛了，又吃了些干奶酪，喝了几口酒，失散的热量和力气才又在身上聚拢了起来。

须卜当对大家说："上马吧，今天的路程还长着呢，天黑前我们无论如何也得寻个有人家的地方过夜！"

大家上马后没走多远，忽听得身后传来一阵急促的马蹄声。须卜当勒住马转身望去时，只见两骑两乘从后面急促地追了上来，再仔细看时，原来是单于庭的信使。

云疑惑地望着丈夫，问："他们来做什么？莫非单于庭出了什么大事？"

说话间，信使已经到了跟前，俩人翻身下马后上气不接下气地说："大人……单于庭让你们火速返回……"

须卜当忙问："返回？出了什么事？"

信使说："乌珠留若缇单于病危，让你们立刻回去！"

乌珠留若缇单于的毡榻旁围满了人，单于已经进入弥留状态。

其实在云和须卜当启程南下的当天，乌珠留若缇单于就已经感到不好了，只是他没有想到自己会衰弱得这么快。一连数日，剧烈的咳嗽仿佛把心都要震出来了，后来就开始大口大口地吐血。到了这一两天，竟然虚弱得连说话的力气都没有了。

乌珠留若缇单于预感到自己的大限就要到了，于是派人火速去追回须卜当夫妇。须卜当跟随他多年，他若真的走了，单于庭的一切事务还得须卜当来打理。"唉，我囊知牙斯病得可真不是个时候啊，匈汉关系被王莽这个贼子搞得乱七八糟，长城内外匈汉两军壁垒森严，稍有不慎，战火就会燃烧起来。这个时候就是死了，也是死不瞑目啊……右骨都侯，你怎么还不回来啊……"

喘息了一阵后，乌珠留若缇单于虚弱地对身边的人说："快，快去把宁胡阏氏请来，我有话说……"

前一天，王昭君从囊知牙斯那里回来后她就感到事情真的是不好了，夜里躺在毡榻上一点儿睡意都没有，她想起囊知牙斯躺在毡榻上虚弱的样子，心里禁不住也是丝丝缕缕的痛。自从接任大单于以来，囊知牙斯二十一年间的路走得磕磕绊绊并不顺畅。先前汉哀帝在的时候，两国间的关系还说得过去；自从汉平帝继位、王莽摄政以来，匈汉关系便一日日地出现了裂痕，尽管乌珠留若鞮单于竭力想把匈汉关系恢复至父亲呼韩邪在世时的样子，可是王莽却没有汉元帝当年的胸襟，眼看着匈汉关系一天天紧张起来，乌珠留若鞮单于怎么能不焦虑呢？

王昭君回想自己出塞这四十多年来，从呼韩邪单于到复珠累若鞮单于，再到搜谐若鞮单于、车牙若鞮单于，眼睁睁地看着一个又一个单于走了。如今，乌珠留若鞮单于也已是命在旦夕。山雨欲来风满楼啊，单于庭怕是又要起波澜了……

一早，天还没亮王昭君便起来了，稍稍收拾了一下，便和如琴向囊知牙斯的寝帐走去，她想趁囊知牙斯还清醒的时候，和他说说体己话。路上，正好遇到前来请她的侍从："宁胡阏氏，大单于请您快快过去。"王昭君快步向囊知牙斯的寝帐走去。

"大单于，宁胡阏氏来看望你了！"乌珠留若鞮单于的阏氏们附在他耳畔轻轻地唤道。

王昭君来到跟前，坐在乌珠留若鞮单于身边，轻声道："囊知牙斯，今天感觉可清爽些？"

乌珠留若鞮单于吃力地摇摇头，说："我怕是不中用了……"

王昭君握着乌珠留若鞮单于的手，安慰道："不要瞎想，不过是染了些风寒，哪里就不中用了呢！"

乌珠留若鞮单于说："母后，你不用安慰我，自己的病，我知道……只是右骨都侯和云不知什么时候回来，他们再不回来，我怕是等不得了……"

王昭君说："我估计他们快回来了，囊知牙斯，你还要挣扎着些。"

乌珠留若鞮单于虚弱地说："母后，自从我继任单于以来，二十一年了，这个单于当得好累啊……现在好了，我该到父王那里去了。"

王昭君含泪叫道："囊知牙斯，你不许走，单于庭的诸多事情还没安排好，你不能以现在这个样子去见你的父王！"

这时，忽听得外面一阵马蹄声，有人喊道："右骨都侯回来了！"

紧接着，寝帐的毡帘一掀，须卜当夫妇披着满身的风尘疾步走了进来。

"大单于！我们回来了！"须卜当和云来到乌珠留若鞮单于面前。

乌珠留若鞮单于气若游丝地说："右骨都侯，我等你等得好苦，你再不回来，我就走了……"

须卜当一把抓起乌珠留若鞮单于的手说："单于，你不能走，匈汉大战一触即发，这个时候你不能走啊！王莽那边虎视眈眈，巴不得将我们匈奴分而治之；你若走了，单于庭这边群龙无首，恐怕内乱也是免不了的，真要那样，匈奴休矣！"

乌珠留若鞮单于强打着精神说道："这也是我急召你回来的原因。右骨都侯，你既是单于庭的重臣，也是我的至亲。我不想父王和母后辛苦创建的匈汉和好的局面葬送在我手里，这么多年来，我一直忍着，忍着……前段日子兵袭云中郡实在是因为王莽欺人太甚，我忍无可忍……须卜当，你是单于庭的右骨都侯，我们相处多年，我知你仁义大度，我走后，匈奴的大事你就多费心吧……"

须卜当哽咽道："大单于……"

乌珠留若鞮单于又拉着王昭君的手说："母后，当年父王在世时就说你是天神赐给匈奴的吉祥，是个心中能装天下的女人。母后，以后的事……拜托了……"

看得出，乌珠留若鞮单于是在拼着自己最后的力气说话。云和他的阏氏们早已经泣不成声。

王昭君知道眼下不是伤心的时候，稳住单于庭才是重要的事，于是她吩咐女儿说："云，你先带众阏氏下去吧，单于不过是说话说累了，睡一会儿就没事了。没有传唤，你们不要进来打搅单于歇息。"说完，她默默地看了云一眼。云是何等聪明的女人，她立刻明白了母亲的意思，带着众阏氏出了寝帐。

众阏氏走后，王昭君附在乌珠留若鞮单于的耳边唤道："囊知牙斯，你升天之后该由谁继任大单于，你就说句话吧。"

乌珠留若鞮单于没有反应，王昭君心里一惊，忙用手去摸他的脉搏，没想到他的身子竟一点点地变凉了。

王昭君含着泪说："囊知牙斯是我来到匈奴后经历的第五位单于，如今……他也走了……"

须卜当说："母亲，我们该怎么办？"

忽然，王昭君感到身上凉飕飕的，一股无依无靠的凄凉在毡帐里弥漫开来。当年稽侯珊和雕陶莫皋死后她都曾有过这种感觉，孤儿寡母，前景迷茫，不过那时候她还年轻，而颛渠阏氏和大阏氏也还在世，心里虽然痛，却不似今天这样无助。

王昭君对须卜当说："孩子，你是右骨都侯，匈奴王庭的执事大臣，你说吧，我们该怎么办？"

须卜当说："当前最要紧的是新单于即位，否则，群龙无首，单于庭一旦乱起来就麻烦了。"

王昭君说："孩子，呼韩邪单于众多的子孙中，依你看立谁为好呢？"

须卜当说："若论资排辈，单于王位的继承人应该是左右贤王。可是左贤王乐体弱多病，终日将养着尚且虚弱不堪，哪里能撑起匈奴的乾坤呢？看起来，只有立五阏氏的儿子右贤王舆为单于了。"

王昭君道："右贤王舆生性残暴、心胸狭窄，又是个火暴脾气，他还缺少些历练。目前匈汉关系如此脆弱不堪，舆若是继任大单于怕是对匈汉关系不利。"

须卜当说："我也是这么想的。母亲，左犁汗王咸是个仁义的王子，而且多年来他与汉朝交往频繁，若立他为大单于，匈奴无忧矣。"

王昭君说："可是左犁汗王咸远在匈奴左地，恐怕一时赶不回来，若是右贤王舆在左犁汗王咸之前赶回来奔丧，王庭必然要掀起波澜。"

须卜当说："这个不难，我们先将乌珠留若鞮单于归天的消息封锁几日，同时派伊屠智牙师哥哥火速赶往匈奴左地将左犁汗王咸请回，再抢先立咸为大单于。到那时，即使右贤王舆回到单于庭也无济于事了。"

王昭君说:"好,就这样,单于庭如今风雨飘摇,耽搁不得,你速速去安排吧。"

单于庭的大帐内,燃起了十二盏巨大的羊油灯,将大帐内照耀得分外明亮。大帐中央的火盆也点燃了,窜着红通通的火焰。自从乌珠留若缇单于生病之后,这大帐里已经有些日子没有升帐议事了。看到须卜当平静的表情,其他大臣猜测说,看样子大单于的病情还不当紧。

须卜当招呼单于庭的大臣说:"大家坐下吧!来人,给各位大人上酒!"

大臣们坐下后,温热馨香的黍酒也端上来了。

须卜当又招呼说:"来来,各位大臣,请!"

一位大臣小心地问道:"右骨都侯,大单于的病情怎么样了?"

须卜当说:"把大家招呼来,就是说这件事的。单于自从服了我带回的汉药之后,发了些汗,病势渐渐平稳了下来,看样子近日不会有什么危险,各位大臣且放宽心吧。"

大臣们终于松了一口气,说:"哦……那我们总该进去向单于问个安吧?"

须卜当又说:"不可,虽说单于的病情有所缓和,但还需静养,所以各位大臣还是不要打扰单于的好。单于好不容易能睡觉了,他说要好好歇息几日。来来,各位大臣,喝酒!"

在这之前,须卜当已经安排了三十名贴身侍卫守在乌珠留若缇单于的寝帐内外,并且命令说:"无论什么人,包括各位阏氏、王子在内,一概不许入内,违令者,斩!"

就在须卜当坐在大帐内与各位大臣喝酒的时候,伊屠智牙师已经奔驰在去往左犁汗王驻地的路上了。

左犁汗王咸,四十岁,长期以来带着自己的阏氏和儿子们驻守在匈奴左地,过着相对稳定安宁的生活。匈奴左地水草丰美,是个要山有山要水有水的富庶之地。左犁汗王咸性情宽厚温和,少与人争长短,是一位和善的王子。左犁汗王咸其实并不看重那个大单于的位子，他在自己的驻地划地为王，自成一统，小日子过得有滋有味。

太阳落山了，左犁汗王咸的大帐四周炊烟氤氲，人归毡帐马归圈，一天中最舒适、最温暖的时候到了。不一会儿，各个毡帐间便弥漫起一层浓浓的酒香肉香……

左犁汗王咸正在自己的大帐里一口肉一口酒地吃着晚饭，忽然有人来禀报说："右谷蠡王伊屠智牙师到！"

左犁汗王咸一怔，问："他来做什么？"

说话间，伊屠智牙师已经走了进来，他和咸是同父异母的兄弟，平日并不多见。

兄弟俩亲热了一阵子后，咸问道："弟弟，你怎么来了，是不是单于庭发生了什么事情？"

伊屠智牙师说："哥哥，你赶快收拾一下，立刻随我回单于庭。"

咸说："这么急，是不是大单于他……"

伊屠智牙师说："哥哥，你就别问了，回到单于庭你自然就明白了。"

咸不悦地说："伊屠智牙师，你不说明白我绝不离开我的驻地。"

为什么咸不愿意回单于庭呢，说来还是有缘由的。

两年前，王莽与匈奴的关系日益紧张，西域各国也都先后脱离了王莽的控制而纷纷归附于匈奴。这让王莽十分恼怒，于是派出使者来会见左犁汗王咸。使者给左犁汗王带来了一份丰厚的见面礼，不仅有大量的金银珠宝，还有粮食和布匹，使者对咸说："当今天子久仰王子的仁义宽厚，特意派我来请左犁汗王父子到长安做客。"

左犁汗王咸贪恋人家送来的礼物，又看到使者一片诚意，心中大喜，并没有多想便带着两个儿子登和助去了长安。

咸哪里知道，他此一去恰恰中了王莽的圈套。王莽曾欲立呼韩邪的十五个子孙均为匈奴单于而未果，因此对乌珠留若缇单于很是愤慨。这回他要强迫立咸为"孝单于"，立他的小儿子助为"顺单于"，这明摆着是对乌珠留若鞮单于的公开挑衅，而咸的大儿子登则被作为人质扣了起来。

乌珠留若鞮单于听说了这件事后，大骂王莽老奸巨猾，同时对咸父子也颇有怨言，盛怒之下驱兵直逼云中的益寿寨，一夜之间几乎将寨子踏成了平地。这时，咸才意识到自己不仅被王莽狠狠戏耍了一把，同时也触怒了哥哥囊知牙斯。后来咸瞅机会逃出长安回到了单于庭，却把两个儿子登和助留在了长安。

乌珠留若鞮单于见到咸后把他狠狠臭骂一顿，然后打发他回到他的驻地，并训斥他说："今后好生过你自己的日子，少给我惹是非！"

从此，咸安分守己地经营着自己的部落，与汉地再没有什么实质性的来往，只是他的儿子登和助被王莽扣留在长安再也没有回来。

伊屠智牙师见咸不肯跟自己走，只好说了实话："哥哥，事已至此，我就不瞒你了，乌珠留若鞮单于已经于五日前归天了。"

咸听了之后大吃一惊，说："前些天听说哥哥身子不爽，正要去看望，没想到走得这样快……"

伊屠智牙师说："现在外面还不知道单于归天的消息，母后和右骨都侯让你速速回单于庭商量后事。"

咸说："为了我们父子被诱骗至长安那件事，囊知牙斯哥哥一直耿耿于怀，我这样回去，他的灵魂怕是也不会饶恕我的。"

伊屠智牙师说："哎呀哥哥，你太多虑了，单于已经归天了，现在重要的是后事怎么办！再说，是母后和右骨都侯让你回去，难道你连他们的话都不听了吗？"

咸一直以来对王昭君很是敬重，既然是母后王昭君召自己回去，那就没什么可说的了。

当下，咸简单做了一下安排，点起三百名精壮的侍卫，一彪人翻身上马，轰隆隆地向单于庭的方向急驰而去。

夜色降临了。

虽然已是深夜了，可单于庭前并不平静。

第五章

自从须卜当颁布了禁止一切人探望乌珠留若缇单于的命令后,王子和大臣们就回到了各自的毡帐,静候单于的消息。可是那些女人们不干了,围在乌珠留若缇单于的寝帐前吵闹着不肯离开,其中吵闹得最凶的是黑珍珠。

黑珍珠刚满十六岁,是个绝色美女,由于皮肤偏黑些,所以人们叫她黑珍珠。黑珍珠是左犁汗王咸的女儿,从小在单于庭长大,父亲驻守匈奴左地时她并没有跟过去,而是留在了伯父囊知牙斯身边,所以她跟伯父很亲近,相处得如同父女。也许是从小被单于庭的阏氏们宠坏了,黑珍珠的性格泼辣强悍,且会一些功夫,所以在单于庭是个没人敢惹的角色。

"我要进去看望伯父,为什么不让我们进去?难道这里面有诈?"黑珍珠大声问道。

寝帐前的侍卫说:"这是右骨都侯的命令,谁都不可违逆。"

黑珍珠说:"难道连我也不许进去吗?"

侍卫说:"是的,公主。"

黑珍珠扬起手中的马鞭子,边在侍卫的身上抽着边喊着:"闪开!"

侍卫没有闪开,他说:"公主,你可以用鞭子抽小的,但小的还是不能放你进去。"

黑珍珠说:"好,那我就打死你,看你还拦得住我!"

说着,扬起鞭子又要抽……

这时,寝帐的门开了,王昭君出现在门前,说:"珍珠,你进来吧。"

其他阏氏也要进去,却被王昭君给挡住了。

进了寝帐,王昭君对黑珍珠说:"珍珠,我一直认为你是个懂事的孩子,那么,我现在把一切都告诉你,你可一定要沉住气。"

黑珍珠说:"好,我听您的。"

王昭君说:"孩子,你的伯父……乌珠留若缇大单于已经归天了。"

黑珍珠一惊,嚷道:"既然人已经归天了,为什么还不让大家知道?这是为什么?"

王昭君一把捂住黑珍珠的嘴，说："傻孩子，你小声些。"

黑珍珠从小在单于庭长大，囊知牙斯对这个顽皮淘气的小侄女疼爱有加，经常把她带在身边，所以黑珍珠对囊知牙斯伯父的感情甚至要胜过她的父亲咸。

王昭君小声对黑珍珠说："孩子，暂时不让大家知道你伯父故去的消息是为了匈奴的安定，历来这都是单于庭最容易混乱的时候，你千万要沉住气呀！"

黑珍珠说："那您为什么要告诉我？"

王昭君好言劝慰道："因为你是个识大体的姑娘，因为我们还有许多事情要靠你去做……"

黑珍珠问："那我现在该做什么？"

王昭君道："孩子，你也知道，呼韩邪大单于有十五个子孙，而且个个手中大权在握，他们或许都想登上匈奴大单于的宝座，可单于的位子只有一个。目前，匈汉两家陈兵几十万在边境上，双方剑拔弩张，战事一触即发，而单于庭现在群龙无首，千万不能内乱。单于庭一旦乱起来，王莽就会乘虚而入，那样的话，匈奴休矣……"

黑珍珠说："婆婆，您不要说了，我知道该怎么做了。"

王昭君说："孩子，难为你了。"

黑珍珠走后，须卜当过来对王昭君说："母亲，您还是睡一会儿吧。"

王昭君说："好吧。天快亮了，不出意外的话，伊屠智牙师他们也该回来了。"

王昭君躺下后刚有些迷糊，就听到门外有人报道："左犁汗王到！"

须卜当高兴道："母亲，他们回来了！"

左犁汗王咸跳下马背后径直向乌珠留若鞮单于的寝帐走去，伊屠智牙师紧随其后。

左犁汗王咸来到帐内跪在毡榻前，他抓起乌珠留若鞮单于的手，唤道："哥哥，咸来迟了……"说着，便泣不成声了。

须卜当上前劝慰道:"左犁汗王,现在不是伤心的时候,你听我说,我派伊屠智牙师哥哥急请你回来,就是为商量后事的。"

须卜当开门见山地说:"多少年来,你我二人相处得亲如手足,而且我知道在匈汉两家的关系上你一直是主和而反战的。因此,我们准备立你为大单于,不知你意下如何?"

咸大惊,说:"不可!右骨都侯,事情来得太突然了,我一点准备都没有。再说,我生性平和,怕是撑不起匈奴的这片天。依我看,右贤王舆可以继任单于,你们难道没想过吗?"

须卜当说:"我们什么都想过了,权衡再三,这个单于你当也得当,不当也得当。按规矩,乌珠留若鞮单于归天,本应该由右贤王舆继任单于,可是舆脾气暴戾生性好战,他若为单于,一来怕他稳不住匈奴的阵势,二来我担心匈汉关系会进一步恶化,到时候一场混战怕是避免不了的。"

咸又说:"那……你们就没想过左贤王乐吗?"

须卜当反问道:"左贤王乐羸弱多病,终日将养着尚且自顾不暇,你以为他就能够撑起匈奴的这片天吗?"

咸沉吟道:"去年,我父子三人被王莽诱骗至长安,硬是给我安了个'孝单于'的帽子,为这件事哥哥囊知牙斯很是不悦,现在如果我继任单于,哥哥的在天之灵怕是不会饶恕我的。我……我还是回去做我的汗王吧。"

须卜当说:"话不能这么说,你想过没有,一旦匈汉大乱,难道你这个左犁汗王的位子还会坐得安稳吗?"

这时,半天没有说话的王昭君走了过来,她在咸的对面坐下,缓缓说道:"你们的话我都听到了。咸,你的父王呼韩邪前后三次入汉,风餐露宿历尽艰辛,才有了匈奴人几十年的安居乐业,作为他的儿子,你愿意看到战乱再起吗?假如说你不是个王子而是一个有血性的匈奴汉子,难道不该为匈奴做点什么吗?四十年了,匈汉边城晏闭,牛马布野,三世无犬吠,黎庶忘干戈之役,这是多么好的光景啊!我王昭君,一个汉家女子,

101

离开家乡千里迢迢来到这塞外大漠，难道我是为了荣华富贵、为了一个匈奴阏氏的名分吗？自从复株累若鞮单于归天之后，我在匈奴苦苦守候了三十几载，只因为这里是我的家呀，如今这个家有了难，我不能眼睁睁地看着它垮塌了呀！唉，想我王昭君一把年纪的人了，还得如此操劳，若是我那丈夫还在世，何至于我今日如此为难……咸，我不想说什么了，你是呼韩邪的儿子，你自己看着办吧……"

王昭君说着，眼泪落了下来。

毡帐里一时安静极了。

片刻后，咸说："母后不必难过，好吧，这个单于我当了。"

王昭君和须卜当暗暗松了一口气。

须卜当以他执事大臣的身份，当即安排信使通知左右贤王、左右谷蠡王以及左右日逐王等速来单于庭议事。

几天后的黄昏时分，荒原上出现了几支精悍的马队。虽然看上去人马已经十分疲惫，但他们仍然像旋风一般掠过草原，向单于庭的方向疾驰而去。干燥的草原上荡起了缕缕烟尘……

那也许是草原上一年中最寒冷的日子。

单于庭的大帐里燃起了一圈火盆，炽热的火焰舔尽了人们身上的寒气，几碗热乎乎的黍酒下肚之后，长途跋涉的汗王们才算真正暖和了过来。

右贤王舆是个粗壮结实的汉子，说话粗声大气，其相貌比起其他弟兄来说也显得粗蛮了许多。舆不喜绸布只爱裘革，所以大多以裘革为衣，即使在炎热的夏天也很少穿汉朝赏赐的绸缎。

右贤王舆发现从进了大帐后就没见到乌珠留若鞮单于和左犁汗王咸，这个粗中有细的汉子预感到了一些什么，他搁下碗，抹了一把胡须上的酒汁后高声叫道："右骨都侯，我们已经来半天了，怎么没看见我哥哥乌珠留若鞮大单于呢？"

须卜当这时不慌不忙地说："今天把诸位召回到单于庭来，就是有两件大事向大家通告，第一，乌珠留若鞮大单于已经于十日前归天了。"

诸王大惊道:"大单于归天了?"

须卜当接着说:"第二,大单于临终前留下话说,请左犁汗王咸继任匈奴大单于,即乌累若缇单于。"

"慢着!"右贤王舆噌地站了起来,大声道,"乌珠留若缇单于十日前归天,为什么现在才告诉我们?这里面难道有诈不成?"

诸王纷纷喝道:"对!必须给我们说清楚!说清楚!"

右贤王舆大声道:"说什么乌珠留若缇单于临终前留下话让左犁汗王继任匈奴单于,谁听见了?还不是你右骨都侯说了算?"

须卜当也大声道:"右贤王,话不是这样说法,乌珠留若缇单于弥留之际心里仍然惦记着匈奴的安危,他说匈奴不可一日无主,于是便指定左犁汗王咸为匈奴的乌累若缇单于。"

右贤王舆说:"就算匈奴不可一日无主,若论资排辈,大单于的位子也应该由我这个右贤王来继任,为什么会是左犁汗王咸?"

诸王纷纷叫道:"对!右贤王说得有理!必须给我们一个交代!"

右贤王舆说:"大家不是不知道,我右贤王舆也不是好欺负的主儿,若是谁惹恼了本王,本王立时就让这单于庭血流成河!"

几位大臣顿时有些慌张。

这时,门外传来一个威严的声音:"这是要哪里血流成河呀!"话音未落,王昭君出现在门口。

伊屠智牙师惊讶道:"母亲,您怎么来了?"

王昭君不慌不忙地走进来,从袖间取出一个锦袋,说:"这是刚从乌珠留若缇单于贴身的衣裳里发现的,你们看看吧。"

众人的目光聚集在那个锦袋上。

王昭君说:"单于庭,我不便久留,你们接着议事吧。"

王昭君将锦袋交给须卜当后,转身离去。

众王说:"送宁胡阏氏!送母后!"

须卜当打开锦袋,取出一块软羊皮,看了看上面的内容后交给了右贤王舆。

须卜当恳切地说:"上面写得清楚,立左犁汗王咸为单于,这确实是乌珠留若缇单于的临终遗言,我等不可不从;再者,乌珠留若缇大单于曾留下话说,右贤王您所管辖的匈奴右地南临汉地上谷、雁门、朔方,西界乌孙、月氏和羌,地域辽阔,可谓我们匈奴的重要门户。右贤王您统治着匈奴右地就等于是掌握了匈奴的半壁江山,有您把守着匈奴右地,单于庭无忧矣!"

右贤王舆蹙着眉头没有说话。

须卜当接着对舆说:"我们都明白,右贤王智勇双全威风八面,肩上职责之重堪比单于,您是个有担当的人,定然不会辜负乌珠留若缇单于和单于庭的重托吧?"

众王七嘴八舌地说:"既然立咸为单于是乌珠留若缇单于的旨意,那就尽快举行即位仪式,我们匈奴不可一日无主呀!"

大凡勇猛之人都爱戴个高帽子听个好话,右贤王舆亦不例外,听须卜当这么一说,心中渐渐释然了。仔细想想,自己统治着匈奴右地也算是掌握了匈奴的半壁江山,在自己那一方土地上,还乐得一个自在呢!

右贤王舆见事已至此,虽说心中不悦,但也只好说:"罢了罢了,你们都不要聒噪了,本王不争就是了!"

须卜当说:"右贤王如此识大体,匈奴之大幸也!来人!请乌累若缇单于即位!"

右贤王舆虽然默认了单于庭的决定,但事后想起这件事时总觉得有些堵心。右贤王舆虽粗鲁但并不愚笨,他终于明白越过他右贤王而立咸为单于实际上是执事大臣须卜当的良苦用心,但这件事一直让他耿耿于怀,直到几年后那桩血案的发生……

第六章

往事如刃

在我身后的两千年左右,一个博学的男人说过这样一句话:"为什么我的眼里常含泪水,因为我对这土地爱得深沉……"我也爱着我脚下的土地,爱得深沉而热烈……

第六章

往事如刃

乌累若缇单于即位之后，首先重新调整了匈奴各位汗王的分封。匈奴的左右贤王、左右谷蠡王、左右日逐王、左右温禺缇王、左右渐将王被称作是匈奴的"四梁八柱"，均由大单于的兄弟和儿子担任，下一任的大单于将会在这些汗王中产生。不过这些称谓也并非一成不变，随着新一任大单于的继位，这些汗王的位置也会随之而有所调整和变动。

乌累若缇单于终于将单于庭的诸般事务安顿妥当了。可是匈汉关系依然紧张，这个问题不解决，对峙在边境上的军队说不上什么时候就会干起仗来。于是，须卜当夫妇和伊屠智牙师向乌累若缇单于说起南下入汉的事情。

须卜当说："大单于，匈汉两家屯兵长城内外，一个是引弓待发，一个是养精蓄锐。前番我们准备入汉斡旋两国之间的矛盾，无奈乌珠留若缇单于病危只好退了回来。眼下，单于庭诸事均已安顿停当，我们想再次启程入汉。"

乌累若缇单于说："眼下天寒地冻不宜远行，不如待来年春暖花开再南下入汉，你们说呢？"

云说:"单于,边塞的将士们终日餐风饮雪,他们尚不觉苦,我们又怎能言苦呢?我想,我们还是尽快动身吧。再说,登和助还在王莽的手里,我想早点把他们解救回来。"

乌累若缇单于想了想,说:"既是这样,那就辛苦你们了。"

须卜当说:"我们是匈奴的儿女,能为匈奴百姓尽一份心力是对呼韩邪大单于灵魂的慰藉,谈何辛苦?"

乌累若缇单于说:"那好,你们速去准备吧。多带些御寒的毡裘和肉食,早去早回。我这个单于新立,王庭诸事繁杂是离不了你们的。"

须卜当说:"臣……"

"报!"忽然,一个传令兵士慌慌张张地闯了进来。

乌累若缇单于问:"什么事?"

兵士嗫嚅。

乌累若缇单于说:"什么事,快说!"

兵士说:"大单于,刚刚得到消息,您在长安做质子的儿子……"

乌累若缇单于一惊,问:"他们怎么了?"

来人忽然跪倒在地,说:"大单于……登和助都被王莽杀害了!"

乌累若缇单于、须卜当和云被这突然而至的噩耗惊呆了。

忽然,乌累若缇单于吐了一口鲜血,他挣扎道:"来人!备马!拿我的甲胄来,我要亲手宰了这个畜生……"

乌累若缇单于猛地站起来,只见他身子晃了几晃便跌倒在地昏了过去。

无论王莽这个人多么精明,单就杀死登和助这件事而言,他做得绝对愚蠢。听说在杀登和助时,还是"诸蛮夷"聚会于长安的时候,就算王莽杀登和助是为了敲山震虎,可无论如何他俩也是王子,这杀戒一开就等于是将汉匈关系逼进了一条死胡同。杀父之仇,弑子之恨,这是人世间最不容易化解的两种仇恨啊!

须卜当夫妇以及伊屠智牙师聚集在母亲王昭君的寝帐里,几个人好半天都没有说话。

须卜当愤愤地说："好不容易劝说着咸继任了单于，指望着匈汉关系从此会有一个转机，王莽老儿却做出这等龌龊之事来，真是可恶！"

王昭君叹了一口气后对伊屠智牙师说："自你父王以来，我们的家人一直在为匈汉和睦奔走呼号，老天太不公平，为什么偏偏这个时候又生出是非了呢？"

伊屠智牙师说："自甘露三年父王附汉以来，匈汉两家和睦相处，尤其是父王和母后和亲之后匈汉两家更是成了亲戚，各自过自己的日子便是，真不明白这个王莽他究竟要干什么？"

须卜当忧心忡忡地说："王莽自建立大新朝以来，为了臣服天下，便派兵攻打西域乌桓各国，乌桓人吃了败仗，一些散兵游勇便逃到了我匈奴，当时乌珠留若鞮单于也是看他们可怜，便收留了他们。那王莽得知消息后，便与我们匈奴结了怨，时时处处为难我们，乌珠留若鞮单于也是又气又恨，所以才病故身亡的。"

伊屠智牙师道："身为一国之尊，当有些气度才是，那乌桓人已经败了，何必非要斩尽杀绝呢？再说了，我匈奴也是雄踞漠北的大国，难道做什么不做什么还要那王莽老儿首肯不成？这种人，杀了犹不解恨！"

就在这时，黑珍珠一掀门帘走进来，说："要杀谁呀？能不能算我一个？"

王昭君道："一个女儿家，一天到晚舞枪弄棒的还嫌不够吗？珍珠，你该学着做些针黹女红才是，要不然将来该嫁不出去了！"

黑珍珠满不在乎地说："嫁不出去才好，我还落得清闲自在呢！"

黑珍珠的到来，使凝重的空气稍稍缓和了一些，毕竟，愁着苦着，总不是个办法。

黑珍珠说："我猜着了，你们是在说登和助两位哥哥的事吧？云姐姐，你们南下入汉时一定要带上我，我要为两位哥哥报仇雪恨！"

云说："珍珠，你消停些吧！如今入汉可不比从前了，说不准那就是刀山火海，我们的性命尚且在刀尖上挑着，你去添什么乱呢！"

黑珍珠说："我不怕，说定了，到时候你们必须带上我！"

须卜当敷衍着黑珍珠说:"好了好了,到时候带上你不就行了吗?"

当天晚上,王昭君亲手熬了一碗莲子八宝粥命人送到乌累若缇单于的大帐里。莲子八宝粥的材料还是汉哀帝在的时候命人送来的,这几年来她一直没舍得吃。

乌累若缇单于看到王昭君进来,欠身道:"母后,您费心了。"

王昭君坐在咸的身边,招呼使女将莲子八宝粥端过来,说:"咸,这粥是我亲手为你熬的,你好歹吃一口……"

乌累若缇单于不好推辞,只好吃了半碗。

王昭君慢语轻声地说:"咸,我出塞的时候,你好像比我小不了几岁,其实这四十年来,我们差不多是一起成人、一起生儿育女、一起慢慢变老的,我一直认为你是个仁义厚道的王子。是啊,人这一辈子哪能没个沟沟坎坎呢?我们汉家有句话,人生在世,不如意事十之八九。无论你是天子还是庶民,谁都不能免俗,本来活得好好的,你不知道什么时候灾难就会突然降临在你的身上。我当初嫁给你父王的时候,根本没有想到他会那么快就撒手人寰,我抱着还不到两岁的伊屠智牙师站在匈奴广袤的草原上,我连一个亲人都没有,陌生、悲苦、长路漫漫啊……可我还是咬牙活了下来,因为我不是别人,我是宁胡阏氏王昭君。嫁给你的哥哥雕陶莫皋之后,我们相亲相爱在一起生活了十一年,那十一年是我生命中最美好的时光,我以为我们会白头到老,可是他也撇下我早早地走了。雕陶莫皋走的那天,我跪在草地上哭啊,他走了,把我活着的念想也带走了,我拉着三个未成年的孩子,心里一片荒凉……可是我又挣扎着活了过来,我是谁,我是宁胡阏氏王昭君。咸,走的已经走了,活着的却必须活着,你是一国之尊,你的生命已经不仅仅属于你自己,你是匈奴的王!"

儿子登和助被王莽所杀害,这件事在乌累若缇单于的心里系上了一个死结,他沉重地说:"母后,我当了这么多年的左犁汗王,应该也是个见过世面的人了。你说的这些道理,我都懂,可是,那是我的儿子啊,我的儿子……他们如果死在战场上,我也认了,可是我的两个儿子手无寸铁地死在王莽的利剑下,这不公平,现在让我去和我的仇人讲和,我做不到！"

王昭君提高声音道："不错，他们是你的儿子，可他们也是匈奴的儿子！他们是为匈奴而死，和死在战场上的男儿一样让人敬重！你现在是匈奴的单于，如果你整日沉湎于私仇中不能自拔，你就不配做匈奴的单于！"

乌累若鞮单于忽然大声道："那我就不做这个单于也罢！"

王昭君怒道："你放肆！"

看到王昭君真的生气了，乌累若鞮单于叹了口气，叫道："母后！"

王昭君说："你不要这样叫我，我王昭君承受不起！"

使女和下人不知道发生了什么事，纷纷跑了出来。

王昭君稳定了一下情绪，对如琴说："如琴，你去给我们煮两钵茶来。哦，几年前汉使送的茶饼还有吧？"

如琴说："是的，夫人。"

不一会儿，使女如琴送来两钵热腾腾的茶水。

王昭君摆摆手说："没事了，你下去吧。"

乌累若鞮单于默默地打量着眼前的这个女人，不愧是汉宫里出来的人，举手投足间都透着大度与得体，来到匈奴这么多年了，从来没听到她有什么怨言，她脸上那明媚的笑容足以溶化任何人心中的坚冰，难道她心里就真的一点烦恼也没有吗？不，父王和雕陶莫皋死后，有人曾听过她伤心欲绝的哭声，只不过当她从地上爬起来抹掉脸上的泪水后，就又是那个令人尊敬的宁胡阏氏了。心中想着，乌累若鞮单于开始有些责备自己了，堂堂七尺男儿，心胸怎么会这般狭小，竟连一个妇人都不如？

王昭君从来没有像今天这么多话，她继续说着："咸，云和须卜当是我的女儿和女婿，我何尝不想把他们留在身边尽享天伦之乐呢？他们夫妇南下吉凶难测，谁都不知道会是一个什么结果。若斡旋成功了，匈汉关系和睦如初，皆大欢喜；若不成，难免会有性命之虞。儿行千里母担忧啊，他们是我的亲人，每走一步都揪得我心疼。我老了，眼看着已经是风里的灯、瓦上的霜，禁不住什么磕碰了，可是这个时候我不能儿女情长，他们是匈奴的大臣,他们属于匈奴,我只好让我的孩子们去了……"

王昭君说到这里时,早已是老泪纵横。

乌累若缇单于惭愧道:"母后,什么都别说了,我是呼韩邪的儿子,父王的路我接着走就是了。"

这时,须卜当和云也相继来到乌累若缇单于的大帐。乌累若缇单于说:"你们来得正好,大家坐下,我们商量一下南下入汉的事。"

"云姐姐,还有我呢!"黑珍珠不知什么时候闯了进来。

乌累若缇单于喝道:"退下!看不见我们在商量正事吗?"

黑珍珠笑说:"我也是来商量正事的呀!"

云劝道:"珍珠,我知道你这个丫头有一身好功夫,可这次入汉你不能同去。登和助已经殁了,你小小年纪,我们不能让你去冒这个险!"

黑珍珠咬牙道:"我不怕!我倒要看看这个王莽长着几颗脑袋,哼,谁杀谁还说不定呢!"

他们谁也没有料到,一场灾难已经在悄悄地等着他们了。

咸这个单于虽说受命于危难之时,但上苍却并没有因此而对他格外关照,就在须卜当他们决定启程南下的头天晚上,一场大雪悄然而至。

也许是上了年纪的缘故,王昭君这几日夜里睡得一点都不安稳,似睡非睡恍恍惚惚。不知为什么,自从雕陶莫皋死后她常常做着同一个梦:

苍莽的荒原上一片死寂,没有人,只有风在稀疏的草稍儿上打着呼哨,王昭君感到自己像是一只孤独的蚂蚱踽踽在荒原上……天快黑了,天色一点点地暗了下来,荒原仿佛被什么人施了魔法,在她的面前无限地延伸着,变得无穷无尽。她使出浑身的力气,却怎么也走不出这片荒凉的草地……王昭君茫然地环顾着暮色笼罩的四野,周围竟然连一只小动物都没有,她感觉自己无论如何也走不出这片荒原了,于是跪倒在地绝望地大喊:"谁来帮帮我!"忽然,她似乎听到什么地方响起了男人的声音,她意识到那是她的丈夫们,她大喊:"别走,等等我……"她跟随着那声音磕磕绊绊地走着,就在她终于走出荒原的时候,那熟悉的声音倏地不见了，她急切地大喊："嵇侯珊！雕陶莫皋！等等我，你们别走——"

忽然，王昭君醒了过来，她不由自主地摸摸身边，身边什么都没有，王昭君的心里不禁有些酸楚。

天还没亮，王昭君便不想再睡了。她起来后，没有惊动秋菊和如琴，她们也是上了年纪的人，一天到晚操持着自己的饮食起居，够累了。

透过毡帐的缝隙，王昭君似乎感觉到外面的天色有些反常，她忙过去推开毡门一看：哦，外面正在下雪，已经有一尺多厚了，整个天空呈现出一种可怕的暗红色，如一口大铁锅般严严实实地扣在草原上。从来没有见过这么大的雪，一张张雪片足有小孩手掌般大小，重重叠叠，密密匝匝，悄无声息地落在地上，却让人感觉到了它的沉重。

那场雪一直下了三天三夜，平地积雪五六尺，像一座巨大的白色坟墓，将草原和草原上的一切生灵都掩埋在下面。事先一点征兆都没有，十几年不遇的白灾骤然降临草原，给刚上任的乌累若缇单于来了个下马威。

白灾降临之后，草原上的牛羊马骆驼死亡十之六七；人的死亡更直接，仅仅几天时间，天神就把草原上的老弱病残收走了许多。

这场大雪阻滞了须卜当夫妇再次南下的计划，同时也阻滞了匈汉双方军队在边境上的碰撞摩擦，匈汉边境上暂时消停了下来。

天晴了。

单于庭那顶巨大的穹庐高高地矗立在蓝天之下，威严而又肃穆，其他穹庐一层层地护卫在四周，如莲花般洁白。王昭君身披一件紫金色的缎面狐皮披风，站在单于庭前的草地上向四外望去，苍莽的草原被皑皑白雪覆盖着，没有风，偌大的草原异常安静。王昭君知道，这样的安静持续不了多久，也许更大的灾难已经在等着人们了。

站在单于庭前的雪地上，王昭君不由得想起了三十年前的那场大雪……

王昭君和雕陶莫皋成亲后的那些年，是匈汉关系最和睦、最融洽的时期，两家礼尚往来、相敬如宾，汉天子经常派使者来匈奴看望王昭君，并且像外公外婆疼爱自己的女儿和外孙那样给他们带来整车整车的日用所需；雕陶莫皋也经常走亲戚似的进宫去看望汉天子。两家人你来我往，有情有义，相处得亲亲热热。

幸福安宁的日子总是过得飞快。雕陶莫皋和王昭君的年龄相仿，这个年轻而英俊的单于似乎比他的父亲更会疼人。且不说王昭君的美貌，也不说王昭君的婀娜，单说她那温柔大度、善解人意的性格就让雕陶莫皋心疼不已。雕陶莫皋和王昭君出入相随，用现代人的眼光来看，他们的生活简直可以说是很浪漫呢！

当年，王昭君对于呼韩邪单于的感情，应该说是敬重大于爱恋，她初到匈奴时人地两生，对呼韩邪单于更有一份如兄如父般的依赖。而对雕陶莫皋，王昭君却只把他当丈夫了。

在风和日丽的日子里，雕陶莫皋和王昭君夫妻二人会到草原上闲逛，他们或骑马或坐车，不是去巡视他们的领地就是去视察他们的作坊。那情景虽然没有汉帝出游时前呼后拥的八面威风，却也有相亲相爱的一种甜蜜的情调。来到匈奴这么久，王昭君没有料到匈奴的作坊会有那么多种类，那么大的规模，难怪这个马背上的民族会如此强悍，原来他们这里什么都有，他们并不像别人想象得那么简陋、粗蛮，他们是很会过日子的一个民族！

那天一早起来，天气尤其晴好，雕陶莫皋就对王昭君说："昭君，快，穿好衣服，今天我们到外面去走走！"

王昭君问道："又是骑马？"

雕陶莫皋说："不，今天我们坐车。"

雕陶莫皋亲自驾车，三匹白马在前面轻快地跑着，望着满眼嫩绿的草原，王昭君的心情很好。雕陶莫皋抖动着缰绳，不时地看一眼坐在身后的夫人，满满的幸福在脸上荡漾着，江山、美人、宝马、香车，啊哈，他简直就是天下最富有的男人了！

大约走了一个多时辰，雕陶莫皋驾着马车来到一个皮革作坊。说是作坊，实际上是一个半封闭的大毡帐。毡帐外面偌大一片草地上晾晒着成千上万张皮子，离老远就闻到一股浓浓的火硝的味道。那顶毡帐大极了，一百个人在里面干活还显得绰绰有余，向阳的一面毡子完全敞开着，充足的阳光毫无遮拦地洒进来，即使在角落里干活也不觉得不方便。雕陶莫皋和王昭君走进毡帐，里面的工匠立刻站起来向他们施礼问好："大单于好！宁胡阏氏好！"

雕陶莫皋笑着说："外面晒了那么多皮子，看样子营生不少啊！"

一个头领模样的人说："大单于，活儿太多了，干都干不完啊！这几年不打仗了，匈奴人把上好的皮子加工出来拿到汉地去换粮食和布匹，日子过得有滋有味，这全是呼韩邪单于和您的功劳。单于您看，这皮子多漂亮！"

头领把熟制好的羊羔皮和狐狸皮拿过来让他们过目。

只见那羊羔皮雪白雪白的，麦穗儿似的毛卷儿上闪烁着银子般的光泽；那条火红的狐狸皮轻柔水滑，搁在手上几乎没有什么分量。

王昭君看到工匠们在制作衣服和马具，她惊叹于这个马背上的民族，在他们叱咤风云的同时，手工活儿也做得这么地道，大到马鞍甲胄，小到酒壶纽扣，都做得那么精巧、结实，简直让人爱不释手。

雕陶莫皋望着偌大的皮革作坊，对王昭君说："两百多年来，我匈奴人金戈铁马，一直在马背上东奔西走打打杀杀，过着颠沛流离的生活，自父王始，这种局面才逐渐改变。匈汉两族打打杀杀了那么多年，死伤的是兄弟，难过的是姐妹，受苦的是父老……我雕陶莫皋一定要沿着父王开拓的路走下去，使匈汉两国百姓远离饥荒和战乱，以慰父王的在天之灵！"

王昭君听着雕陶莫皋的话，眼睛里闪着晶亮的泪花。

雕陶莫皋收住话锋问道："怎么，我惹你伤心了？"

王昭君含泪笑道："没有，我只是高兴罢了。"

雕陶莫皋兴奋地说："走，我再带你去另一个地方看看！"

王昭君和雕陶莫皋来到烘炉作坊时，天已黄昏。这是一个半开半掩的山谷，这可不是寻常人所见的铁匠铺，它的规模大得简直有些吓人，依着山势绵延足有两三里地，离老远便可听到工匠们有节奏的号子声，还有钉马掌时人喊马嘶的嘈杂……顺着山谷一侧的山崖下，大约筑有上百个烘炉，每个炉前都有几个汉子在热气腾腾地忙乎着，从远处望去，点点炉火连成一线，宛若一条蜿蜒起伏的火龙，极有气势。

王昭君对雕陶莫皋说："我刚到单于庭时，看到武士们手中有那么精良的武器，奥妙原来在这里啊！"

雕陶莫皋说："可别小瞧了这些匠人，匈奴人的一半家当靠他们打造呢！不仅有生活用品、刀枪剑戟、马掌马具，还有兵车上的若干配件，喏，还有这个！"

雕陶莫皋解下自己的径路刀，说："就是这样的宝刀也是出自这里的工匠之手，怎么样，厉害吧？"

这是一把非常漂亮的宝刀。牛皮的刀鞘已经磨得又红又亮，上面镶嵌着绿色的松石和红色的玛瑙。刀把是骨头做的，打磨得光滑细腻，握在手中沉甸甸的很有分量。特别的是骨质的刀把上镶着一颗纽扣般大小的宝石，闪烁着深蓝色的光泽。雕陶莫皋告诉王昭君，当年，父王用这把径路刀从一只豹子的嘴下救出了一位西域商人，商人感谢父王的救命之恩，执意送给他这颗蓝宝石做纪念，后来父王将蓝宝石镶嵌在刀把上。王昭君端详着手中的宝刀，心里不禁有些酸楚，刀还好好的，人却没有了。

雕陶莫皋对王昭君说："你还不知道吧，这径路刀可是匈奴男人的宝贝，一把上好的径路刀给十匹马十峰骆驼都不换呢！这是一把祖传的宝刀，父王传给了我，我想好了，将来我死的时候就把它留给伊屠智牙师。"

王昭君将手指挡在雕陶莫皋的嘴唇上，说："不许你胡说！雕陶莫皋，你怎么想起说这些不相干的浑话呢，真是的！"

雕陶莫皋笑道："我不过是无意说说，你何必当真呢！"

王昭君也笑道："不行，乱说话是要受罚的！"

雕陶莫皋道："好吧，我接受。说吧，怎么罚我？"

王昭君嗔道："瞧你，还当真了。"

王昭君和雕陶莫皋生活了十一年，那段日子国家太平，人民安康，日子像草原上的小河那样缓缓地流淌着，平静而和缓。这期间，王昭君给雕陶莫皋生了两个女儿，大女儿叫云，小女儿叫当，乳名金珠。

王昭君还清楚地记着，雕陶莫皋新任单于的那些日子里，每天都早早地升帐议事。自呼韩邪单于去世后，单于庭也进行了整顿，上了年纪的大臣或告老还乡或在龙城颐养天年；一批年轻人被补充进了单于庭，整个单于庭显得生机勃勃。

按照惯例，每一位单于继位之后，都要把自己的儿子送到汉朝去做质子，他们把这种做法叫作入侍。雕陶莫皋自然也不能例外。

一天，复株累若鞮单于对大臣们说："本王遵从父王的遗愿，要继续与汉和睦相处、友好往来。本王决定，派遣我的儿子右致卢儿王醢谐屠奴侯入侍汉帝，近日便可启程！"

大臣说："单于，不可。"

复株累若鞮单于问道："为什么？"

大臣道："王子还小，不如等他稍大一些再做打算。"

复株累若鞮单于说："匈奴百姓的男儿长到七八岁就是男子汉了，王子已经十岁了，这个时候派遣他入侍汉帝，一方面可证实我雕陶莫皋继续与汉和好的诚意，另一方面也好让王子见见世面。我们匈奴的汉子不仅会骑马射箭，还要多学一些汉家的技艺回来，这有什么不好吗？"

众大臣一时无话。

复株累若鞮单于道："既然大家再无异议，那就这么定了。你们下去安排吧！"

这时，韩昌将军开口道："王子毕竟年少，况且语言又不通，老朽愿陪同前往。"

复株累若鞮单于听了大喜，说："好，那就辛苦老将军了！"

复株累若鞮单于准备派遣王子入侍汉帝的消息传到后宫时，呼韩邪单于的五阏氏陶奴心里一动。当年王昭君出塞路过范夫人城时，她本想利用表姐达达夫人的巫术将王昭君阻拦回去，没想到王昭君有惊无险，最后还是顺利地来到单于庭。这个王昭君呀，呼韩邪单于在世时将她捧为掌上明珠，雕陶莫皋继任单于后对她更是宠爱有加，只要有王昭君在，就没有好日子过……陶奴想着，她决定利用王子入侍汉帝这件事在单于庭闹点动静出来，于是陶奴悄悄地去找雕陶莫皋的结发妻子浑。

雕陶莫皋自从担当大单于以来国事繁忙，很少到浑这边来过夜。浑是个胆小怕事的女人，虽然心里不痛快，可并不敢有什么表示。倒是王昭君常到浑这边走动，拉拉家常，说些女人们的悄悄话，要不然就教浑和其他年轻的小媳妇学学刺绣什么的。说实话，浑除了有些妒忌王昭君的美丽外，她觉得这位宁胡阏氏还是很不错的，有时候你觉得她是一个很有风度的夫人，有时候又觉得她是个爱说爱笑的小姑娘。在后宫，王昭君无论走到哪儿，在这些大大小小的阏氏间，她还是很有人缘的。

浑正坐在毡塌上给她的儿子缝制过冬的衣裳，草原上的秋天短暂得令人心疼，夏天过去后还来不及干什么冬天很快就来了。男孩子更像是一头头小豹子似的，见风见雨地长，衣裳是要早早准备的，天气一冷就什么都不赶趟儿了。

这时，陶奴一掀毡帘走了进来。

浑有些惊讶地望着陶奴，说实话她不太喜欢这个长着一张狐狸脸的婶婶，她心眼太多了，那双小眼睛骨碌碌一转便是一个主意。婆婆，也就是大阏氏说过，女人的心眼要是太多就不可爱了。

浑拽过一个皮垫子搁在毡塌上，说："婶婶你来了，坐吧。"

陶奴坐下后说："浑，你真是个好女人，外面吵嚷得快翻天了，你还有心思在这里做针线活儿，你呀，真是个傻女人！"

浑问道："出什么事了吗，婶婶？"

陶奴说："这么说你还不知道？雕陶莫皋要打发你的儿子入汉了，听说这一两天就要启程呢！"

浑懵懂地问："婶婶，你说的可是真的？"

陶奴说："这么大的事是闹着玩的吗？浑，你真可怜，自从娶了王昭君以后雕陶莫皋都快把你给忘了，你还傻狍子似的发呆呢！依我看，打发王子入汉八成也是那个宁胡阏氏的主意。你呀，男人已经钻到别的女人被窝里去了,儿子要是再被打发走,你可就什么都没有了!"

浑有点犯憷,是啊,什么都没有了,真要那样,自己活着还有什么意思呢?

浑望着陶奴那张狐狸脸,茫然地问道:"婶婶,我该怎么办?"

陶奴说:"亏你还是个匈奴女人,几十年算白活了,你难道是块木头吗?去找你婆婆,去找雕陶莫皋呀,匈奴的草原是大单于的,可儿子却是你自己的!"

在陶奴的唆使下,浑哭着去找大阏氏。

浑径直闯进了大阏氏的毡帐,进来后跪在地上就哭着说:"婆婆,我没法儿活了,你得给媳妇做主啊!"

大阏氏一愣,问:"这话从何说起呢?"

浑哭道:"婆婆,雕陶莫皋要把我的孩子弄到汉朝去侍帝,这不是摘我的心肝吗?婆婆,我的孩子还小,到那么远的地方怎么能行,婆婆,你给说句话吧……"

大阏氏抚着浑说:"媳妇啊,你难道不明白吗?雕陶莫皋和你的儿子都是匈奴王庭的人,他们的肩膀上一边担着匈奴的千秋大业,一边担着百姓的衣食安危,入汉侍帝是国家大事,雕陶莫皋刚刚继任单于江山未稳,作为他的阏氏,你该多支持他才是,怎么还能说出这样的浑话来?"

浑说:"婆婆,你偏心。"

大阏氏说:"这话又怎么讲?"

浑说:"伊屠智牙师是宁胡阏氏的儿子,为什么不让伊屠智牙师入汉而非要我的儿子去呢?"

大阏氏说:"你呀!亏你也是个做母亲的,伊屠智牙师才刚刚三岁,这么小的孩子能离开娘吗?"

浑哭着说:"不行,我偏不让我的儿子入汉!偏不!我知道,一定是雕陶莫皋听了别人的谗言,巴不得把我的儿子打发得远远的,这样他们的眼前才清净!"

这时,正好雕陶莫皋走了进来,听了浑的话,他上去给了她一个耳光,说:"不许你胡说!"

浑一愣,说:"你——"

浑捂着脸伤心地大哭起来。

大阏氏喝道:"雕陶莫皋,你疯了!做了单于倒学会打女人了?你给我一边歇着去!"

雕陶莫皋气呼呼地坐到一旁。

大阏氏叹了一口气,对浑说:"浑,你一向是个贤惠的女人,今天你是怎么了?难道你真是听了什么人的闲话吗?浑,雕陶莫皋继任了单于,你是他的原配妻子,有多少人在看着你呢,你知道吗?你这么不分黑白地一通哭闹,你知道会给雕陶莫皋带来多大的麻烦吗?再说了,汉朝是个礼仪之邦,那里有许多东西是我们该学习的,要不是岁数大了,我还想到汉地去开开眼界呢!眼下匈汉和睦,王子到了那里就是贵客,再说还有韩将军护卫着,你还担心什么?你呀,真是枉活这么多年了!"

浑正要说什么,忽然听得外面有人报道:"宁胡阏氏到!"

话音刚落,王昭君带着如琴走了进来,她款款走过去向大阏氏和浑施礼道:"见过两位阏氏。"

雕陶莫皋问道:"昭君,你怎么来了?"

王昭君说:"哦,单于也在,你们在说什么事情吧?正好,我有话要对大家说。"

大阏氏温和地说:"宁胡阏氏,坐过来说话。"

王昭君说:"昭君过来一则是向大阏氏问安,二来是为王子入侍的事。大阏氏,呼韩邪大单于为匈汉和好南北奔走了二十年,伊屠智牙师是呼韩邪的骨血,子承父业是天经地义的事情,我想好了,让伊屠智牙师入汉吧。"

大阏氏说:"不可,伊屠智牙师才三岁,这么小的娃娃是离不开娘的呀!昭君,雕陶莫皋决定的事情自有他的道理,你就不必跟着操心了。"

王昭君认真地说:"当年呼韩邪大单于告诉我说,匈奴的男人从生下来的那天起肩膀上就有了责任。伊屠智牙师三岁了,已经是个小男子汉了,让他去吧,汉朝毕竟是他的娘舅家,他也该去认认娘舅家的门槛了。"

听了王昭君的话,大家都吃了一惊。

大阏氏盯着王昭君的眼睛说:"昭君,你刚才这番话可是出自真心?"

王昭君坦然道:"是的。"

大阏氏又问道:"你不心疼你的儿子?"

王昭君多少有些伤感,说:"我们汉家有句话说'儿行千里母担忧',哪有母亲不疼儿子的道理?可是,既然单于当着那么多臣子的面宣告了王子入侍的事,就绝没有收回的道理。所以说总要有人入汉的,就让伊屠智牙师去吧,真正的男子汉是从小摔打出来的。"

雕陶莫皋大声说:"不可!叫一个三岁的孩子入汉,难道匈奴没有男人了吗?"

王昭君眼里含着泪花,说:"当年,我既然能千里迢迢从汉地来到匈奴,今天,我的儿子也可以千里迢迢到汉地去侍奉朝廷。伊屠智牙师是王庭的人,他理应为匈奴和单于分忧……"

雕陶莫皋说:"宁胡阏氏,这已经是决定了的事,你不要再说了!"

忽然,浑一下子跪在了王昭君的面前,还未开口说话,就已经是泪流满面了,她说:"宁胡阏氏,昭君妹妹……我对不起你,是我不好……"

王昭君忙扶起浑,说:"快快起来,昭君承受不起。"

王昭君将浑搀扶了起来,拉着她的手坐在毡榻上。

王昭君宽慰着浑说:"姐姐,伊屠智牙师和你的儿子都是匈奴的男儿,谁去都一样,你就不要多想了。雕陶莫皋既然继任了大单于,我们就应该帮助他把这个单于当好,要是咱姐妹俩为孩子入侍的事先起了纠纷,不是让外人耻笑吗?再说,雕陶莫皋新立,别看明面儿上风平浪静,背地里不知有多少人等着看他的笑话呢!所以咱姐妹俩千万不能给他添乱了,你说是吗?"

王昭君的一番话将浑说了个心服口服,她红着脸说:"是我不明事理，妹妹，让你见笑了。"

王昭君笑着说："瞧你，说哪里话，咱们是一家人，有什么说什么，怎么就见笑了呢？好了，我的意思呢，还是让伊屠智牙师入汉，就请大单于定夺吧。"王昭君说罢起身，向三人施礼后款款地走了出去。

雕陶莫皋望着浑叹了一口气，愤愤道："唉，你呀……"

浑偷偷瞄了雕陶莫皋一眼，低着头说："本来，决定儿子入汉我也没有多大的意见，是先父的五阏氏陶奴到我那里说了些不相干的话，所以我就……"

雕陶莫皋一听是陶奴在背后挑唆，顿时面露不悦，他说："我就知道是她！"他大声喝道，"来人！"

大阏氏忙阻止儿子道："雕陶莫皋，你要做什么？"

雕陶莫皋说："我要把她叫过来问清楚，看她究竟是受了什么人指使，竟敢如此放肆！"

大阏氏说："叫她来又能怎么样，不管怎么说她也是你父王的阏氏，总归是你的长辈。你身为单于不去处理王庭的大事却被后宫的这些琐事缠绊，若传扬出去，周边各国会怎么看待你这个新立的匈奴单于？雕陶莫皋，要知道，你如今并不仅仅是一个丈夫和父亲，你是大单于，你就是匈奴的天啊！"

雕陶莫皋听了母亲的一番话后，躬身对母亲说："母亲，是儿子鲁莽，儿子知错了。"

几天后，雕陶莫皋的儿子右致卢儿王醯谐屠奴侯在韩将军的护佑下起程南下。事实上，当王昭君与呼韩邪单于的儿子伊屠智牙师长大之后，他继承了父兄的事业，为了匈汉的关系曾多次奔波在两地之间，这是后话。

也许是天神故意要给雕陶莫皋这位新立的匈奴单于一些颜色看看，刚刚将儿子送走，一场特大的暴风雪便袭击了额尔浑河两岸的千里草原，匈奴百姓的穹庐多数被厚厚的积雪压塌了，牛羊骆驼也死了大半……

草原上，夏天的时候野草长得足有半人高，茂密的草浪能淹没一头牛犊子；可是此刻，广袤的草原连同那枯黄的干草被大雪覆盖得严严实实。

那些侥幸活下来的牲畜们瘦骨伶仃地站在雪地里，茫茫雪原，它们竟然找不到一丁点儿可以充饥的东西……牲畜们昂着头无奈地望着灰蒙蒙的天空，眼睛里含着哀伤的泪水……

春天终于来了，没有死去的牲畜和人们渐渐地苏醒了过来。望着一天天绿了起来的草地，匈奴人的心里又点燃起炽热的生存希望。

散落在草原上的毡包里终于冒出了缕缕炊烟，大人和孩子坐在牛粪火旁说话。

孩子问道："爷爷哪里去了？"

大人说："他去了天神那里。"

孩子又问："他为什么要去天神那里？"

大人说："因为他老了。"

大人接着说："不要怨恨天神吧，其实天神是最公道的，他体恤那些病残的老人，不愿意他们苟活在草地上受苦，他知道那些老人最终是要离开草原的，所以天神就把他们召了回去。"

孩子眨着黑亮的眼睛，问："我们老了的时候也要到天神那里去吗？"

大人说："是的，孩子。"

孩子问道："那我们现在该干些什么呢？"

大人说："放牧牛羊，繁衍后代。"

孩子最后问道："然后呢？"

大人说："该生的生，该死的死。"

匈奴人对生与死的理解简单而朴实，他们对人的死亡没有感到多少恐惧，对人的出生也没有什么特别的欣喜，该生的时候生，该死的时候死，就像草木荣枯那么简单，仅此而已。

大雪过后，谁也没有料到另一场灾难正在悄悄地向人们逼近。在雪灾中死去的是老人和病人，而紧随其后的瘟疫所带走的，却是精壮的匈奴汉子们。

这场瘟疫来得更残忍更隐秘，它不像雪灾那样在人们的眼前铺天而降，让人们在紧张之余多少还能有所防御；这场瘟疫像一群看不见的魔鬼，在不知不觉间钻进了人们的头发、毛孔、肌肤和骨髓。

天气渐渐暖和过来了。冰雪融化之后，头年冬天在大雪中死去的大批的牛羊骆驼开始腐烂，草原上随处可以看到一片片毙命的牲畜，几百几千头牛羊叠压在一起，尸身下流淌着黑乎乎的臭水。

饿了整整一个冬天而侥幸活下来的牛羊们，终于可以到草地上去啃食一点青草了。女人们挥着鞭子去放牧，男人们则去处理草原上那成千上万具腐烂的尸体。那些日子草原上到处弥漫着一股臭烘烘的味道。

几天后，一些精壮的男人们开始莫名发热，紧接着便不停地咳嗽，他们拼命地拽着衣服的领口嚷嚷着说喘不上气来，没两天便死了。几乎所有人的症状都一模一样。

生病的人越来越多，就连单于庭的贵族们也不能幸免，草原上的人们开始恐慌起来。

最要命的是复株累若鞮单于也染上了疫病。

这天一大早，五阏氏陶奴慌慌张张地闯进颛渠阏氏的毡帐，一进门就跪在地上大哭了起来。

大阏氏正在和颛渠阏氏商量怎么控制瘟疫的事情，看到陶奴这样子，忙把她扶了起来，说："有什么话就说，你哭什么？"

陶奴说："大阏氏，救救我的儿子吧，我的儿子舆也病倒了！"

颛渠阏氏道："前几日还好好的，怎么就病倒了呢？"

陶奴哭道："快想想办法吧，我那边有几个家奴已经死了呀……"

大阏氏蹙起眉头说："疫情传播得这么快，这可如何是好？"

陶奴央求道："大阏氏，肯定是什么人冲撞了天神，天神才降祸给我们的，赶快派人把我表姐达达夫人请来吧，要不然整个王庭的人都得死啊！"

大阏氏望着颛渠阏氏，问："姐姐，你说该怎么办才好？"

颛渠阏氏说："雕陶莫皋病倒了，好几天没有升帐议事，他吩咐说这几日大家最好待在自己的毡帐里不要走动，这请达达夫人的事……"

颛渠阏氏想起了当年呼韩邪单于和王昭君在范夫人城遭达达夫人暗算的事,从那之后呼韩邪单于曾经吩咐单于庭的人说,今后再不许与达达夫人往来。可是眼下……眼下是人命关天啊!

陶奴央求道:"我的好姐姐,陶奴求你们了!"

大阏氏对颛渠阏氏说:"姐姐,顾不得那么多了,救人要紧!"

大阏氏姐俩来不及同复株累若鞮单于商量,当下派几名骑手急急地往范夫人城方向去了。

颛渠阏氏望着远去的骑手,转过身来问大阏氏:"妹妹,怎么这两天不见昭君的身影,她在忙什么呢?"

大阏氏说:"哦,大约是在照顾雕陶莫皋吧。姐姐,你歇息着,我过去看看,也不知雕陶莫皋的病情怎么样了。"

当大阏氏来到雕陶莫皋的寝帐时,看到雕陶莫皋正躺在毡榻上昏睡,除了百合和采莲在旁边伺候着,并不见王昭君的影子。

大阏氏问道:"宁胡阏氏呢?"

百合说:"有一会儿工夫不见夫人了,我还正纳闷呢。采莲,你知道夫人去哪儿了吗?"

采莲摇摇头。

百合说:"那还不去找找!"

就在采莲满世界寻找王昭君的时候,王昭君带着秋菊和如琴正在单于庭后面堆放杂物的穹庐里翻找着什么。

这是一个巨大的穹庐,其作用和规模就像是汉人的库房,里面堆满了各种有用和没用的东西。王昭君四年前出塞的时候,汉元帝是按照公主的规格把她嫁到匈奴的,陪嫁足足装了几十辆大车,那种用竹子编织成的箱笼里装满了豪华的衣服和豪华的用具,一座座小山似的将马车压得吱呀作响。

在那些陪嫁中还有更加珍贵的药材,像珍珠母、羚羊角、黄连、蛇胆、麝香、红花、雪莲……当时,这些珍贵的药材被送进库房封了起来,匈奴人崇尚的是巫医,所以那些药材一放就是好几年。

瘟疫刚刚开始泛滥的时候，复株累若鞮单于并没有当回事，以为那瘟疫会像一阵风似的，刮过去也就没事了。没想到，那瘟疫却恶魔似的赖在草原上不走了，瞧那架势，仿佛不把那些结实的匈奴汉子都送到天神那里去就不肯离开草原。

今天一早，王昭君在寝帐里走来走去，眼看着雕陶莫皋的病情一日重似一日，她焦急得嘴唇上长满了水泡。这样下去可不行，万一雕陶莫皋有个闪失，匈奴的天就塌了。

就在这时，使女如琴端着一碗黄灿灿的汤水走进来，说："夫人，喝口汤吧，看看你，这几日着急上火的，嘴上都长水泡了。"

王昭君接过那碗汤喝了一口，说："好苦，这是什么汤啊？"

如琴说："黄连。"

王昭君问："黄连？你哪里来的黄连？"

如琴说："当年离开家的时候我爹什么都没有给我，只给我带了几斤黄连，说人上火就容易生病，隔些日子喝上一碗黄连水，清毒败火，这是好东西呢！"

王昭君又问："这么说你爹是郎中？"

如琴点了点头。

忽然，王昭君想起了什么，她叫道："如琴，咱那年从宫里带出来的那些药材呢？"

如琴道："那不是还在库房里搁着嘛！匈奴人不用汉药，搁了好几年，怕是霉了呢！"

王昭君说："走！跟我去看看！"

王昭君和如琴径直向单于庭后面的库房走去。

王昭君走着，忽然停住了脚步。

如琴不解地问："夫人，怎么不走了？"

王昭君说："就算找到那些药材也是枉然，这里没有郎中，怎么配药呢？"

如琴笑道："夫人，您忘了？有我呢！"

王昭君望着眼前这个机灵的丫头，说："你？"

如琴说："是啊！我从小就跟着爹行医采药，爹那些本事没学会十成也学会了八成，您就放心吧，我懂！"

第二天傍黑的时候，达达夫人来了。

虽然已经过去了好几年，达达夫人看上去却是妩媚而妖娆，风韵依然不减。达达夫人来到单于庭后，先是在陶奴的寝帐里待了半日，随后就指使着人们在单于庭前的草地上架起了干柴，隆重地摆下了祭品。晚上，在陶奴的张罗下，达达夫人披挂起她那一身叮当乱响的行头在火堆旁又跳又唱。单于庭的女人们搂着孩子躲在自己的穹庐里，揪着心听着外面传来咚咚的鼓声和达达夫人怪异的呼号声。

忽然，外面的鼓声停了下来，人们从穹庐的门缝中看到，达达夫人疲惫地停下了舞动的手臂，浑身像是被抽了骨头似的瘫软了下来。她抹了一把额头上的汗水，长长地呼出一口气，在陶奴的搀扶下来到大阏氏的毡帐中。

毡帐里，颛渠阏氏和大阏氏等人已经等在那里了。

达达夫人一走进毡帐，人们立刻围了上来问："怎么样，天神是怎么说的？这场灾难会过去吗？"

达达夫人端起水碗一饮而尽，环视着一张张焦急的面容，慢吞吞地说："去年冬天的雪灾和现在的瘟疫，都是天神降下灾难来惩罚你们的。"

颛渠阏氏问："为什么？我们匈奴人做错了什么，天神为什么要惩罚我们？"

达达夫人半闭着眼睛，说："你没有做错事，不等于别人没有做。告诉你们吧，有人得罪了天神！"

陶奴急急地问道："谁？你快说，究竟是什么人得罪了天神？"

达达夫人睁开眼睛说："天神说了，方圆三里之内，有一个印堂上长着朱砂痣的人，就是他。"

陶奴说:"天呐,这可如何是好,姐姐,你一定要帮帮我们,我们现在该怎么做?"

达达夫人说:"只有用此人祭祀天神,这场灾难才能平息。否则,匈奴的百姓,匈奴的青壮年,单于庭的男人们,还有你们的大单于,统统要被天神收回去!"

众人大惊:"啊?!"

达达夫人说完,倒在毡榻上昏昏沉沉地睡了过去。

且说王昭君和如琴在库房里翻腾了半日,果然在角落里找到了十几只竹编的箱笼,里面的药材用帛包裹着,好几年过去了竟然一点都没有损坏。

王昭君高兴地对如琴说:"快去,叫几个人来!"

如琴出去不大一会儿工夫,就叫来了六七个人。王昭君吩咐他们将那些箱笼统统都搬到单于庭后面的空地上去。

王昭君对如琴说:"如琴,人命关天,下面就看你的了,千万不能出什么差错!"

如琴点点头,说:"夫人,我知道。"

按照宁胡阏氏的吩咐,人们在单于庭后面的空地上用石头搭起了七个简易的炉灶,上面架着七口硕大的镬。这些镬平时都是用来煮肉的,如琴命人洗刷干净后添满清水。

那些竹箱笼被全部打开了,里面的各种药材摊满了一院子。

王昭君看着如琴在草地上跑来跑去地分拣着药材,心里赞叹道:真是个能干的姑娘,干起活来又麻利又细致,要不是来到大漠,她一定是个不错的郎中呢。

如琴娴熟地将那些清热解毒的金银花、板蓝根、羚羊角等药材分拣了出来并按比例投进了镬里,然后大声地命令道:"点火!"

整捆的干柴塞进了灶里,这是从姑衍山打来专供单于庭取暖的上好的干柴。不一会儿,七口大镬里便沸腾了起来,乳白色的水蒸气氤氲着,单于庭四周弥漫着一股浓郁的药香……

如琴对王昭君说："夫人，这里没什么事情了，回去歇息一会儿吧。"

王昭君昨晚几乎整夜没有合眼，此刻确实有些累了，她眼看着如琴把一切事情都弄停当了，这才松了一口气。王昭君先是来到雕陶莫皋那里，看他面色潮红依然在昏睡着，她叮嘱了百合和采莲几句后，回到了自己的寝帐。

寝帐里，伊屠智牙师躺在毡榻上睡得正香，小脸儿红扑扑的，尤其是眉心间的那粒朱砂痣，米粒般大小，鲜红饱满，煞是好看。可怜的孩子，刚刚两岁多父亲就走了，在呼韩邪单于刚走的那些日子里，小伊屠智牙师拽着母亲的手默默地从一个穹庐寻到另一个穹庐，几乎把单于庭的穹庐都走遍了，最后，伊屠智牙师用稚嫩的声音问道："母亲，父王呢？"

王昭君说："你父王去了天神那里。"

伊屠智牙师说："那我们去找父王吧。"

王昭君说："孩子，我们最终会去找父王的，可不是现在……"

幸亏雕陶莫皋很疼爱他这个小弟弟，他对伊屠智牙师的疼爱一点都不比他自己的儿子差，这让王昭君很欣慰。

王昭君靠在毡榻上，心想，只歇一小会儿，可不能睡着了，如琴一个人忙不过来，要干的事情还多着呢……她心里想着，却不由自主地睡了过去。

王昭君刚刚迷糊了一小会儿，忽然被外面吵嚷的声音惊醒了。

"你们不能进去，宁胡阏氏刚刚睡着！"秋菊的声音。

"闪开！"一个男人喝道。

王昭君忙起身披了件衣裳向外走去，问："怎么回事？"

单于庭的侍卫大声说："我们奉命来查找一个男人！"

王昭君问："放肆！你们竟敢在我面前说这样的浑话！难道我宁胡阏氏的寝帐里会藏着别的男人不成？"

另一个侍卫压着声音说："阏氏，我们是来查找一个印堂上有朱砂痣的男人……"

王昭君大惊，问："什么？这到底是怎么回事？"

这时，陶奴拨开侍卫从后面走出来，她来到王昭君面前，说："宁胡阏氏，对不住了，这是例行公事，每个毡帐都得搜查，就连大单于的毡帐也不例外！"

王昭君不解地问："为什么要这样？"

陶奴说："达达夫人得到了神的启示，说是一个印堂上长朱砂痣的男人得罪了天神，只有用他来祭神，匈奴人的这场灾难才能平息。"

侍卫说："宁胡阏氏，我们不过是例行公事，我们进去看看就走。"

王昭君大喊道："不——不是这样的！这是瘟疫，根本不是什么人得罪了天神，你们难道没看见吗？单于庭后面那些大锅里的药汤很快就会熬好，这场瘟疫很快就会得到控制的！再说，大阏氏知道吗？颛渠阏氏知道吗？"

陶奴一把推开王昭君，说："宁胡阏氏，这是天神的旨意，什么人都不能抗拒的。宁胡阏氏，咱们的大单于病了，我的儿子病了，匈奴那么多男人都病了，你不是那种心胸狭窄的人，为了匈奴，你就让我们进去吧……"

在陶奴的示意下，侍卫们举刀就向里闯。

睡在毡榻上的伊屠智牙师被吵醒了，他揉着眼睛向这边走来，说："母亲……"伊屠智牙师印堂上的那粒朱砂痣格外醒目。

王昭君大叫一声："伊屠智牙师！"

黄昏的时候，单于庭前面的空地上，一堆巨大的干柴垒起来了，干柴中间是一个高高的祭台，祭台上搁着许多好吃的东西，还有一些小孩子玩的弓箭宝剑。

伊屠智牙师被陶奴等人哄着，带到了单于庭前的草地上。

达达夫人浑身披挂着破铜烂铁以及条条缕缕的东西来到祭台前，脸上隐约有一丝得意的冷笑。四年前，呼韩邪单于一行人经过范夫人城时，她精心策划的事情居然让雕陶莫皋给搅了局，那么多的好东西一点没得到不说，还让她在人前好几年抬不起头来。今天，该是报那"一箭之仇"的时候了！前些日子达达夫人就听说这里闹瘟疫，正想着自己该做些什么的时候，表妹陶奴派人来了，说是请她去为草原上的匈奴人驱妖作法，这真是再好不过的机会了。来到单于庭后，借换法衣的机会表妹陶奴对她悄悄地说了一番话，并且答应她说，如果事情办成了，少不了姐姐的好处！

陶奴自有她的打算。身为呼韩邪单于的五阏氏，自从王昭君来到匈奴后，她的地位处于一种非常尴尬的状态。颛渠阏氏和大阏氏姐妹俩年龄大了，无意与其他几位阏氏在呼韩邪单于面前争宠，但是整个后宫的权利却握在她们姐妹俩手中；四阏氏是左贤王乐的母亲，她生性善良贤惠，从不与他人争长短，呼韩邪单于对四阏氏说不上有多么恩爱，但一早一晚的却格外关照；王昭君就更不必说了，她简直就是一颗明珠落在了草原上，自从她来到匈奴王庭后，呼韩邪单于就再没有把她陶奴放在眼里。还有，伊屠智牙师比自己的儿子舆年少几岁，他英俊聪明，活泼可爱，很得颛渠阏氏和大阏氏的宠爱，将来如果舆有机会继任匈奴单于的话，伊屠智牙师就是最大的竞争对手。眼看着两个孩子一天天长大了，陶奴心里也一直在琢磨着、等待着。现在，机会终于来了！

陶奴带着伊屠智牙师向达达夫人走去。

颛渠阏氏和大阏氏望着天真的伊屠智牙师，俩人的心里一阵剧烈的疼痛——怎么会这样啊，怎么偏偏是伊屠智牙师呢？天神啊，你睁睁眼吧，一定是弄错了，一定是错了呀……

可是……天命难违啊！

大阏氏向达达夫人乞求道："……夫人，你放了他，让我替伊屠智牙师去吧……"

王昭君疯了似的大喊道："你们放了孩子！这不是伊屠智牙师的过错，我有办法控制住瘟疫，我有办法……"

王昭君被几个健壮的武士拦着，她眼睁睁地看着自己的儿子一步一步地被引导着走向祭台。

达达夫人牵着伊屠智牙师的手向祭台走去，柔声哄道："孩子，看见了吗？你看见那个高高的台子了吗？孩子，你像你的父王一样，是个勇敢的匈奴汉子，那么你敢上去吗？"

伊屠智牙师点点头。

达达夫人又说："伊屠智牙师，好样的！好吧，那我们上去吧，你看上面有多少好东西啊，好孩子，那都是你的了！"

伊屠智牙师望着四周，问："舆哥哥呢？他怎么没来？母亲说了，好东西不能独自享用，我要找舆哥哥！"

达达夫人哄着伊屠智牙师说："你先上去，舆哥哥很快就过来。"

达达夫人将伊屠智牙师扶上祭台后说："乖孩子，你看，这果子，这蜜糖，都是给你准备的，慢慢吃吧，乖……"

达达夫人柔声说着，悄悄地用一根牛皮绳牢牢地将伊屠智牙师和祭台缠绕在一起。

伊屠智牙师一双稚气的眼睛向周围望去，噢，颛渠阏氏婆婆，大阏氏婆婆，那都是他最亲最亲的人，她们怎么不过来，这么多好东西应该大家一起吃才是啊。伊屠智牙师抓起两把果子，忽然看到了母亲，母亲为什么哭得那么伤心？父王去了天神那里后母亲就是这样伤心的，难道又是什么人要到天神那里去了吗？

伊屠智牙师坐在祭台上大声喊道："母亲——"

王昭君裂声大叫："伊屠智牙师……我的儿子……"

王昭君晕了过去。

这边，达达夫人已经开始作法了。她像一个疯子似的在场子中间跳来跳去，敲击着那面干巴巴的皮鼓，嘴里发出令人浑身直起鸡皮疙瘩的怪叫。

小小的伊屠智牙师看到母亲倒在地上后被两个大汉给架走了，他望望远处围观的人们，又看看孤零零的自己，开始意识到不对劲，伊屠智牙师挣扎着喊道："放开我，我要下去！放开我！"

达达夫人越跳越快，不断地向空中伸出双臂，口中念念有词。

伊屠智牙师开始哭闹，大声地喊着："母亲——母亲——"

突然，达达夫人疯狂舞动着的身子停了下来，她机灵地打了一个哆嗦后，瘫在了地上。

达达夫人有气无力地说道："快，点火……"

大阏氏哭道："天神啊，为什么……为什么要这样，可怜的孩子啊……"

围观的人群里传出嘤嘤的哭声。

颛渠阏氏绝望地伏在地上，失声痛哭！

四个汉子手持火把跑过来，火把上冒着毒蛇似的火苗。来到柴堆前的时候，四个汉子不约而同地站住了，他们回身望着人群，踌躇着……

陶奴和达达夫人喊道："点呀！快点呀！"就在火把触到干柴的刹那，一个威严而略显虚弱的声音在人群后面响起来："住手！"

人们回头看时，大吃了一惊——

复株累若鞮单于在如琴和两个侍卫的搀扶下，出现在大家面前。

本来，如琴一直在单于庭后面的空地上拣药熬药，忙得一头一脸的汗水。药刚熬好，就见百合跑来说大单于在昏睡中吵着要喝水呢。如琴于是盛了一大碗药汁来到大单于的寝帐，当她将碗送到单于的唇边时，双手不由自主地哆嗦了起来。虽说她反复查验了草药，确信没有一点问题，但万一呢，万一单于喝了药后……如琴紧张得浑身直冒冷汗。罢了，事到如今也管不了那么多了！

如琴给大单于喝了满满一大碗药汁，相当于常量的两倍。那一刻，如琴也豁出去了，是好是歹反正自己这条命是压上了。如琴跪坐在复株累若鞮单于的毡榻前静静地观察着……

两个时辰过后，复株累若鞮单于出了一身透汗，竟然醒了过来。如琴喜极而泣道："单于，您可醒过来了……"

复株累若鞮单于隐约听到外面传来阵阵干巴巴的鼓声，问道："外面在做什么？"

一个侍卫过来说："单于，达达夫人在作法，伊屠智牙师王子就要被祭天了！"

复株累若鞮单于一惊:"你说是谁?"

侍卫躬身道:"是伊屠智牙师小王子!"

复株累若鞮单于挣扎着爬起来,对贴身侍卫说:"快,扶我出去!"

事后,复株累若鞮单于严肃地告诫达达夫人说:"你这巫女不安分守己地过自己的日子,却三番五次地寻衅闹事,若不是看在你与五阏氏陶奴是亲戚的份儿上,本王早就对你不客气了!听着,立刻滚回你的城堡里去,要是你再胆敢滋事,我就派人马踏平你的城堡,让你没有安身之地!"

达达夫人灰溜溜地走了。

天黑了,陶奴在自己的寝帐里坐卧不宁。从众阏氏的眼神中可以看出人们似乎已经知道了她和达达夫人之间的龌龊事,虽然大家不说什么,但那一道道目光比刀子还厉害。陶奴懊恼得直揪自己的头发。更要命的是儿子舆的病不但没有好转,反而更重了。听说单于庭的病人喝了王昭君和如琴熬制的药汤后,病情不同程度地都有所好转,陶奴本来也想讨一碗来给儿子,但她张不开口,自己差点把人家的孩子害死,现在反倒去向人家……唉,丢人啊!早知现在,何必当初?

陶奴在寝帐里走来走去,望着儿子的呼吸越来越沉重,她心如刀割。

忽然,外面有人喊道:"宁胡阏氏来了!"

陶奴一惊,唰地出了一身冷汗,心想:"她来干什么?莫非……莫非是找我算账来了?"

就在这时,毡帘一掀,王昭君走了进来,她的身后是如琴,手里提着一个陶罐儿,陶罐儿上扣着一个小碗。

陶奴心里咚咚地响着,努力在脸上挤出一个笑,说:"来了,坐吧。你们是……"

王昭君说:"来给孩子送些药汤。我知道你们不信这个,这是我从汉宫带来的草药,单于庭不少人都喝了,效果真的不错。"

陶奴接过了药罐,心里十分矛盾,她希望儿子立刻好起来但她又不敢给儿子喝,刚刚发生了那件事,她王昭君能不记恨?人心隔肚皮,谁知道她王昭君安的什么心，她要是想趁机害死我的儿子呢？

王昭君看出了陶奴的心思，她正色道："五阏氏，自己心里龌龊就罢了，莫将别人也想得那么肮脏。我王昭君是个亮堂的人，扪心自问从来都没做过那些令人发指的勾当。我今日是看着舆病得可怜，特意送些药汤来给他，你若把人想偏了，那是你的事，可要耽搁了你儿子的病，就是你这当娘的造孽了。"

王昭君说完，转身对如琴说："如琴，给我倒一碗药汤！"

如琴倒了一碗药汤，王昭君接过来后一口气喝了下去。

如琴对陶奴说："五阏氏，这药汤有病治病，没病防病，不妨事的，单于庭的人都喝了呢。"

王昭君吩咐如琴说："如琴，将陶罐搁下，我们走。喝与不喝全凭他们自己了。"如琴将陶罐搁下，俩人转身出了毡帐。

陶奴的儿子舆喝下药汁后，持续了几天的高热渐渐退了下去。当儿子好了之后，陶奴领着儿子跪在王昭君面前痛哭不起，她说王昭君就是她们母子的救命恩人，如果儿子没了，她也活不下去了。

当然，王昭君不会想到，三十年后，就是她救活的这个舆恩将仇报，残忍地杀死了她的儿子伊屠智牙师。

复株累若鞮单于的病好了，单于庭不少人的病也好了。复株累若鞮单于命如琴开出方子火速派人到汉地去大量购买药材。

单于庭后面，王昭君带着她的使女和侍从们从早到晚地熬药，浓郁的药香在单于庭内外弥漫着，一里地外都可以闻到。七口大镬前排起了长长的队伍，匈奴百姓听说宁胡阏氏能驱魔除病，一传十，十传百，人们骑着骆驼、赶着牛车从很远的地方赶来，单于庭后面的草地上聚集着成千上万等待着施药的人。

王昭君绾起头发，挽着袖子，像一个普通的匈奴女人那样，在单于庭后面的空地上跑来跑去，她大声地吆喝着，指挥着如琴和侍从们往大镬里添水加药。七口大镬下终日火光熊熊，王昭君的脸上也一天到晚挂着亮晶晶的汗水。

大病初愈的雕陶莫皋望着王昭君愉快而疲惫的样子，心疼地抚着她额头上的汗水说："昭君，辛苦你了……"

好日子总是过得愉快而又匆忙。

王昭君和雕陶莫皋很快便有了他们的女儿。小姑娘生得可爱极了，漂亮得像天上的月亮。雕陶莫皋给女儿取了个浪漫的名字：须卜居次云。居次，就是公主。后来他们又有了小女儿当于居次，王昭君给小女儿起了个很宝贝的乳名：金珠。

王昭君对雕陶莫皋说："云的名字起得好，云朵在天空中飘荡着，可以传递匈汉两地亲人的问候；而金珠是个吉祥的名字，她可以给匈奴王庭带来吉祥。"

复株累若鞮单于听妻子这样说，关切地问道："你是不是想家了？"

王昭君笑笑，却不言语。

人非草木岂能无情，说不想家是假话。有一天下午，王昭君来到单于庭前面的土丘上闲逛。她知道这里与秭归相隔着千山万水，中间还隔着偌大一片沙漠戈壁，无论如何也是望不到家乡的，但闲暇的时候她还是愿意来这里待一会儿。

就在王昭君向南方瞭望的时候，远处影影绰绰出现了一片秀丽的山峰，山坳里似乎还有几栋农舍，旁边的田里有水牛在耕地，山下有一条河，河上还漂着一只小船……王昭君心里一阵欣喜，不错！这就是家乡的山水，看上去也并不远啊！那一刻王昭君仿佛被施了魔法，心里明明知道家乡远在几千里之外，脚下却不由自主地向前移动着，她懵懵懂懂地朝那片朦胧的山水走去……

那片山水越来越清晰了，山影倒映在水中，河面上波光粼粼，甚至可以清楚地看到河边有人在汲水……王昭君向前跑去，她相信只要自己加快脚步，一定会跑到那片山水跟前的。

太阳仿佛是在一瞬间就落下去了，天色很快便暗了下来，天边的那片山水刹那间便消失得无影无踪……王昭君望着四周，四周一片沉寂，苍茫的草原上一个人都没有，黑暗一阵紧似一阵地向草原上压了下来，无边无际的恐惧与孤独感从四面八方聚拢了过来，把王昭君紧紧地围在中间……

王昭君失声大喊："来人呀——救救我——"只有晚风在草梢儿上低低地打着呼哨。

王昭君大喊："雕陶莫皋——"

王昭君不知道自己跑了多远，也不知道自己此刻身处何处，更不知道单于庭究竟在哪个方向，她想确定一下自己的位置，可草原大得仿佛没了边儿，根本不清楚自己究竟在哪儿，何况天已经黑了。

王昭君知道这个时候她必须尽快找到回单于庭的路，否则，孤身一人在这荒原上过夜，即使不被野牲口糟蹋掉，也得冻个半死。王昭君想到这里，摸索着在脚下寻了一根小胳膊粗细的棍子，朝着心里选定的一个方向走去。

天已经黑了，不见王昭君的踪影，如琴等人急得四处寻找。

宁胡阏氏不见了，单于庭后宫立刻乱了。先是伊屠智牙师跑到大阏氏那里去找娘，大阏氏带着他又找到颛渠阏氏那里，后宫的大小穹庐找遍了，依然没有宁胡阏氏的影子。大阏氏和颛渠阏氏慌了，宁胡阏氏平日很少出门，她会去哪里呢？更要命的是今天一早雕陶莫皋就带着单于庭的男人们出去狩猎了，家里连个做主的男人都没有，这可如何是好？

颛渠阏氏的腰腿不好，大阏氏安顿姐姐带着伊屠智牙师回去歇息，自己带了单于庭的卫士们骑马去找王昭君。

草原上黑得像扣了一口大锅，伸手不见五指，大阏氏等人骑在马上，举着火把，向草原深处跑去："宁胡阏氏——王昭君——"

大阏氏他们在草原上寻了大半夜，一无所获，回来的时候天色已经微明，已经模模糊糊可以看到不远处单于庭高大的穹庐了。大阏氏神色黯然地骑在马上，她在心里自忖，可怜的王昭君怕是已经不在了，雕陶莫皋回来可如何向他交代……

就在这时，一个年轻卫士喊道："大阏氏，快看！那是什么！"

顺着卫士手指的方向，大阏氏打马奔了过去。来到近前跳下马看时，却见王昭君蜷缩在一丛枳芨下睡得正憨，怀里还抱着一只羊羔子。

大阏氏哭笑不得，她疼爱地叫醒了王昭君，嗔道："你呀，可把我们吓死了！"

王昭君望着大阏氏，懵懂地问道："大阏氏，你怎么来了？"

事后，王昭君告诉大阏氏，她拄着棍子在草原上摸索着走了半夜，也不知道走到了什么地方，心想只要不遇上野牲口就死不了，死不了就一定能回到单于庭。后来她发现了一只半大羊羔子，估计是与羊群走散了。王昭君在前面走，那羊羔子就在后面跟着她，王昭君心想也好，聊胜于无，好歹也是个伴儿吧。后来实在走不动了，就倒在枳芨丛下睡着了，没想到还睡得挺热乎。

大阏氏笑道："傻孩子，怀里抱着个羊羔子呢，能不热乎吗？"

傍晚，雕陶莫皋狩猎回来后听说了这件事，着实后怕了一阵子，倘若王昭君真出了意外，他今后的日子也不好过了。

雕陶莫皋对王昭君说："你呀，都是三个娃娃的娘了，怎么还跟个小丫头似的，追着去看那虚幻的东西，你也不想想看，这千里大漠哪里来的江南山水呢？你要真出了事怎么办？"

王昭君道："雕陶，你是没看到，我看得真切，那河面上还有小船呢！"

雕陶莫皋说："你看到的其实是幻影，草原上很少见，怎么就偏偏让你看到了呢？"

王昭君笑道："也许是天神怜惜我离家日久，故意弄出个幻影来慰藉我，虽然不是真的，但隔着千山万水还能看上几眼江南风光，也知足了。"

雕陶莫皋将王昭君拥进怀里，心疼道："还笑呢，差点把自己给弄丢了！"

日子过得很太平，复株累若鞮单于十分疼爱王昭君，膝下又有一儿两女环绕，他们一家人在水草丰美的漠北草原上尽享着人间的天伦之乐，日子过得安逸而恬静。

天气好的时候，如果恰好单于庭又没什么事情的话，复株累若鞮单于就带着王昭君和孩子们去骑马打猎。伊屠智牙师还拉不开大人们的弓，复株累若鞮单于给他做了一张精巧的小弓带在身上。伊屠智牙师生性善良，每回面对猎物时，他望着小动物那一双迷茫无助的眼睛，箭搭在弓上却总是不忍心射出去。伊屠智牙师说："母亲，它们太可怜了。"

王昭君疼爱地说："我的伊屠智牙师生就了一颗慈悲的心，既然你不忍心杀死它们，那么就放了它们吧。"

雕陶莫皋则担忧说："伊屠智牙师，这可不好，一个匈奴汉子面对猎物时竟然拉不开弓箭，那么将来面对敌人时你该如何自保呢？"

雕陶莫皋的担心在三十年后竟然成了事实。当伊屠智牙师喝下舆的毒酒后，伊屠智牙师强忍着剧痛含泪问道："哥哥，你为什么要这样……"

平时在家里，王昭君就教孩子们读书识字，给他们讲汉朝百姓和皇宫里的事，讲她小时候的事，说到家乡秭归的时候，会情不自禁地落泪。孩子们问母亲为什么哭了，王昭君说："母亲想家了，在汉朝的家里有你们的外公外婆，还有你们的姨妈和舅舅，什么时候等你们长大了，母亲就带你们去看望他们……"

是啊，细算起来，离开家已经快十年了，草木尚且有情，何况是人呢？听说弟弟已经娶妻生子，两个小侄儿一个叫王歙一个叫王飒，年龄和伊屠智牙师相仿。王昭君在心里想，等过几年云和金珠稍大些，一定要回家去看看，弟弟捎来话说父母年事已高，身子也远不如前几年硬朗，再不回去怕是真的见不着了。

王昭君把自己的打算跟雕陶莫皋说了，雕陶莫皋说："好吧，既是亲戚就该常来常往才是，等孩子们稍大一些我陪你回去。到时候，我们骑着骆驼赶着牛羊，再给我那没有见过面的岳父岳母带两车上好的皮子。哦，对了还有肉干儿和奶酪，那是给孩子们的！"

王昭君望着雕陶莫皋，心里装满了幸福。雕陶莫皋不仅是个好单于，还是个好父亲、好丈夫。很难想象，在战场上叱咤风云的汉子竟然有如此细腻绵长的心思，这辈子若能与他白头到老，平生足矣！

雕陶莫皋再怎么说也是一国之君，尽管日子过得太平但杂七杂八的事情总是做不完。所以王昭君回乡省亲的事情被一次次地耽搁了下来。几年后，他在临终前，歉疚地对王昭君说："对不起了昭君，我不能陪你回娘家了……"

王昭君泪如雨下，雕陶莫皋的话将她的心都灼疼了。

王昭君与雕陶莫皋生活了整整十一年，那十一年是王昭君一生中最温暖、最平静的时光。可惜，太短暂了。如果不是那次暴客的袭扰，雕陶莫皋也许不会那么早就离开人世……

那是秋天的一个夜晚。

那天，匈奴人一年一度的蹛林大会结束后，复株累若鞮单于带着他的亲兵卫队以及单于庭的所有人马回到了龙城。人们累坏了，复株累若鞮单于也累坏了。在几天的聚会和狂欢中，人们透支了自己的精力，所以回到龙城后躺在厚实的毡榻上很快便睡熟了，就连那些侍卫们也不例外，怀里抱着武器靠在穹庐外面打起了瞌睡。

谁都不会想到，那些暴客们会在这个时候动手。

雕陶莫皋作为呼韩邪单于与大阏氏的长子，他执政以来沿袭了父亲与汉朝和好的国策，同时开展了与别国的边塞贸易，结束了匈奴几百年来野蛮的掠夺谋生方式。其时，匈奴与周边的乌孙、大宛、龟兹等国也友好相处，所以说雕陶莫皋是一个聪明而仁慈的单于。这些年匈奴百姓的日子好过了，人们的衣着明显地鲜亮了起来，贵族和那些日子宽裕的牧民们在天气暖和的时候，也像汉人似的穿着华贵漂亮的丝绸衣服出出进进，脸上的笑容告诉人们，他们的日子很惬意也很富足。据说，单于庭积攒下的财物都快把牛皮大帐撑破了。

草原上的盗贼对单于庭的财物垂涎已久，只是平时单于庭的防卫极其严格，他们没有下手的机会。盗贼们知道，如果能盗得其中的一小部分财物，那他们就发财了！

那天夜里，劳累多日的人们睡得正熟，忽然，有人大喊道："快来救火呀！着火了！"

人们从自己的穹庐里跑了出来。

先是王昭君听到了沸腾的人声，她摇醒雕陶莫皋，说："你听，出什么事了！"

雕陶莫皋从毡榻上跳起来，抓起弯刀向外冲去。

那些盗贼们用了一计，他们先是放火点燃了一顶毡帐，将人们的注意力吸引了过去，然后潜到单于庭后面做库房的牛皮大帐门前，准备将里面的金银细软悉数转移出去。雕陶莫皋从小就跟着父亲东奔西走，是个经过历练的汉子，他站在单于庭前仔细地观察着，感到事情有些蹊跷，莫不是有盗贼进来了？如果是盗贼那就一定是冲着财物来的。于是，他一面吩咐人们救火一面带着卫队向单于庭后面跑去。果然不出所料，库房里面人影绰约，正在往外倒腾东西。

雕陶莫皋大喊道："不知死活的东西，竟然敢到我单于庭来偷东西！看刀！"

雕陶莫皋执刀向那伙人杀去……

里面的盗贼见势不妙，丢下手中的财宝向外冲。雕陶莫皋手起刀落砍倒了几个盗贼，大喊道："雕陶莫皋在此！"

一听是匈奴大单于来了，另外几个盗贼不敢恋战，他们自然知道复株累若鞮大单于的厉害，于是慌慌张张地向外逃去。这时单于庭更多的士兵向这边涌来，将库房团团围住，盗贼们知道从大门出不去了，于是打个呼哨，几条粗实的毛绳从库房顶上的天窗垂了下来，这是他们预先安排好的。盗贼们的身手也是好样的，顺着绳索嗖嗖几下爬上穹顶，然后翻了出去夺路而逃。

单于庭偌大的穹庐群像一朵盛开的莲花般层层叠叠地将单于大帐围在中间。作为库房的大帐虽不在中央，但也不在边缘上，盗贼们将单于庭想象得太简单了，他们没想到里面竟然像一座迷宫一般，进来容易，逃出去却难。雕陶莫皋是个身手矫捷的汉子，再加上他从小跟着父亲是在打打杀杀中长大的，所以对付几个蟊贼根本不在话下。但是雕陶莫皋忽略了一个至关重要的问题——穷寇莫追。

当雕陶莫皋带着他的士兵们将盗贼追得无路可逃时，其中一个黑汉子突然转身向雕陶莫皋反扑过来，雕陶莫皋举刀便迎了上去，仅仅几个回合那盗贼便被雕陶莫皋的弯刀刺中腹部，就在那个盗贼倒下去的刹那，他手中的短刀以极快的速度在雕陶莫皋的胳膊上划过……

单于庭最外面的穹庐是用厚实的牛皮做成的，特别坚固，所以也叫牛皮大帐。如今的匈奴单于庭绝不是什么区区一个酋长部落，它已经是雄踞大漠几千里的匈奴帝国，它的坚固和强大是小蟊贼们不曾料到的！

说实话，雕陶莫皋根本没把几个小蟊贼放在眼里。本来，他是不屑亲自出手对付这几个家伙的，但是几年来的太平日子让雕陶莫皋很想舒展一下自己的身子，于是就有了前面的一幕。

按说胳膊上划个口子是不足以毙命的，哪个匈奴汉子的身上没有几道深深浅浅的疤痕呢？但是雕陶莫皋并不知道，那强盗的刀尖上涂了毒药，所以那看上去并不深的伤口却是致命的一刀。

雕陶莫皋的伤口在迅速地恶化，单于庭什么方法都使了，并不见效。王昭君眼睁睁地看着雕陶莫皋的身子在一点点地虚弱，她吩咐如琴翻遍了库房里的箱笼，找出些解毒的草药来，但用过后，收效甚微。看到大单于的病势一日重似一日，如琴急得直哭。

雕陶莫皋昏迷了七天七夜后突然清醒了过来，他拉着王昭君的手说："看来我要到天神那里去了，对不起昭君，我要走了……"

王昭君的眼泪大滴大滴地落下来，她伏在雕陶莫皋的身上哭道："不，雕陶莫皋，我不让你走，你说过，你要带着我和孩子们回秭归去省亲。雕陶莫皋，你是男人，你不能说话不算数，你不能走……"

雕陶莫皋失神的眼睛望着王昭君，歉疚地说："昭君，对不起了……"

雕陶莫皋摸索着从身边拿过那把径路刀，对王昭君说："父亲留下的这把宝刀……给伊屠智牙师吧……我……"

王昭君没能留住雕陶莫皋，他还是走了。

第七章

须卜当夫妇之赴汉

我爱家乡山水的灵秀,也爱大漠草原的宽阔,无论身在何处,只要心中有爱,就能走出卑微的痛苦,体味出人生的喜悦……

第七章

须卜当夫妇之赴汉

王昭君原以为三十年前的那场灾难要在草原上重演了，先是大雪，然后是瘟疫，再就是一茬一茬地死人……就在人们躲在自己的毡包里，恐惧地等待着灾难再度降临的时候，奇迹发生了——呼啦啦的东南风刮了一整天，吹散了厚重的云层，也吹开了压在草地上厚厚的积雪，紧接着温暖的阳光便豁朗朗地泼洒在大地上，天气骤然间暖和了起来，仅仅几天的光景，厚厚的积雪便融化了，草地上隐约露出了青青的草尖儿。

哦，总算过去了！草原上所有的匈奴人都松了一口气。

一大早，云和须卜当就来到王昭君的寝帐。

云高兴地说："母亲，我们已经收拾停当，准备今天就动身南下了。"

须卜当说："上次我们走到半路，乌珠留若鞮单于病危，只好返回单于庭；后来准备再次启程时，又遇上了天降大雪。这回大约不会有什么事了，单于庭的事情已经打点好了。母亲，趁着风和日丽，我们就动身了。"

王昭君感叹道："哦，可真不容易，入汉之后，你们处处都要谨慎些。那王莽是个反复无常之人，你们夫妻要多加小心才是。"

须卜当道："母亲不必担心，我们又不是第一次入汉，料无大事。倒是母亲要多保重身体，毕竟是五十多岁的人了，一早一晚多加些衣服，不要受了风寒。"

须卜当的一番话说得王昭君眼睛潮润了。她这个大女婿啊，说起来比女儿云还要晓事，一日三餐嘘寒问暖，如同亲生儿子一般。云天生就是个叱咤风云的女人，她继承了雕陶莫皋的果敢和睿智，她的性格和地位是注定了要为匈汉关系奔波一生的。

自从两个丈夫过世后，王昭君的身边有孩子们照顾着，日子过得还算舒心。伊屠智牙师也已经成亲了，新媳妇海棠是儿子从草原上带回来的，俩人的相识相爱真是应了汉人的那句话了，一见钟情。虽然海棠是个平民的女儿，但她性格和善，人又极俊美，别的都不打紧，只要伊屠智牙师和海棠俩人情投意合，这就足够了。

云和须卜当出了单于庭刚刚上马，就见黑珍珠骑着一匹小红马从后面追了上来："等等我！"

黑珍珠来到跟前跳下马，上前抓住云的马缰绳，不悦地说："姐姐，咱们不是说好了要带我去吗？你们怎么变卦了？"

须卜当好言相劝道："珍珠，我们不过是先去打个前站探探路子，要是议和成功，我们下次再带你去，行吗？"

黑珍珠道："不行！说了不算，你们欺负人！我黑珍珠的性子你们是知道的，要是不让我去，你们也别想走！"

云笑着说："好啦好啦，带你去还不行吗？不过，你要依我三件事。"

黑珍珠说："姐姐，哪三件事？"

云说："一、这么漂亮的姑娘，为了避免是非你必须女扮男装；二、到了长安之后，没有我们的允许，不可随处乱跑；三、不可任性耍大公主脾气，不可动不动就舞刀弄枪。"

黑珍珠说："珍珠就依姐姐了，还不行吗？"

云说:"那好,上马吧!"

须卜当制止道:"等等!珍珠,我问你,这事你父王同意了吗?"

黑珍珠嗫嚅道:"这……"

就在这时,大家身后有人说话了:"让她去吧,我同意了!"

大家回头看时,乌累若鞮单于不知什么时候来了。

乌累若鞮单于说:"珍珠要去,就让她跟着去好了。以珍珠的身手或许还是个帮手呢!"

黑珍珠听了高兴极了,当即跪倒在地给父亲叩头道:"谢谢父王!"

乌累若鞮单于吩咐女儿道:"出门在外要听姐姐、姐夫的话,千万不可惹事。"

黑珍珠应道:"孩儿知道了!"

黑珍珠站起身来,翻身上马,一抖缰绳,小红马轻快地跑了起来。

须卜当一行的马队晓行夜宿,三个多月后他们走进了长安城。这次的长安之行,距离他们第一次入汉,已经过去了整整十一年。

长安城,未央宫内。

这天,王莽信步来到御花园,看到园内草木葱茏、绿肥红瘦,心中甚是欢喜。王莽自登基以来除了边塞不够太平以外,大新朝基本还算得上歌舞升平。王莽自忖:江山、王位、荣华富贵,我是应有尽有了,只是身边的那些女人左看右看都不顺眼,奇怪,像王昭君与赵飞燕那样的绝色美人我怎么就一个都遇不上呢?我王莽贵为一朝天子,这天下都是我的,只要多下些功夫去找,何愁没有美女?

王莽正在想心事,大司马严尤来到他身边,说:"陛下,臣有要事禀报。"

王莽说:"说。"

严尤躬身说:"陛下听说了吗?"

王莽问:"什么事?"

严尤说:"陛下,去年冬初乌珠留若鞮单于去世后,陛下可知道现在的大单于是谁？"

王莽问："是谁？难道会是那个天不怕地不怕的右贤王舆？"

严尤说："不，陛下，就是那年从长安城里逃走的'孝单于'咸！"

王莽呵呵一笑，说："哦，是他呀！怎么，当上了匈奴大单于是不是要来给他儿子报仇呀？"

严尤说："那倒没听说。"

王莽说："那好，准备贺礼，既然他不来找我的麻烦，那我们派人去会会他，顺便祝贺他登上单于的宝座。"

严尤说："陛下，听说前不久漠北下了一场罕见的大雪，雪深的地方有五六尺，匈汉边境上两军对峙的局面也有所缓和。"

王莽呵呵笑道："天助我也！乌珠留若鞮单于的死再加上天灾，够他们匈奴人忙乎一阵子的，我们可以高枕无忧了，等我缓口气再收拾他们！"

严尤说："陛下，老夫以为汉匈两家既是近邻又是亲戚，还是那句话，和为贵呀！"

王莽说："好了，你不必啰唆了，朕知道该怎么做，下去吧！"

"等一下！"严尤转身刚要走，又被王莽给叫住了。

严尤说："陛下……"

王莽说："大司马，你看这春光三月繁花似锦，只是朕身旁没有如花似玉之人，甚是无聊，你可有好主意吗？"

严尤是个聪明的大臣，明明知道王莽的心思是想弄几个美女，却故意装出一副不甚明白的样子，说："陛下，老身这就去传话，请皇后来陪伴陛下。"

王莽不悦道："扫兴！"

严尤故作不解地问："那陛下的意思是？"

王莽说："大司马，朕一向把你视为知己，你是知道的，朕已经苦了大半辈子了。如今贵为一朝天子，召几个有姿色的女子来陪陪朕也是应该的吧？"

严尤不知该说什么才好。

王莽说:"唉,虽然后宫佳丽无数,可是哪比得了飞燕合德?罢了,你先下去吧,以后替朕多操点心,寻一两个像样的女子进宫来,也不枉我对你的厚爱了。"

严尤借题发挥道:"陛下,臣知道了。不过,依臣看,事情并不是那么容易,汉匈边境不太平,战事剑拔弩张随时都可能爆发,百姓们终日惶恐不安,民间的绝色女子都深藏闺中而不敢出来,我们到哪里去寻那昭君飞燕般的女子呢?要想寻得绝色美女须得天下太平、百姓安居乐业才行啊!"

王莽想了一下说:"你这话说得也有些道理。不过,你以为朕就想打仗吗?实在是那匈奴人太难驾驭,不仅不臣服于我,还屡屡进犯我边塞,不给他们些厉害他们是不肯俯首的!"

严尤说:"陛下,臣有几句话,不知当讲不当讲。"

王莽说:"你说吧。"

严尤说:"依臣之见,那匈奴人虽然性格糙了些,但也并非不讲道理。他们也是些很讲义气的汉子,你敬他一尺,他会敬你一丈。先皇宣帝和元帝的时候与他们礼尚往来相处得十分和睦,四十多年来汉匈两家你来我往亲戚一般地走动,可谓天下太平。但是,一旦触怒了他们,匈奴人也会不计后果地做出一些莽撞事来。所以,对待匈奴人陛下还是要三思才是。臣还是那句话,和为贵。"

王莽听了大司马严尤的话很是不悦说:"大司马,朕不过是和你说春光三月无人陪伴在身旁很是无聊,倒引出你这样一番话来,算了,你下去吧!"

大司马严尤没有立刻退下,他上前一步对王莽说道:"陛下,臣是个性情中人,有些话或许说得不中听,请陛下恕罪。"

王莽冷冷地问道:"这么说你还有话要说?"

严尤道:"陛下,乌珠留若缇单于去世后,乌累若缇单于新立,这无论对我大新朝还是匈奴都是一个机会。俗话说,冤冤相报何时了?陛下应当抓住乌累若缇单于新立的机会重新与匈奴修好，否则，战火一旦烧了起来，首先遭殃的将是我们。"

王莽冷笑道："我大新朝兵多将广，粮草充裕，还怕他一个小小的匈奴不成？"

严尤道："陛下，恕臣斗胆，话不是这样的讲法，那可不是一个小小的匈奴呀！匈奴人历来骁勇善战想必陛下比臣清楚，自头曼单于、冒顿单于以来，他们南北东西动辄纵横上千里，匈奴的江山其实就驮在马背上，他们来去迅疾，所到之处如秋风扫落叶一般；倒是我们大新朝，江山社稷摆在那里，搬不动也拿不走，一旦打起仗来只有干等着挨打的份儿，吃亏的还不是我们吗？还有，我大新朝看上去似乎风平浪静，可一些农民武装却在暗地里蠢蠢欲动，陛下不可不防；而那匈奴自呼韩邪以来，经过几十年的休养生息，如今羽翼渐丰势力日渐壮大，足可与我大新朝抗衡，所以我们与他们只能和而不能打。"

王莽说："哦，这样说来，你的话还有几分道理。"

严尤说："还有，陛下即位时间不是很久，应该着力于国内繁荣和疆域巩固。若这个时候打仗，恐怕将失信于百姓，到头来，怕是对大新朝不利啊！"

王莽见严尤没完没了地啰唆着，虽然说得句句在理，但心里很是烦躁。

王莽想到这里，打个哈欠，说道："好了，难为你处处为朕着想，你的意思朕都明白了，你下去吧，朕也乏了。"

望着王莽那不耐烦的样子，严尤在心里叹息道："唉，大新危矣！"

这天，王莽正在书房里品茶，用的是刚刚进贡来的茶饼。烹好后，王莽尝了几盏，感觉不错，正要歪下身子小憩片刻，忽听得外面有人报道："陛下，匈奴来人了！"

王莽立刻坐起来，问："什么？"

"陛下，匈奴来人了。"

王莽问:"是什么人?"

"是匈奴单于庭的执事大臣右骨都侯须卜当和他的妻子,一个叫云的女人。"

作为一国之君,王莽太了解这个叫云的女人了。十多年前的汉平帝年间,云入汉侍奉姑母太皇太后,王莽经常在姑母跟前走动,所以那时候就认识云了。云如她的母亲一般是个绝色美女,年纪轻轻便显露出有别于其他女子的天分。她心思缜密,有襟怀,说话做事极有分寸,这像她的母亲;她果敢、睿智,有气度,这又像她的父亲。不管怎么说,云都是一个极有魅力的女人。

一晃十多年过去了,这个云现在……王莽胡乱地想着,随即吩咐道:"传朕的口谕,命和亲侯王歙与展德侯王飒二人好生款待匈奴的使者!"

这时候,须卜当夫妇一行已经在驿馆安顿了下来。

须卜当对大家说:"连日来鞍马劳顿,大家都累坏了,先住下来歇息歇息。我已经知会了朝廷,过一两日定然会与那王莽见面的,到时候大家都精神着些,不可委顿了匈奴人的威风!"

大家答应一声去了。

云和须卜当刚刚换过衣服擦了把脸,就有人进来对他们说:"王歙、王飒兄弟求见!"

话音刚落,两位三十岁上下的年轻人走了进来。二人来到须卜当夫妇面前,跪拜道:"姐姐、姐夫远路风尘而来,一路辛苦,受小弟一拜!"

须卜当夫妇忙将二人扶起,惊诧道:"你们莫非就是表弟王歙、王飒?"

二人道:"正是小弟。"

云一把抓住两位表弟的手说:"天神啊,可见着亲人了……"

三个人相拥,不觉都湿润了眼睛。

须卜当笑道:"亲戚们见面应该高兴才是,瞧瞧你们,又是哭又是笑的,难道是疯癫了不成?"

一句话说得大家止住了唏嘘,纷纷坐下来叙话。

王飒问道:"表姐,姑姑身体可好?"

云说:"倒还结实,母亲毕竟是年迈之人了。噢,舅舅呢?他老人家还好吧?"

王歙道:"身体还好,只是越老越思念姑姑,时常说起他们小时候的事情,总是盼望着有生之年能见姑姑一面呢!"

云说:"母亲何尝不是如此,先前父亲在世的时候他们就说要回秭归省亲,没想到父亲早早地去了。后来母亲虽然不说回乡省亲了,但是我知道,她心里一直惦记着这件事呢。本来,我和哥哥伊屠智牙师商量好了,无论如何也要陪母亲回秭归一趟,谁想到如今大新与匈奴的关系弄得剑拔弩张,省亲的事就又搁置了下来。"

须卜当说:"我早看出来了,母亲的身体虽然不比从前了,但她却不服老。回乡省亲这件事啊,仿佛成了她心里的一个结,什么时候不能如愿,她就硬是一日日地撑着自己……"

王飒这时说:"我猜姐姐、姐夫此次来长安,是为了大新与匈奴的关系吧?"

云说:"对。当年呼韩邪大单于和母亲千辛万苦经营的匈汉和好的局面,不能就这么毁了,母亲说要是那样的话她将来死了也无颜去见呼韩邪和复株累两位单于了。"

须卜当说:"今天我们在这里见面,既是亲戚又是两国的使臣,往大了说是为了两国的江山社稷和百姓,往小了说就是为了自家的至亲骨肉,所以无论如何,我们也得将这场即将爆发的战火给熄灭,否则,就连自己的亲人也对不起。"

王歙说:"姐夫,一家人不说两家话,你放心,就是为了圆姑姑的梦,我们也会尽力的。"王歙压低声音接着说:"只是那王莽自从登基以来,不仅变得疑神疑鬼、喜怒无常,而且固执暴戾、独断专行,常常是朝令夕改,连严尤那样的老臣的话也听不进去,否则两国关系也不会弄成如今这个样子。"

须卜当长叹一声道:"唉,一人昏聩,国之不幸啊!"

云铿锵道:"不管怎么说,我们既然远天远地地来了,就要竭力斡旋,促使匈汉两家的关系重新和好。人活一世,草木一秋,我们虽然不能像母亲和呼韩邪单于那样做出些轰轰烈烈的大事,但是为了两国的百姓不再受战火的涂炭,我豁出去自己这条命了!"

王歙道:"表姐,别,不是还有我们吗?"

须卜当笑着对兄弟俩说:"你们这个表姐呀,真是巾帼不让须眉,可惜生了个女儿身,要是个男子,准是位叱咤风云的将军!"

云笑道:"须卜当,你是在夸我呢还是在贬我?"

须卜当道:"怎么是在贬你呢?你有胆识、有魄力,古往今来像你这样奔波斡旋于两国之间的女子,又有几人呢?平心而论,就是给你个单于庭的执事大臣,也是绰绰有余呢!"

云说:"我听出来了,你是说我阴柔不足、阳刚有余,是吧?"

须卜当认真道:"不,你是女中丈夫,一腔忧国忧民的侠骨柔情,如果我们的事情能够留名青史的话,倒是我须卜当沾尽了你的风光呢!"

云扑哧一声,笑道:"难为你了右骨都侯,做了多年的夫妻,你还从来没有这么夸过我呢!"

须卜当也说笑道:"这不是遇上你的亲人了嘛!"

大家都笑了。

就在须卜当夫妇与王歙、王飒兄弟在驿馆见面的时候,黑珍珠拉着奢偷偷溜到长安的大街上去看热闹。这时,她早已将云姐姐的约法三章丢到脑后了。从沉寂辽阔的大漠骤然来到繁华热闹的长安街头,黑珍珠只觉得眼花缭乱,一双眼睛竟然也似不够使了一般。这里的人们穿着和匈奴人不一样的衣服,梳着和匈奴人不一样的发饰,挺好看,也挺古怪。虽然在单于庭时也常见到汉人,但塞外北地气候寒冷,他们的穿着大多是皮裘毛毡,与匈奴人相差无几了。

哦,这个地方好热呀!走不了几步,黑珍珠就已经大汗淋漓。奇怪,这地方怎么就一点风都没有呢?黑珍珠穿着匈奴男人的衣服,走得又累又热,禁不住想起了草原。这个季节的草原正是清爽宜人的时候,那草绿得呀,直晃人的眼睛,草地上的野花细碎的黄、细碎的蓝、细碎的粉白,那叫一个美,坐在那里看一天都看不够。实在热了,随便钻进哪个水泡子洗上一澡,那叫一个痛快。

黑珍珠走着,想着,看来老人们说得没错——东西嘛,是别人的好;家呢,还是自己的好。

黑珍珠问奢道:"哎,你说这地方好吗?"

奢说:"除了比龙城热闹些,人多些,看不出有啥好不好的。"

黑珍珠又问:"要是把你留在这里长住你愿意吗?"

奢说:"当然不愿意!我就不明白,他们的皇上为什么要把这么多人圈在这么小的地方,闹哄哄的,难道他们就不嫌憋屈吗?实在是太麻烦了!"

黑珍珠说:"我也不愿意在这样的地方长住,原以为长安是个比匈奴草原还大的地方,没想到这么小,连马都跑不开!奢,你想想,要是人人都像我们匈奴人似的骑着马在城里跑来跑去,这里会乱成什么样子!"

奢听了哈哈大笑。

黑珍珠说:"所以说嘛,还是咱们草原好,骑在马上,想怎么跑就怎么跑,想去哪儿就去哪儿!"

奢说:"那你还非要来?后悔了吧?"

黑珍珠悄声说:"你以为我是来瞧热闹的吗?"

奢反问道:"难道你不是来瞧热闹的吗?"

黑珍珠拍拍奢的脑袋,说:"小孩子家,别问那么多!"

奢不满道:"哎,人家已经十六岁了,要是在草原上骑马射箭,我已经是个男人了呢!"

黑珍珠得意地说:"别忘了老人们说的话——'山再高高不过日头'。我是你小姨,咱俩差着辈分呢,虽然年龄相仿,可你永远是个孩子!"

奢不悦地说:"你又拿这话压我,不逛了,回去!"说着,转身就走。

黑珍珠虽然性格桀骜，但她毕竟是第一次来长安，人地两生，语言又不通，眼看着奢大摇大摆地走远了，她立刻追了上去，喝道："好你个狼崽子！竟然敢把你小姨我扔下自己跑了，你给我回来！"

奢道："我饿了，我要回驿馆！"

黑珍珠拔出宝剑横在奢的面前，说："你小姨我还没逛够呢！跟我走！"

奢毕竟还是个大孩子，倔强地拒绝道："不！"

匈奴人性格率真，几句话不对付干起来实属平常。前一刻还剑拔弩张呢，转眼便烟消云散、相互勾着脖子喝酒去了。黑珍珠与奢一身异族装束出现在繁华的长安街头本就已经很扎眼了，竟在当街动起手来。他们的身手本就不差，在人们围观叫好声中，匈奴人骨子里那股争强好胜的野性被激发了出来，刀来剑往，竟耍上了！

岂料早有那好事者告了官，说有两个来历不明的异族人在街上聚众斗殴。

黑珍珠与奢正玩得高兴，忽然来了一队官兵将二人团团围住，不由分说将二人绑了起来，说是要送官。

黑珍珠与奢莫名其妙，打斗戏耍在匈奴就如游戏一般，他们不明白难道嬉戏也犯了王法？看来这繁华的长安城真不是好待的地方。

再说云和丈夫须卜当正在叙话，忽然想起已经有半日没见两个孩子，正在驿站门前踌躇着去哪里寻找，就听得街面上一阵吵嚷，再仔细看时，却见黑珍珠和奢被几个汉子扭着向远处走去。

这时，黑珍珠也看见了云，大喊道："姐姐救我！"

云忙唤王歙兄弟前去周旋。莫不是两个孩子闯了什么祸？

傍晚时分，黑珍珠与奢跟着王歙兄弟回来了。王歙安慰表姐说："姐姐受惊了，没事，一场误会而已。"

奢倒没说什么，大约是觉着惭愧便悄没声地回了自己的房间。黑珍珠却不干了，她回到自己的屋里匆匆收拾好行李，出来后站在院子里大声道:"这破地方本公主一日也待不下去了,我们不过是在街头戏耍了几下,就被抓了起来,长此以往怕是连命也要丢了呢!"

云正色道:"珍珠你要做什么?"

黑珍珠大声道:"我要回家!"

云呵斥道:"黑珍珠,当初我就不想让你来,我知道你就是个管束不住自己的野马驹子,于是与你约法三章。如今你不仅不检点自己的行为,反倒跟我耍起了公主脾气,你以为这是在匈奴草原可以由着你的性子胡来?如今你跟了我们出来就是匈奴的使节,我们的肩上担着干系呢,岂是你想来就来想走就走的?就算你是匈奴公主,那又怎样,就你这喜怒无常无理搅三分的样子,此刻在我眼里你是半钱也不值!不是要回家吗?我这就打发人送你回匈奴,省的再给我惹是非!来人!"

黑珍珠自知无理,原本也是发发牢骚而已,看到云姐姐果真要送她回匈奴,顿时有些急了,忙跪在地上求道:"姐姐,是珍珠不晓事,惹姐姐生气了,姐姐就饶过珍珠这一遭吧……"说着,眼泪汪汪地望着须卜当,希望姐夫给自己说句话。

须卜当见状,对云说:"珍珠已经知错了,就饶过她这一遭吧。"

云决然道:"以她这性子,往后还不知会惹出什么乱子来,不如早早送回匈奴也罢!"

珍珠可怜巴巴地跪在地上说:"姐姐……"

须卜当又说:"夫人三思,长安至匈奴王庭路途遥远,我等来的时候人马众多尚且好几回都是死里逃生,你如今就这样打发她孤零零地回去,万一路上有什么不测……"

王歙也说:"姐夫说的在理,此事还望姐姐周全。"

云望着跪在地上的黑珍珠,长长地叹了口气,嗔道:"珍珠,你呀……"

须卜当夫妇到达长安城已经半月有余了,关于议和的文书也托王歙兄弟递上去多日,却总不见朝廷有什么回应。大家在驿馆里闲住着,除了偶尔王歙弟兄过来陪他们说说话，别无他事，真正是度日如年。

须卜当站在驿馆里感叹道："匈汉将士们驻扎在边关，日日栉风沐雨，都巴望着我们的议和有个结果，好早早回家与妻儿团聚，可我们来长安这些日子了，却每日闲坐，真是让人心焦啊！"

云望着外面白晃晃的日头，无奈道："心焦又有何用，天子难见啊！"

这一日清晨，王飒快步走进驿馆的院子，朗声道："姐姐、姐夫，快，万岁今日要召见你们，快快收拾一下，车子已经在外面候着了。"

云长吁了一口气，说："真不容易！这王莽的架子好大，让我们这一候就是半个月，我们好歹也是匈奴的使臣，看来这王莽真是没把我们匈奴放在眼里！"

须卜当劝道："好了，别发牢骚了，快走吧！"

一行人随王飒来到皇宫，那黑珍珠非要跟来不可，只好扮作随从的模样，除了容貌看上去清秀了些，倒也看不出什么破绽。

王莽在宣室殿接见了须卜当一行，严尤和其他一些大臣也在。宾主落座之后，王歙向王莽介绍说："陛下，这是匈奴前来议和的使臣右骨都侯须卜当夫妇。"

王莽看了云一眼，心里暗暗有些吃惊：十多年不见，这须卜夫人却是越发俊美了，须卜当这小子好有福气啊！

"陛下万安。"须卜当礼节性地问候着。

王莽的目光还在云的身上流连着，似乎没有听到须卜当的问候。

"陛下，右骨都侯在向陛下问安呢！"

王莽收回目光，应道："好，好。"

王歙接着说："想必陛下也听说了，他们不仅是匈奴的使臣还是我的表姐和姐夫。"

王莽说："和亲侯，你不用介绍，我们十多年前就见过面的。"他又对须卜当夫妇说："大家都是熟人，就不必拘礼了。"

云施礼道："陛下万安，母亲让云代问陛下好！"

大司马严尤高兴道："这样说来既是使臣又是亲戚，这还有什么不好说的，陛下您说是吧？"

王莽道："你们的文书朕已经看了，关于议和一事，不是那么简单。既然你们不想打仗，那退兵就是了，何必那么多军队还压在阴山脚下呢？"

王莽的态度有些欺人，云听他这么一说便有些不悦，说："陛下，我们来议和，并不是我们匈奴人害怕打仗，想必陛下也听说过当年冒顿单于横扫千里疆场的马上威风。我们实在是为两国百姓着想，战火一旦烧起来就没了疆界，最终遭殃的还是匈汉百姓。"

王莽说："要这样说，我大新朝兵多将广，粮草丰裕，更不怕打仗了。如果你们不想撤兵，那我大新朝愿意奉陪。"

云说："陛下，我们风餐露宿千里迢迢从漠北来到长安，如果不为议和，难道是来玩耍不成？"

严尤一听双方的语气都有些剑拔弩张，唯恐不欢而散，他忙插话道："匈奴使臣千里跋涉而来，辛苦辛苦。俗话说冤家宜解不宜结，大家有话好好说，有话好好说。"

王歙插话说："严大人，容我说几句。从大新朝这边说，皇上赐我为'和亲侯'；从昭君姑姑那边论，前来的又是我的姐姐和姐夫。既然大家坐在这里，还是以和为贵，居家过日子还有个马勺碰锅沿儿呢，过去的磕磕碰碰就让它过去吧，我们从长计议如何？"

须卜当也说："王歙表弟说的没错，如此最好。"

王莽说："前不久，乌珠留若鞮单于在世时，曾派兵袭击我云中和朔方等地，当地太守、都尉被杀，掠走边民牲畜不计其数，真是太可恶了，他根本没有把我这个大新皇帝放在眼里！"

须卜当拱手道："陛下，乌珠留若鞮单于已故多日，他生前纵然有千般不是，人已经去了，再说不相干的话也无益，我们还是……"

云打断丈夫的话说："夫君，你容我说几句。既然陛下把话说到这个份儿上，究竟谁是谁非，我们就该把话说透亮了才是，否则怎么议和？

陛下，自呼韩邪单于始，四十多年来匈奴与汉朝一直和睦相处亲如一家。匈奴人虽然性格率直却不乏真诚，我们向来信奉'你敬我一尺，我敬你一丈'的诺言，可如果时时处处想压我们匈奴人一头不把我们当人看，那就没什么道理可言了！"

王莽听了，打量着眼前的这个女人，心想："上次见面时竟没有发现，这个女人外柔内刚，言语间竟有股咄咄逼人的气势，倒是不可小觑了，须小心对付才是。"

于是，王莽说："须卜夫人这么说倒是我大新朝有对不住你们的地方了？"

云拱手道："陛下，云在草原上长大，性格率直，言语间若有什么不恭敬的地方还望陛下恕罪。"

王莽打心眼里欣赏这个匈奴女人，于是说："须卜夫人，有话但说无妨。"

云接着说："乌珠留若鞮单于在世时，陛下您更换'匈奴单于玺'为'新匈奴单于章'，后又下诏改'匈奴单于'为'降奴服于'，这便是对我们匈奴的不尊；接着陛下您又下诏要将匈奴国土和人民分为十五份，立稽侯珊的十五位子孙皆为单于，这明摆着要将我们匈奴分而治之，然后逐一吞灭；还有，陛下您募兵三十万，以十二部将为统帅，分别从张掖、河西、五原、云中等地十道并出，企图将我匈奴一举而灭之，陛下您这又是……"

大司马严尤看云越说越激愤，唯恐场面不可收拾，于是插话道："来人，给须卜夫人换茶！"

话已然说到了这个份儿上，依着云的性格不将肚子里的话说完她是不肯罢休的，于是云接着说："所以陛下，导致乌珠留若鞮单于袭击云中和朔方的错不在我匈奴。陛下，俗话说两国交战不斩来使，陛下您千不该万不该，不该将乌累若鞮单于的两个儿子杀害在长安……"

须卜当看了一眼殿角下的黑珍珠，忙制止道："云，你不要再说了！"

云不顾丈夫的阻拦,她眼睛里含着泪水道:"陛下,登和助两个孩子已然是你大新的质子了,你为何还要将他们杀害?"

就在这时,忽听得殿角下一声悲呼:"哥哥!"

大家看时,只见黑珍珠手持宝剑直向王莽刺来。

顿时,殿内大乱。

王莽大叫道:"快!有刺客!"

立刻有几十个刀斧手向黑珍珠冲了过去。

黑珍珠面无惧色,手腕轻轻一抖,几个刀斧手身上的衣服便绽裂开无数道口子,她喝道:"不怕死的就来试试姑奶奶的宝剑!"

须卜当和云扑过去,牢牢地将黑珍珠围在中间道:"珍珠,不可造次!"

王莽大惊道:"什么人?竟敢在大殿上行刺于朕!"

黑珍珠厉声喊道:"你姑奶奶行不更名坐不改姓,我就是登和助的妹妹黑珍珠!老贼,拿我哥哥的命来!"

王莽惊诧道:"怎么,你是个女的?快快给我拿下!"

霎时间,几十个侍卫涌过来将须卜当夫妇和黑珍珠团团围了起来。

王莽冷笑道:"哼,如此看来,议和是假,来刺杀朕倒是真的了!你们还有何话可说?"

黑珍珠大声嚷道:"无耻老贼,女扮男装的是我,要刺杀你的也是我,与旁人无干!"

王莽心中佩服道:"好一个敢作敢当的女子!"于是他不由得多看了黑珍珠两眼,见这女子不高不矮的个头,不胖不瘦的身材,黧黑的皮肤,小巧的鼻子,饱满而丰润的嘴唇,一双眼睛像宝石又像寒星,煞是精神,比起宫中那些风摆杨柳般柔弱的女人们来别有一番味道。过去竟没留意,匈奴人中竟然会有如此标致的女子!

王莽目光直直地望着黑珍珠,竟然忘了眼下的情形,严尤在他耳边叫了一声:"万岁!"

王莽陡然缓过神来,说:"大胆女子,竟敢刺杀朕!"

王歙忙过来说:"陛下息怒,陛下息怒。"

须卜当说:"陛下,这孩子就是乌累若缇单于的小女儿,她的两个哥哥新逝,还望陛下体恤。"

王飒过来劝道:"陛下,这丫头从小在草原上长大,无拘无束惯了,望陛下看在她少不更事的份儿上,就对这丫头网开一面吧,我相信表姐回去后定然会狠狠管教她的!"

王莽不悦道:"并非朕不给你们面子,实在是你们做事荒唐。哎,就算你们是真心来议和的,可事到如今,这议和还有什么意义?"

黑珍珠大声道:"你住口!黑珍珠替哥哥报仇,不关别人的事!"

王莽怒道:"这小丫头,已经到了这步田地还嘴硬!左右,给朕拿下!"

云大叫道:"珍珠!"

黑珍珠被带走了。

云又气恼又无奈,在后面大声道:"珍珠啊,你这个不懂事的孩子呀,你知道你给我们闯了多大的祸啊……"

汉匈两国的议和本来就不顺利,此时更是蒙上了一层厚厚的阴影。

须卜当和云眼睁睁地看着黑珍珠被抓走了,回到驿馆后很是懊恼,两人不吃不喝,只坐在那里生闷气。

须卜当说:"这个珍珠,真是不懂事,这不是授人以柄嘛!当初我说不让她跟来吧,你不听,这下好了!"

云沉默了片刻,站起来,亲自给丈夫斟了一杯茶端过来,柔声道:"夫君,别着急,总会有办法的。来,先喝口水吧。"

这就是王昭君的女儿云,威风起来电闪雷鸣、所向披靡;一旦平静下来,又似一缕清凉的长风,抚慰着对方的烦恼与焦躁。

王飒道:"珍珠这下可真闯祸了,王莽本是个疑心很重的人,他连他自己的两个儿子都不放过,他会放过珍珠吗?"

王歙给王飒使了个眼色,转身安慰云和须卜当说:"姐姐、姐夫不必焦急,我们会想办法把珍珠救出来的。那王莽虽是无道,但为了他的江山社稷,他也不得不从长远考虑。你们先歇息着,我们这就去想办法。"

晚上,王歙兄弟求见了严尤等几位老臣,求他们想想办法挽回这种尴尬的局面。其他几位老臣唉声叹气,纷纷说事情到了这个地步,汉匈关系怕是没什么指望了。

只有严尤相反,他一副悠然的样子,说:"不妨,不妨,事情远没到你们想象得那般糟糕。"

王歙忙问道:"莫非大人有什么高见?"

严尤笑道:"刚才我已见过了皇上。"

王飒急切道:"皇上他怎么说?"

严尤说:"皇上已经同意将那珍珠姑娘送回驿馆了!"

王歙问:"大人,您这话可当真?"

严尤正色道:"怎么会不真呢?来来来,你们听我说,明天一早你们就可以带着珍珠姑娘回到驿馆去见须卜当夫妇了。你们可以告诉他们夫妇,就说皇上说了,珍珠姑娘少不更事就不追究了,议和的事呢,也可以从长计议,但是他们匈奴使臣必须答应皇上一件事情。"

王歙忙问:"什么事情?"

严尤说笑道:"到时候你们就知道了。"

晚上,云和丈夫谁也没有吃饭,俩人早早地躺下了,却谁都睡不着。他们夫妇明白,刺杀当朝天子,这无疑是死罪。登和助两个孩子已经死了,如果珍珠再把命丢在长安,那乌累若缇单于今后还怎么活?

第二天快晌午的时候,王歙兄弟来了,兄弟俩还在门外就高声叫道:"姐姐、姐夫,你们看谁回来了!"

云和须卜当忙从屋子里走出来,令他们欣喜的是,兄弟俩居然把黑珍珠带回来了!

云一把抱住黑珍珠,说:"你这丫头,可急死我了!哦,他们没把你怎么样吧?"

黑珍珠说:"能把我怎么样?可惜昨天出手不利,没有把王莽老儿杀了，气死我了！"

须卜当说："大公主，你就给我们省点心吧，别忘了咱们是来做什么的，要是议和不成反闹个天下大乱，我们可成了罪人了！"

黑珍珠满不在乎地说："一人做事一人当，我不会牵连你们的！"

云喝道："住口！傻丫头，咱们是匈奴派出来的使者，肩上担着干系呢，你要是再胡闹，我就……"

黑珍珠忽然嬉笑道："好了姐姐，别生气了，往后我听你的还不成吗？"

须卜当转身对王歙兄弟说："没想到这么顺利就把珍珠带回来了，辛苦两位兄弟了！"

王歙和王飒相互看了一眼，叹了口气说："唉，你们有所不知，事情哪能那么简单呢，王莽他……"

云问道："王莽他要怎么样？"

王歙说："若按大新的律法，当堂行刺天子犯的可是死罪。王莽能放珍珠回来，是有条件的。"

云是个爽快人，说："哎呀表弟，有话你就直说吧，吞吞吐吐的可急死我了！"

王歙叹息道："皇上提出要与匈奴和亲。"

须卜当问："和亲？这是好事啊，汉匈关系易和不易战，我们就是受乌累若鞮单于的旨意前来商议此事的，你们怎么还愁眉苦脸的呢？"

云也说："咳，我当是什么事呢。和亲这事我们在来的时候就与乌累若鞮单于商量过了，如果和亲能够使两国的关系重归于好，那我们就走和亲这条路。但不知是怎么个'和'法，是汉家的公主下嫁我们匈奴呢，还是我们匈奴的女子嫁到汉地呢？"

王飒道："姐姐、姐夫不知，圣上既然在这个时候提出和亲，可见他已经是心中有数了。"

云说："哎呀表弟，你就痛快些吧！"

这时，外面响起一个声音："须卜夫人，你就别难为和亲侯了！"

话音未落，大司马严尤颤巍巍地走了进来。

须卜当说："严大人，您怎么来了？快快请坐。"

严尤笑道："哦，是这样。那天皇上在宣室殿会见各位时，见珍珠姑娘是个绝色女子，再加上她性格率真爽朗，比起汉家女子来有种别样的可爱，于是就喜欢上了珍珠姑娘。所以，对于珍珠姑娘的冒犯，皇上就不与姑娘计较了。皇上打发老朽过来就是转达这层意思的，他欲纳珍珠姑娘为妃，并答应给珍珠姑娘一个'美人'的位分。"

须卜当望一眼妻子，说："严大人，你是说……"

云打断丈夫的话，口气很果断："为了匈汉两家的和睦，和亲可以，但是想纳珍珠为妃，这怕是不行。珍珠虽然是匈奴单于的公主，但她从小性格刚烈，是匹不易驯服的小马驹子，我担心她会给你们的大新天子添麻烦。如果你们同意和亲的话，我可以另选一位匈奴公主过来。严大人，你看这样可好？"

严尤笑着摆摆手说："这个……老夫就做不得主了。须卜夫人，事到如今你该明白，这也是救珍珠姑娘的唯一的办法。不然的话，一来珍珠姑娘的性命不保，二来大新朝与匈奴的关系怕是也要彻底破裂了。"

云沉吟道："大人所说，云原本也是想到过的，这……倒让云犯了难……"

就在这时，黑珍珠呼地站起来，说："严大人，你去对那王莽说吧，就说我愿意嫁过来。"

须卜当夫妇齐声喝道："珍珠！"

严尤说："珍珠姑娘，如此最好。唉，老夫说句不该说的话吧，如今姑娘你也没有其他的路可走了啊！"

黑珍珠道："谢大人体恤，我自己的主我自己做得，我愿意嫁过来！"

严尤说："那好，既然如此，那老夫就回去复命了！"

"且慢！"须卜当说，"严大人，烦劳大人回去上奏大新天子，和亲事大，还须我们回龙庭请奏大单于后才能定夺，祈请见谅。"

黑珍珠却对大司马严尤说："大人，好歹我也是匈奴公主，说话岂能言而无信？就这么定了，大人回去复命吧。"

严尤乐呵呵地走了。

严尤走后，须卜当夫妇把黑珍珠好一顿埋怨："你这丫头，叫我们说你什么好？你明明与那王莽有弑兄之仇，前一天还恨不得要杀了他，怎么今天竟要嫁给他？"

黑珍珠眼里闪烁着泪花，说："姐姐、姐夫，珍珠已然闯了祸了，一切干系就让珍珠担了吧。和亲之后匈汉两家各自撤兵同修旧好，这不就是咱来长安的初衷吗？这是好事呢！"

须卜当说："可是珍珠……那也不能拿你的婚姻大事做赌注啊！"

云说："丫头，平素你可不是个甘心委屈自己的孩子，你今天是怎么了？"

黑珍珠含泪带笑地望着须卜当夫妇，说："不然……我们又能如何……"黑珍珠沉吟片刻，换了一种口气对须卜当夫妇说："姐姐、姐夫，我意已决，你们什么都别说了！"

王莽听说黑珍珠答应了和亲的事，心中甚是高兴，他催促须卜当夫妇尽快起程回匈奴向乌累若缇单于复命，然后快点把珍珠姑娘送进宫来。须卜当夫妇离开长安前夕，王莽专门派和亲侯王歙过来送行，同时送来了足够让匈奴单于动心的礼物——丝绸、衣物、器皿、粮食和酒。

王歙对云说："表姐，姑姑出塞匈奴多年，我们盼望她能在有生之年回来看看，外公外婆直到临终时还对姑姑念念不忘，可惜没能见到姑姑最后一面。如今，我父母的岁数也不小了，姑姑若不回来，恐怕今生再难相见了……"

王歙说着，眼泪不由自主地落了下来。

云也眼泪汪汪地说："母亲也是成天念叨着要回来看看呢，前些年我们兄妹年幼，母亲唯恐我们受不了旅途的风寒与颠簸；这些年我们长大了些，两国间又磕磕碰碰的不太平，为此，母亲一直揪着心呢。这下好了，匈汉间的纠纷解决了，母亲一定会回来看望舅舅的。"

王歙转身对黑珍珠说："珍珠姑娘还有什么事吗？皇上说了，有什么要求你尽管说出来，他不会委屈你的。"

黑珍珠本是个刚烈的女子，平日很少落泪，听王歙这一问，她竟然忍不住泪如雨下，哽咽道："和亲侯，我没有别的要求，只想带着我两个哥哥的遗骸回家……"

王莽同意了黑珍珠的请求。

须卜当夫妇和黑珍珠起程返回匈奴的那天早上，王莽派来了一辆车，车上装着登和助的遗骸，并且还有一队汉使陪同前往。

黑珍珠伏在车旁哭了好一阵子，云过来劝了半天她才悲悲切切地止住哭声。云知道，黑珍珠心里委屈。

黑珍珠擦干了眼泪，然后扳鞍上马，护送着两个哥哥的遗骸踏上了返回匈奴的路程。一路上黑珍珠沉默了许多，她默默地行，默默地住，几乎没什么话。奢见黑珍珠如此，故意说些笑话逗她开心，黑珍珠也只是略略笑笑，与往日那个活泼开朗的疯丫头简直判若两人。

须卜当夫妇快马加鞭，没几日就来到了阴山附近，当他们途径阴山南麓的时候，看到一些汉军正在拔营起寨，大路上旌旗飞扬、车马滚滚，一片忙碌而混乱的景象。

云对丈夫说："看到了吧，新朝撤兵了。"

须卜当松了口气说："是啊，僵持了将近两年的局势终于缓解了，母亲听到这个消息一定会高兴的。"

云说："谁说不是呢！这两年来，我发现母亲的头发白了许多，别看母亲平日并不多言，她是在发愁啊！"

须卜当说："这下好了，匈奴与新朝紧张的关系总算有了缓和的迹象。等珍珠妹妹和亲之后，你也该卸任了，空出时间来好好陪陪母亲。"

云望着眼前宽阔的草原，高兴地说："须卜，我们一定要陪母亲回一趟秭归，让母亲高兴高兴。"

须卜当笑道："那是自然，也让秭归的亲戚们看看，我这个大女婿也算得上仪表堂堂吧？"

云嗔道："你呀，皱了多日的眉头今天终于舒展开了。你看，我们来的时候草地上的草刚冒出个嫩芽芽，如今已经是连天连地的绿了，我们来松松筋骨如何？"

须卜当也兴奋地说："好！"

说完，夫妇俩放开缰绳，两匹马立刻撒开蹄子在草地上奔跑了起来。

黑珍珠望着云和须卜当渐渐远去的背影，心里不禁一阵酸楚："女人要是有这样一个男人陪伴一生，死也认了……"

黑珍珠想到自己将要跟王莽那个半老头子睡在一张床上，心里顿时生出难言的厌恶，不甘心，真不甘心啊……若不是为了我那两个苦命的哥哥，我……唉，罢了，不想那么多了！

黑珍珠想着心事，不知不觉落在了后面。这时，忽听得奢在前面唤道："珍珠小姨，想什么呢？快走啊！"

黑珍珠打马追了上来，云关切地问道："珍珠，你没事吧？"

黑珍珠故意装作一副恬然的样子，说："姐姐，我没事。"

云又道："姐姐看你这些日子一直郁郁寡欢的，莫非……你不愿和亲？"

黑珍珠笑道："姐姐想多了，我真的没事。我……就是想家了。"

黑珍珠说着，扭过头将目光投向草原尽头天地相接的地方，眼眶有些湿润了。

须卜当看黑珍珠这个样子，笑道："到底是个孩子，才离开龙城半年就想家了。珍珠，你可想好了，和亲之后你是要在汉地待一辈子的。"

奢对父亲说："父亲快别说了，小姨都要哭了。"

黑珍珠努力将快要溢出眼眶的眼泪逼了回去，又恢复了平日的样子，她大声嚷道："臭小子！谁哭了？人家是让尘土眯眼了！"

云给丈夫使个眼色，说："是啊，我们的珍珠是个刚强的姑娘，心里亮堂着呢！"

云说完，轻轻地叹了口气。云其实明白珍珠的心思，只不过她们彼此

167

谁都不说破罢了。珍珠是个刚烈女子,她岂能容得自己两个哥哥白白送了性命?说实话,云也捏着一把汗,但愿珍珠和亲后不要做出什么傻事来。

须卜当这时吩咐手下的一个随从说:"再有几日就要到龙城了,我们陪护着两位王子的遗骸走不快,你们先回去通报一声!"

随从快马加鞭,很快便消失在草原的尽头。

第八章

伊屠智牙师与他的九哥

失去过，也得到过，有过大喜大悲，也有过痛苦和喜悦。当我尝尽人间的苦辣酸甜之后，我的人生完美了。

第八章

伊屠智牙师与他的九哥

且说匈奴单于庭这边,当乌累若缇单于听到须卜当夫妇一行终于平安地回来了,并且很快就要抵达单于庭时,十分高兴,他立即将这个消息禀告了宁胡阏氏。

王昭君正在自己的寝帐中与如琴下棋。自从女儿和女婿离开单于庭南下之后,她每天都是盼星星盼月亮地扳着指头过日子,儿行千里母担忧啊,何况这回他们夫妇是去闯龙潭呢?那王莽既然能够将无辜的登和助杀死在长安,那他还有什么事情做不出来呢?自从稽侯珊和雕陶莫皋死后,王昭君身边最亲的人只有这一男二女了,无论他们当中谁出了意外,对于母亲来说,那都将是塌天的大祸。

如琴看到王昭君坐卧不宁的样子,不是陪她到外面去骑马散心,就是展开棋盘,陪着她下棋解闷。可无论做什么,王昭君依然是心不在焉的样子,不过是碍着如琴的一片苦心,胡乱装装样子罢了。这天,摆开棋盘后,王昭君与如琴刚走了几颗棋子儿,就听到外面有人通报说:"大单于到!"

王昭君对如琴说:"快,如琴,说不定是云他们有消息了!"

话音刚落，乌累若缇单于快步走了进来，兴奋道："母后！母后！有信使来报，右骨都候他们快回来了！"

王昭君笑着说："我就知道有好事情了！他们什么时候到？"

乌累若缇单于道："信使说了，最迟今日黄昏就到了！"

王昭君长长地舒了口气，说："哦，这可太好了！"

果然，须卜当夫妇到家的时候，西天的太阳刚刚擦到草尖儿上，红彤彤的余晖泼洒在草原上，远远近近的草地被涂上了一片金红，整个草原骤然间变得金碧辉煌。

单于庭前的草地上站满了人，大家在静静地等候着。突然，伊屠智牙师大声喊道："快看！"

视野的尽头，一队人马逶迤而来。人们脸上的表情顿时变得很复杂，有喜悦也有肃穆，女人们一边笑着一边擦着脸上的泪花。

须卜当夫妇来到单于庭前的草地上，早早地下了马，等候的人们围了上去，亲切地问候着："啊呀呀，天神保佑，总算回来了！累坏了吧，辛苦你们啦！"

王昭君站在人群中，望着女儿慈爱地笑着。云快步走来，说："母亲，我们回来了！"

王昭君关切地问："云儿，事情办成了？"

云点点头说："我们回来的时候，边境已经在撤兵了。"

王昭君眼睛里含着泪说："闺女，辛苦你们了……"

云望着不远处的黑珍珠说："母亲，女儿不辛苦，倒是珍珠……"云忽然鼻子一酸，眼泪扑簌簌地掉了下来。

这时，人群中响起一个女人尖利的哭声。大家循声望去，是乌累若缇单于的阏氏，她看到走在后面的那辆灵车，车上是她的两个儿子的遗骸。女人的哭声传递给了大家，更多的女人哭了起来。作为一个男人，此刻的乌累若缇单于已经平静了许多。无论如何，他的儿子们回来了，这总归是一件令人心酸的好事情。唉，伤心归伤心，可日子还得过啊！

王昭君和女儿云来到马车旁，她们扶起乌累若缇单于的阏氏，安慰道："孩子们终于回家了，不要哭了，小心哭坏了身子……"王昭君不知该如何安慰这位伤心的母亲，无论说什么，此刻都显得那样没有分量。

这时黑珍珠也走过来，她搀着自己的母亲默默地离开了灵车。

王昭君望着黑珍珠问云说："怎么回事，珍珠这丫头出了趟远门像变了个人似的。"

云苦笑了一下，疲惫地说："母亲，我累了，我们还是回去吧。"

单于庭内，乌累若缇单于正在接见入汉归来的须卜当等人。此刻，乌累若缇单于已经知道了这次入汉的全过程，当他看到那一车一车满满的财物时，脸上露出了满意的笑容，并且恩准了珍珠和亲的事情。小女儿珍珠是他的掌上明珠，要与仇人和亲，这让他心里很是不畅，但是为了顾全匈汉两国的和睦，他只得将一己的恩仇暂且放在一旁了。

半年后，黑珍珠辞别了亲人入汉和亲，陪同她前往的是王昭君的儿子伊屠智牙师。

临行前，伊屠智牙师到母亲那里去辞行。

伊屠智牙师走进母亲的寝帐时，王昭君已经在等他了。不知为什么，伊屠智牙师这次出门，王昭君心里恍恍惚惚的很不安宁，这是以前从未有过的感觉。莫非会出什么事？王昭君几乎一夜未眠，索性早早地起来坐在那里等着儿子的到来。

说心里话，伊屠智牙师并不愿意离开母亲南下，母亲毕竟是六十岁的人了，"父母在，不远游"这是汉人的说法，对于匈奴人又何尝不是这个道理。可是入汉和亲不是件平常事，担着匈汉两家的安危呢。自己身为右谷蠡王，曾多次入汉，熟知汉地的情况，如今正是单于庭用人之际，思来想去实在是不能不去啊。昨天夜里，伊屠智牙师也是翻来覆去地睡不踏实，自己这一走也不知哪年哪月才能回来，母亲万一有个好歹，那明天这一去怕就是生离死别了。还有自己的妻儿，海棠身子羸弱，两个女儿尚未成年，虽说她们生活在自己的右谷蠡王王庭可以说锦衣玉食，可毕竟亲人离散的日子对于谁都是一种煎熬……伊屠智牙师想着，心里好不难受。天刚亮，他就来到母亲的寝帐，他想多陪伴在母亲身边。

看见伊屠智牙师走进来，王昭君将自己的忧伤和担心压在心里，故意做出一副不经意的样子，她笑道："虎儿，都安顿好了吗？"

伊屠智牙师在母亲的身边坐了下来，说："也没有什么好安顿的，该走的时候走就是了。"

"海棠那里安顿好了？"王昭君问道。

"母亲，海棠是个通晓事理的好媳妇，不用安顿什么。我走后她自会经常过来侍奉母亲的。"

王昭君说："不用海棠来回跑，我这身子骨没事，我倒是更担心海棠，你走后她一个人照料着那么大一个家……"

伊屠智牙师说："母亲尽管宽心，海棠从小在草原上长大，里里外外什么活儿没干过？放心吧，母亲！我那个家呀，她撑得起。"

王昭君叹息道："唉，也不知为什么，你们兄妹几人，包括两个女婿，就数海棠最让人心疼了。"

伊屠智牙师笑道："那自然是母亲偏心呗！"

王昭君从箱笼里拿出一个牛皮匣子，里面是一把径路刀。

王昭君对儿子说："虎儿，这是当年你父亲呼韩邪大单于留下的宝刀，后来传到了雕陶莫皋手上，雕陶莫皋归天后这把刀就保存在母亲这里。今天你要南下入汉，带上这把宝刀吧，你的父王会保佑你的！"

伊屠智牙师接过径路刀，跪在母亲跟前，说："母亲不必为儿子担心，儿子会照顾好自己的。"

王昭君说："别的我倒不担心，只是你这个孩子呀，过于宽厚仁慈，有时候不辨奸佞，这就让母亲为你担着一份心啊！还有，在外面不比家里，酒喝多了要误事，你……"

伊屠智牙师笑道："母亲尽可放心，从现在起，儿子滴酒不沾就是了！"

王昭君眼里含泪道："好，好……"

王昭君又说："虎儿，这次入汉不比从前，如今匈汉关系看上去虽然有所缓和，但那王莽是个反复无常之人，谁知会不会节外生枝呢？你需处处小心才是。"

伊屠智牙师道："母亲，我知道了。只是我这一去不知何时才能返回，儿子不能在母亲膝下尽孝，心中很是不忍。"

王昭君笑道："以母亲这身子骨，再活个十年八年一点事儿都没有，你就放心去吧，母亲还等着你回来尽享天伦呢！"

伊屠智牙师知道母亲是在安慰他，很伤感，坐在毡塌上，好半天竟然不知该说什么才好。

半晌，伊屠智牙师凝望着母亲，说："母亲，您头上的白发又多了……"

王昭君感叹道："时间过得好快啊！自从你父王走后，转眼间四十年过去了。四十年啊儿子，母亲能不老吗？"

伊屠智牙师缓缓道："仔细想想，儿子长这么大，竟没有在母亲跟前陪伴多少时日，母亲，是儿子不好。"

王昭君问道："这话怎么讲？"

伊屠智牙师道："小的时候不懂事，在母亲跟前除了淘气并不懂得孝顺母亲；后来长大些就离开母亲到封地去驻守，一年中难得与母亲见几次面。好不容易回到单于庭后又总是忙，少有机会陪母亲说说话，母亲，儿子不孝啊……"

王昭君笑道："哎，话可不能这么说，我的虎儿为匈奴的大事奔波操劳，多少年了难得有几日清闲。孩子，你行的是大孝，母亲高兴还来不及呢！"

这时，有人在寝帐外面喊道："右谷蠡王！该上路了！"

王昭君对儿子说："虎儿，母亲这里没事了，你该启程了。"

伊屠智牙师嘴里应着，身子却没有动，他说："母亲，我已经和两个妹妹说好了，我不在家的时候让她们好生照顾您……"

王昭君点点头。

伊屠智牙师说："母亲身子骨虽然硬朗，但年岁不饶人，一早一晚的母亲还要多加件衣裳……"

王昭君的眼眶不由得红了。

伊屠智牙师又说:"想吃些什么就让她们做些,千万不要凑合……"

不知为什么,王昭君听到这里时忽然有些生气,她大声喝道:"伊屠智牙师,你一个大男人什么时候变得这般絮叨,外面的人怕是等得不耐烦了,你快走吧!"

伊屠智牙师站起来说:"母亲多保重,儿子走了!"

伊屠智牙师说完,猛地一转身向外走去。

王昭君望着儿子的背影,顿时泪流满面。

当伊屠智牙师的身影消失在寝帐门口时,王昭君突然想起了什么,她掀起枕头,从下面拿出一个大红的肚兜对如琴说:"快,快给他送去,虎儿爱闹心口痛,让他戴上……"

据说,那天早晨黑珍珠是笑着离开单于庭的。

黑珍珠把自己打扮得十分漂亮,乌黑的头发上戴满了亮闪闪的金饰银饰,还有珊瑚玛瑙,越发衬得她那双眼睛黑宝石般可爱。黑珍珠笑呵呵地从单于庭出来,手里握着她那把心爱的宝剑。送行的人们说,珍珠这孩子平时那么任性今天这是怎么了,乖得羊羔子似的。也有人说看这孩子今日有些反常,别是心里有事不说,把自己给憋魔怔了……

云来到马车前,她拉着黑珍珠的手说:"珍珠,你心里有啥委屈就跟姐姐说,千万别在心里憋着啊。"

黑珍珠宝石般的眼睛里顿时变得水汪汪的,她望着云笑道:"姐姐,我挺好,真的。"

云说:"到了那边照顾好自己,有什么事就跟伊屠智牙师商量,千万不可自作主张,听见了吗?"

黑珍珠点点头,说:"姐姐,父王那里我就不过去辞行了,这些日子他的身子不太好,我怕他难过……"

云说:"好孩子,你放心去吧,单于那里我们会照顾好的。"

黑珍珠的眼睛里隐约透出一点泪光，她转过身去面向单于庭跪在了地上，恭恭敬敬地磕了三个头，哽咽道："父王，珍珠去了……"

　　黑珍珠站起来笑呵呵地向所有人辞行后，快步来到自己的坐骑前，翻身上马狠狠地抽了一鞭子，那马箭一般地向远处蹿去，眨眼间便没了踪影。

　　伊屠智牙师招呼着送亲的马队紧跟了上去。

　　起风了，一个很大的旋风从远处向这边掠了过来，在单于庭前的草地上猛烈地旋转着，卷起大团的草屑和尘土，以极快的速度尾随车队而去。

　　王昭君怎么也不会想到，她的儿子伊屠智牙师这一去，竟然再没有回来。

　　且说匈奴与新朝和亲之后，转眼间又过去了两年多，两国的关系表面看上去似乎缓和了许多，可是与汉元帝、汉成帝那时候比起来，境况就大不一样了。王莽这人精明，他有的是谋权篡位的谋略，可他不够智慧，少了几分一朝天子的宽阔胸襟，所以在对待匈奴等周边国家的态度上就显露出些许小人得志的戾气，这就导致了不久之后两国关系的再度紧张。

　　公元18年初秋，额尔浑河两岸的草地上又迎来了一个喜人的年景，牧草繁茂，牛羊肥硕。

　　匈奴人结束了一年一度的蹛林大会后，乌累若缇单于带着王庭的人们从狼居胥山回到单于庭。累啊，几天的热闹集会可把人们给累坏了，可是大家却很高兴，有什么比这一年一度的大聚会更加令人兴奋的呢？在蹛林大会上，乌累若缇单于看到草原上骡马成群、六畜兴旺的景象，心中甚是喜悦，虽然又是赛驼又是跑马的把他累得不轻，可他却像个小伙子似的看不出一点疲倦。人逢喜事精神爽嘛！

　　回到单于庭的当天晚上，乌累若缇单于处理完大小事务后喝了两碗热乎乎的羊肉汤，便四仰八叉地躺在那个松软舒适的毡榻上了。正要休息时，忽然有人来报说："大单于，新朝的使臣到了！"

　　乌累若缇单于一惊，心里道："新朝的使臣到了？他们来做什么？"几年来，但凡有大新使臣到来，十有八九会有些不愉快的事发生。

乌累若缇单于虽然心里嘀咕，但他还是大声道："来人，点燃灯火，准备酒肉，按规格传见使臣！"

匈奴人好客是出了名的。

大帐里灯火明亮，弥漫着一层浓郁的肉香，两旁的矮几上摆满了大块的牛羊肉和各种奶食。

乌累若缇单于亲自陪客，他招呼着客人："来来，不要客气，大家跋涉了多日，今天一定要吃饱喝足，快趁热吃吧！"

那几个使臣倒也不客气，也许真的是饿坏了，他们风卷残云一般，顷刻间将面前的烤肉和奶食吃下去大半。

这时，乌累若缇单于问道："使臣远路风尘而来，事先也没有知会一声，莫非有什么紧急事情不成？"

酒足饭饱之后，只见一个使臣打着饱嗝儿不紧不慢地从怀里掏出一个布卷，打开后将一块长二尺、宽一尺的明黄色丝绸呈现在众人面前。使臣高声道："乌累若缇大单于，我等今日来此，是受命向你们颁布大新皇上圣旨的！"

乌累若缇单于不解地看着身边的须卜当，俩人交换了一下眼神。

乌累若缇单于道："使臣有话请讲吧。"

大新使臣道："两年前，为了大新与匈奴两国之和睦，大新皇上不计前嫌派人送还了两位王子登和助的骸骨，这是皇上的宽厚和仁慈。和亲之后，边境无战事，百姓安居乐业，这也是大新皇上对你们格外的恩典。所以，皇上责令匈奴单于庭向大新朝进献良马千匹，牛万头，羊十万只。"

左贤王舆是个火暴性子，听到这里，不顾乌累若缇单于的阻拦，大声说道："这话不对！当初，登和助被害于长安应该是他王莽的不仁，但为了两国的关系我们不追究也就罢了，怎么反倒是他王莽的宽厚仁慈？杀了人还要我们感恩，这天下还有公理可言吗？承蒙天神护佑，这几年草原上风调雨顺，怎么能说是他王莽对我们的恩典呢？这不是睁着眼睛说瞎话吗？还向我们索要那么多牲畜，难道我们匈奴欠你们的不成？"

须卜当唯恐将事情弄僵，便端起一碗酒，说道："来来，大家喝酒，喝酒！"

使臣又道："慢，我们临来时陛下还要我们做一件事情。"

须卜当问道："什么事？"

使臣嗖地一下从腰间抽出一根鞭子，说："囊知牙斯的坟墓在哪里？我们要开棺鞭尸！"

须卜当厉声道："岂有此理！"

使臣道："你们听着，开棺鞭尸是大新皇上的旨意！当年囊知牙斯在世的时候曾授意匈奴的边王袭扰我云中、朔方等地，使我朝蒙受严重损失，皇上本来是要找他算账的，没想到他竟然早早死了。皇上说了，人死了也不能算完，不将囊知牙斯掘墓鞭尸难舒心中这口恶气！"

越发的荒唐了！

乌累若缇单于本来就不善言辞，听了使臣的这番侮辱十分气愤，然而却一句话也说不出来，他的脸色由红而白，由白而紫，胸口也在剧烈地起伏着……

使臣道："我还没说完呢！皇上说了，从即日起，有些称呼你们也必须要改过来。"

须卜当插话道："你什么意思？"

使臣道："你们听着，从即日起，改'匈奴'为'恭奴'，改'单于'为'善于'，并责令匈奴单于庭即刻拔营迁至北海一带，没有大新皇帝的允许不准南下！"

乌累若缇单于没等汉使说完，突然哇地喷出一口鲜血来，他愤愤地喊道："王莽老儿……欺人太甚……"

乌累若缇单于昏了过去。

黑珍珠来到汉宫已经两年了，如今越发美艳动人，年过五旬的王莽被黑珍珠那充满野性的美貌迷恋得神魂颠倒。黑珍珠在穿衣打扮上亦匈亦汉，有时皮衣革履，有时绫罗绸缎，有时则干脆穿着铠甲在皇宫里溜溜达达，那双黑宝石般的眼睛里闪耀着一股威风凛凛的寒光。

黑珍珠不像其他的妃子那样安静地待在后宫里，她最大的消遣是在小校场里摆弄刀枪。匈奴人最擅长的是弯刀和弓箭，黑珍珠小的时候就已经将这两种武器玩弄得相当娴熟，这两年来黑珍珠几乎将汉家的兵器耍弄遍了，所以技艺也精湛了许多。无论是早晨还是黄昏，小校场里常常被她折腾得暴土扬尘。

王莽站在远处望着舞枪弄棒的黑珍珠，无奈地叹息道："朕娶回的哪里是个女人呀，简直就是一头母豹子！"

这天晚上，已经到了就寝的时候，黑珍珠才从外面回来。进屋之后，她将手上的盔甲扔到一旁，端起桌上的水壶咕咚咕咚灌了一气凉水。当她搁下水壶时才发现王莽一声不吭地坐在她的床上。

王莽心疼道："珍珠，你看看你，一身土一身汗的，这哪里像朕的妃子？"

黑珍珠不以为然地说："我们匈奴草原天高地阔，我在那里生活了整整十七年，每天起来骑马射箭开心极了；自从来到这里简直就像是进了大牢，要是再不活动活动筋骨我准得憋闷坏了！"

王莽说："可你是朕的妃子呀，已经进宫两年了，总得有些规矩才是！"

黑珍珠瞥了王莽一眼，不悦地说："生就的骨头长就的肉，珍珠这辈子就这样了，陛下要是看我不顺眼，把我送回匈奴就是了！"

王莽见黑珍珠生气了，立刻上前哄道："你看看，你看看，朕不过是怕把你累坏了，你倒认真了。好了好了，只要你高兴，朕不说你就是了。"

黑珍珠乜斜了王莽一眼，自语道："说也没用！"

王莽望着黑珍珠，浑身的骨头都酥了，他一把抱住黑珍珠，说："美人儿，宫里的美女成百上千，朕就喜欢你这副桀骜不驯的样子……"

黑珍珠推开王莽，说："皇上，我还没有沐浴更衣呢！"

王莽立刻喊道："来人呀，伺候美人沐浴更衣！"

当天夜里，王莽留宿在黑珍珠那里。

自从登基当了皇帝之后，王莽便不是当年那个谨慎的小男人了，他夹着尾巴做人委屈了自己多少年，不就是为了扬眉吐气的这一天吗？所以，做了皇帝的王莽骄奢淫逸，恨不得把一天当成一年来过，好补足他前半辈子的亏欠。后宫里美女无数，王莽无日无夜地周旋其间，贪婪得像一只馋嘴的老猫，竟然忘记了自己已经是个五十多岁的老头子了。

到底是岁月不饶人，王莽趁黑珍珠去沐浴的工夫，早早地上了床，本想等黑珍珠回来好好享受一番，没想到一挨枕头竟然不由自主地睡了过去。

黑珍珠沐浴之后回到屋里，看到王莽已经睡着了，心里不禁一喜——天神助我，除掉王莽老贼就在今夜了！

黑珍珠诛杀王莽之心由来已久，自从两个哥哥被王莽杀害之后她就在心里发誓，不杀王莽誓不为人，所以就有了主动要求和亲的一系列举动。然而，那王莽是何等精明的人啊！黑珍珠进宫之后，他虽然像只老馋猫似的恨不能将她吞进肚子里才甘心，但他还是一忍再忍，直到半年后没发现什么异常才将心放了下来。开始的时候，当王莽来到黑珍珠的寝宫就寝时，黑珍珠几次拔刀想结果了他的性命，可她深知自己的功夫还不到家，万一刺杀不成自己丢了性命事小，殃及匈奴单于庭麻烦就大了。再说，王莽的身边几十名侍卫十二个时辰一刻不停地守护着，即便下手，也得寻个机会才是。后来，黑珍珠借口宫里沉闷，找了个有功夫的人给自己做师傅，她在心里对自己说：王莽要杀，但一定要杀得巧妙！

黑珍珠的这个师傅姓穆名淳，是个二十六七岁的小伙子。穆淳家境殷实，曾是长安城富商之子。由于他功夫极好，被选进宫里做了王莽的御前侍卫。两年来，黑珍珠跟着穆淳学练功夫，刀枪剑戟说不上样样精通，但她身手灵巧敏捷，比起初进宫时大有长进了。黑珍珠认为刺杀王莽的时候到了，于是这些日子她在偷偷地做着准备。黑珍珠原以为自己的所作所为神鬼不知，她哪里知道她的行踪早被一个人给识破了，这个人就是她的师傅穆淳。

黑珍珠沐浴完毕回到屋里，见王莽倒在她的枕头上睡得正香，她走过去轻轻摇了两下，低低地唤道："皇上，皇上。"

王莽睡得很沉一点动静没有。

黑珍珠于是来到几案前将油灯拨到最小，屋子里顿时暗了下来，只剩下一点朦胧的光晕。这时，黑珍珠身子一闪，悄无声息地消失在屏风后面。

不一刻，黑珍珠从屏风后面转出来时，已经是一个玄衣玄裤轻巧打扮的女侠客了。黑珍珠腰里缠着七节软鞭，手里握着一柄锋利的短剑，她蹑手蹑脚地来到床前，望着王莽那张肿胀而丑陋的面孔，她咬着牙关恨恨道："王莽老儿，你也有今天！"当黑珍珠举起短剑刺向王莽的刹那，手腕忽然被什么人死死地攥住了！

黑珍珠心里一惊："不好！"

当黑珍珠回头看时，发现那人竟然是他的师傅穆淳！

黑珍珠轻声喝道："你！"

穆淳伸手堵住黑珍珠的嘴唇，拽着她离开了床前。

黑珍珠被穆淳拽着来到屏风后面，他紧张道："珍珠，你太莽撞了！"

黑珍珠正色道："少说废话！反正也落在你的手上，要杀要剐随你了！"

穆淳轻声道："珍珠，你把我想歪了！现在不是说话的时候，你赶快换了这身衣裳。记住，要装作没事一般。"

黑珍珠说："我等这一天等了整整两年了，难道你要我放弃我就放弃吗？"

穆淳道："珍珠，你听我说，君子报仇，十年不晚。若你执意要今夜报仇，怕是要落个玉石俱焚的下场了！"

黑珍珠反问道："为什么？"

这时，传来王莽似梦似醒的声音："美人儿……"

穆淳急急地对黑珍珠说："按我说的去做，我不会害你的，快去！"

穆淳说完，身子一闪便不见了。

廊子里传来侍卫们的脚步声。

从穆淳那真诚的目光里黑珍珠仿佛意识到了什么，她脱下夜行衣藏好，刚刚躺到床上，王莽便醒了过来，他问道："什么时候了？"

黑珍珠装出极度瞌睡的样子，含糊道："不知道……困死了……"

王莽翻个身又睡着了。

黑珍珠却一点睡意都没有，她在心里想道："这个穆淳，他到底是个什么人呢？"

后来，穆淳告诉黑珍珠说，他其实不姓穆，他姓杜，名叫杜淳。他家曾是长安城里的一个商户，专门经营丝绸织品，日子过得很殷实。十五年前，王莽正是大权在握的安汉公了，清明节的晚上，杜淳的母亲带着几个使女来到河边放河灯，祭奠家中故去的先人。事有凑巧，王莽出来游玩时恰巧从河边走过，看见杜淳的母亲是一个绝色美人，于是起了歹心。后来，王莽诬陷杜淳的祖父说他行刺朝廷官员，于是带着一帮人抄了他们的家，杀害了杜淳祖父和父亲，抢了杜淳的母亲后塞进一顶轿子仓皇离去。十二岁的杜淳那几日正好在乡下的舅舅家，躲过了一场劫难。杜淳的母亲在轿子里呼天唤地无人理睬，当轿子路过那条河时，她猛地从轿子里冲出来，跃入河中……杜淳在舅舅家得知消息后拎了一把菜刀要去找王莽寻仇，舅舅拦下了他，说："孩子，你记着，君子报仇，十年不晚！"从此，杜淳改名换姓跟着舅舅学起了功夫。王莽当政之后，他知道自己仇人太多，成天提心吊胆唯恐被人暗害，于是贴出告示招募宫廷卫士，穆淳凭他超群的武功进了未央宫，被安排在王莽的身边做了一名御前侍卫。

黑珍珠听罢穆淳的家事，叹息道："原来是这样啊，看来你也是个苦命之人。师傅，今后，那王莽便是你我共同的仇人了！"

乌累若缇单于自上次吐血之后，身子便垮了下来，每日躺在毡榻上病怏怏地将养着。这样的日子过了两年，眼看着乌累若缇单于一日日地憔悴了下去，像一盏快要熬尽灯油的灯盏。

看到这种状况，单于庭里最焦虑的要数王昭君了。王昭君与呼韩邪单于成亲后来到匈奴王庭。四十多年间，她眼睁睁地看着呼韩邪单于与他继任单于的四个儿子先后故去，每一次王昭君都是扒心扒肝地难过。不过那时候颛渠阏氏和大阏氏都还在，王昭君心里还有个依靠。可现在，呼韩邪单于的六个阏氏里只剩下她和五阏氏陶奴了。陶奴这几年也老了，虽然不再和她作对，但也绝不是个可以托付心事的人。王昭君感到自己很孤独。

眼看着乌累若鞮单于病入膏肓，须卜当下令召集左右贤王、左右谷蠡王以及左右大将军等升帐议事。大家纷纷说，乌累若鞮单于也就是有今天没明天的事儿了，眼下最要紧的是乌累若鞮单于归天之后，匈奴单于这个位子由谁来坐，这件事必须尽快定下来，否则，单于庭不可避免地又要有一场内乱！

按单于庭的规矩，左贤王是匈奴单于的继任者，但左贤王乐（大阏氏的第三个儿子）已经去世，所以下一任匈奴单于应该非右贤王舆莫属了，而右谷蠡王伊屠智牙师也将按规矩升任为左贤王。也就是说，伊屠智牙师将是继舆之后的另一位匈奴王。由于伊屠智牙师之前随黑珍珠去长安之后一直没有回来，所以单于庭决定，立即派人火速将他召回！

虽然舆已经被内定为匈奴单于，但是他却显得并不十分开心，从单于庭出来后，他心事重重地回到自己在龙城的住处。

舆的不开心缘于伊屠智牙师。

舆这个人表面上看起来既粗鲁又骄蛮，可他却是个极有心机的人。他知道伊屠智牙师一旦坐上左贤王的位置，那自己百年之后，伊屠智牙师铁定就是匈奴的单于了。可舆不甘心这样，他希望自己百年之后登上匈奴大单于宝座的是自己的儿子乌达牙师而不是伊屠智牙师。那伊屠智牙师就像是一根刺扎在舆的心上，得想个什么办法将这根刺拔掉。

当舆的脑子里冒出这个念头的时候，连他自己都被吓了一跳！

这时，一个送茶的小童不小心将茶水泼洒在他的身上，舆想都没想，抽出径路刀便将那小童刺死在地上。

舆的舅舅呼衍勿央这几日恰好过来看望他的姐姐陶奴，他将外甥舆的这一切看在眼里。呼衍勿央走过来，招呼舆向单于庭外的草地上走去。他们俩在外面待了整整一天，直到天黑后才回来。

第二天一早，舆来到单于庭对须卜当说他的驻地有些事情，他要回去处理一下。须卜当吩咐道:"右贤王快去快回,乌累若缇单于病得很重,伊屠智牙师也快回来了,单于庭的许多事情还等着大家商量呢!"

舆应道:"明白!"

说完,舆催马扬鞭疾驶而去。

晚饭时,王昭君只喝了一小碗奶子,她在心里感叹道:唉,到底是老了,心里搁不住事了。

这时,两个女儿走了进来,云笑着说:"母亲,您坐稳当了,女儿有好消息要禀告母亲!"

王昭君急道:"那就快说,别让母亲着急。"

金珠故意吊母亲的胃口,说:"那母亲就再吃一些东西,然后才能告诉您。"

王昭君佯做生气状道:"你们走吧,什么好消息,我不听也罢!"

金珠拉起云的手说:"既然母亲不耐烦,姐姐,我们还是走吧!"

金珠和云刚走出几步,就听王昭君在后面喊道:"回来!"

金珠回转身来嬉笑道:"母亲有什么话要吩咐?"

王昭君道:"行了,我的好闺女,你们就别让母亲着急了,有什么好消息就快告诉母亲吧!"

云拉着母亲的手坐在毡榻上,说:"母亲,哥哥快回来了!"

王昭君惊喜道:"这话当真?"

金珠说:"怎么不真呢,姐夫已经收到哥哥传来的书信,说再有十几日就该回来了!"

王昭君舒了一口气,说:"哦,这真是天大的好消息啊!母亲悬了两年的这颗心终于该落下了。我还一直担心我这把老骨头等不到你哥哥回来的那一天呢……"

云嗔道:"母亲,瞧你,说什么呢!"

王昭君忽然站起来喊道:"如琴!如琴!快,快去给伊屠智牙师准备些烤肉和酸奶酪,他爱吃呢!"

云在一旁笑着说:"瞧瞧,母亲想儿子都快想疯了,哥哥还要十几日才能回来呢,你着什么急呀!"

王昭君这才回过神来:"哦,哦,不急,是不急……秋菊,去,把我箱笼里的那几张上好的狐皮拿出来,给伊屠智牙师做件袍子,天冷了再做就来不及了。哦,还有,再把那几张旱獭皮也拿出来,给虎儿做个风帽,虎儿是个不讲究穿戴的人,两年了,还不知道邋遢成啥样子呢!"

金珠故意逗母亲说:"母亲就是偏心,你们看看,听说哥哥要回来忙得颠三倒四的,倒不把我和姐姐放在心上了!"

王昭君道:"这话我不爱听,手心手背都是肉,十个指头咬咬哪个都连着心,你们好歹在母亲跟前有人疼有人爱,你哥哥在外面孤零零一个人,还不知道怎么过日子呢,你倒好意思说出这番话来!"

金珠见母亲认真了,忙赔着笑脸说:"母亲,人家跟你开玩笑呢,你生的什么气啊?你以为我们不想哥哥吗?真是的!"

王昭君笑道:"好了好了,都去忙你们的吧。我累了,想歇一会儿了。"

再说伊屠智牙师在长安接到单于庭召他回去的命令后,来到黑珍珠的住处和她告别。伊屠智牙师说:"珍珠,单于庭派人来召我回去议事,你要好生照顾自己,等处理完单于庭的事情后我再返回来照顾你。"

黑珍珠黯然道:"小叔,这么说你非回去不可了?"

伊屠智牙师说:"是的,单于庭这个时候召我回去肯定有什么事了。"

黑珍珠说:"谁陪你回去?就你一个人吗?"

伊屠智牙师笑道:"带几个侍从就行了,我这么大个男人你还有什么不放心的?"

黑珍珠任性道:"不行!那我陪你一道回去,顺便看看家里的亲人,两年多了,也不知道父亲的身子怎么样……"

伊屠智牙师劝道:"珍珠,眼看天气就要冷了,你一个女孩子来来回回的不是受罪吗?你放心,多者半年,少则三五个月,我回去处理完事情就回来。你要好生保重自己,有什么事情要多个心眼,千万不可莽撞。"

黑珍珠眼圈红红地说:"小叔,我知道了……"

两年来,黑珍珠在长安无依无靠,伊屠智牙师是她唯一的亲人,他这一走,自己就更孤单了,所以黑珍珠禁不住有些悲凉。

单纯善良的黑珍珠绝不会想到,小叔伊屠智牙师和她的这番话竟然成了诀别。

黄昏,草原上的风嗖嗖地刮着,清冷而寂寥。

单于庭右边的一个高坡上,王昭君正站在那里等着儿子归来。知道伊屠智牙师要回来了,王昭君接连好几天兴奋得吃不香睡不着,每天都披一件厚实的袍子来到那个高坡上守着,一动不动地凝望着草原的尽头。她想着,说不上什么时候,那天地相接的地方,就会出现几个小黑点儿,慢慢地,那黑点变成了蚂蚁似的一队人马,再后来,马队奔驰而来,她的儿子伊屠智牙师一股旋风似的来到跟前,高声叫道:"母亲,我回来了!"

可是一连好几天了,空荡荡的草原上连个人影儿都没有。王昭君在心里算了一遍又一遍,无论怎么算伊屠智牙师也该到家了,莫不是途中出了什么岔子?紧接着她又否定了自己的想法,不,不会的,伊屠智牙师做人做事稳重谨慎,他可不是那种顾前不顾后的毛头小子,怎么会出事呢?那么,是什么事情耽搁了行程,还是伊屠智牙师受了风寒在路上病倒了?

这时,伊屠智牙师的妻子海棠带着两个女儿来到王昭君面前,她恭敬道:"母亲,要变天了,当心受凉,我们还是回去吧。"

孩子们也唤道:"祖母,我们是特意来接您的,我们回去吧。"

王昭君看看善良贤惠的儿媳,又看看两个如花似玉的孙女,蹒跚着下了高坡。

王昭君什么都想过了,唯独没有想到伊屠智牙师会死在右贤王舆的手上。她每天早出晚归,仍风雨无阻地守候在那里等待着儿子的归来。

起风了,天边有几片乌云飘了过来,在风的作用下,很快便连成一大片,黑沉沉地压在头顶上,空气中夹带着一股浓浓的雨腥味儿,看样子要下大雨了。

这时，金珠慌慌张张地跑过来。

海棠忙迎上去问道："金珠，你怎么来了？是伊屠智牙师回来了吗？"

金珠道："噢，嫂嫂也在这里。"她转身对母亲说："母亲，大姐和姐夫让我来找您回去，快走吧！"

王昭君忙问道："莫不是你哥哥送信来了？"

金珠摇摇头说："我也不知道。"

王昭君埋怨地唠叨说："你呀，一天到晚叽叽喳喳花喜鹊似的，什么都不过心，你就不会问问吗？他们在哪里？"

金珠说："在母亲的寝帐里等着呢。"

王昭君说："好吧。来，海棠，扶着母亲，咱们回去。"

寝帐里，须卜当和云已经等了一会儿了。云红着眼睛站在丈夫旁边，看见母亲走进来她假装去倒茶，将身子扭了过去。

王昭君一进来就问道："云，你们风风火火地把母亲叫回来，有什么事吗？是不是你哥哥捎信来了？他几时到家？"

云将一杯热茶送到母亲手上，说："母亲，您先喝口热茶。"

王昭君发现云的眼睛红红的，问道："云，你哭了？是不是小两口儿闹别扭了？"

云强笑道："没有，母亲，刚才不是刮风么，大约是风沙眯了眼了。"

王昭君发现自她进门大女婿须卜当就没有说话，于是问道："你怎么不说话？没出什么事吧？"

须卜当将王昭君扶到毡榻旁，说："母亲，我们坐下说话吧。"

王昭君坐下后，云拽过一条小羔皮的锦被盖在母亲的膝盖上。草地上的天气就这样，虽然刚刚入秋，但一早一晚的已经颇有些寒意了。

云和须卜当都在母亲的身边坐下来。须卜当给云使了个眼色，云说："叫母亲回来是怕母亲着凉，看样子是要变天了。"

王昭君松了口气，说："瞧瞧你们，我还当是出什么事了呢！"

金珠是个坐不住的人，闲待着无聊，就对大家说："晚上的天气有些凉，我去让她们熬些羊肉汤来。"

说着，金珠向后面的厨房走去。

王昭君看看云，又看看须卜当，问道："你们怎么不说话，当真没什么事情吗？"

须卜当说："哦，是这样，今日正好单于庭没什么事，过来陪母亲说会儿话。"

王昭君说："难得你们有片刻清闲。哦，单于的病怎么样了？"

须卜当说："不好，恐怕就在这几日了……哦，母亲来到匈奴有四十多年了吧？"

王昭君道："是啊，一晃，四十多年过去了。"

须卜当又说："母亲是个汉人，在匈奴一待就是四十多年，母亲不觉得委屈吗？"

王昭君笑道："这你们可把母亲看低了。你们想想看，我一个汉家女子手无缚鸡之力，不能够像男人似的保家卫国，但是却能够为汉匈的和平大业献出自己的绵薄之力。每每想起来，我胸中就会升起一股豪情，何谈什么委屈呢？"

须卜当道："母亲有这样的襟怀，我们做晚辈的也为您感到高兴。"

王昭君道："小时候，父母就对我说，人活着不能只为自己，若是能为别人做点什么那是十分愉悦的事情。长大之后，慢慢地自己有了感触，一个人若只为自己活着，那天地就会越变越狭小；相反，心中若时时装着别人，自己的心胸也会越来越舒展，变得像草原那般辽阔。"

云含泪笑道："母亲说得真好。"

须卜当说："常言道，人生不如意事十之八九，母亲以为呢？"

王昭君感慨道："是啊，好日子总是很快就过去了，人这一辈子啊，哪儿能没有沟沟坎坎呢？当年，我跟着呼韩邪单于来到匈奴，好日子刚开始，他就撇下我们母子俩走了。走的人走了，可留下的人还得活啊……后来我嫁给你们的父亲，我们相濡以沫地过了十一年，原以为我们会白头偕老的，谁知道他又走了……"

云说："母亲，你想父亲吗？"

王昭君说："傻孩子，能不想吗？人常说岁月是医治创伤的良药，他们哪里明白，其实心里的伤口是什么药都无法医治的，往日的朝朝暮暮都刻在心上了，母亲怎么能忘得了啊……只能一天天地熬着，熬得久了就习惯了……"

王昭君说到这里，苦笑了一下，说："看看，母亲还是老了，没来由地说这些。噢，对了，算来你哥哥早该回来了，怎么到现在连个人影都没有呢？"

云颤声道："母亲……"

须卜当打断妻子的话，说："我想哥哥回来也就在这一两日了。"

王昭君道："伊屠智牙师也真是的，这么大的人了还如此的不晓事，就算有事耽搁了行程，总该打发个人回来报个信吧？"

这时，金珠慌慌张张地跑出来，手上捧着一块布，上面搁着什么东西。云见了急忙过去阻拦，但是没拦住。

金珠大喊着："母亲，母亲！这是怎么回事？"

须卜当夫妇大声阻止道："金珠，你别……"

可是已经迟了，王昭君已经看到金珠手上的东西——一把径路刀和一件红肚兜。

海棠一见那把径路刀和那件红肚兜，愣了一下，随即她便明白了，只见她的身子晃了晃，一把抓住身边的女儿，之后便软软地瘫在了地上……

王昭君一把抓过金珠手上的东西仔细看着，这两样东西她再熟悉不过了！刀，是两任丈夫用过的径路刀，上面镶嵌着两粒松石、三粒玛瑙和一粒贵重的蓝宝石；肚兜，是两年前儿子临行前她送给儿子的那个肚兜，上面绣着一只麒麟，现在麒麟上面浸着暗红色的血迹……东西回来了，可人呢？人在哪儿？我的儿子伊屠智牙师在哪儿？

王昭君手里捧着那两件东西颤声问道："金珠，告诉母亲，这些东西是哪里来的？"

金珠望着姐姐和姐夫，哽咽着说不出话来。

望着手里的径路刀和红肚兜，王昭君什么都明白了，她明白了为什么大女儿云和须卜当搁下那么繁忙的政务来看她，明白了他们为什么和自己说了那么多不相干的话，她也明白她再也等不回她的儿子伊屠智牙师了……可她就是不愿意相信，不愿意相信这是真的。我的天神啊，这是怎么回事，怎么回事啊……不对，这不是真的，肯定是我儿被什么事情耽搁了，让人拿这些东西回来报信儿的，我的儿子他那么仁义忠厚，他是不会有什么仇家的，这不是真的……可是这肚兜上的血迹……我那儿子八成是遭遇什么不测了……

两行眼泪无声地滑过王昭君的面颊，一颗颗滴落下来，砸在那把径路刀上，发出铮铮的响声。

那天下午，就在王昭君站在高坡上等待儿子回来的时候，一个牧羊的匈奴汉子来到单于庭。牧羊的汉子说他在山里放羊的时候发现了这些东西，看样子不像是寻常之物，所以他把它们呈了上来。须卜当夫妇最先知道了哥哥遇难的消息，虽然也锥心刺骨般地痛苦，但还是强打精神过来安慰母亲，他们不知道该怎样说才不致使母亲太难过，万一母亲承受不住这骤然而至的打击可如何是好……踌躇间夫妇俩来到母亲的寝帐，使女如琴告诉他们说，夫人已经出去半日了，大约又是去等伊屠智牙师了。于是，云将哥哥的遗物放在了寝帐后面，没想到被妹妹金珠发现了。

王昭君默默地流着泪，说："我的伊屠智牙师善良厚道，从不与人争高低，单于庭上下谁不说他是个仁义的孩子啊，可他竟然……"

云也哽咽道："母亲，哥哥走了，你就是再伤心他也回不来了，母亲还是要保重身体，你要是病倒了，我们就没有主心骨了……"

金珠在一旁哭得上气不接下气，什么都顾不得了。

王昭君忽然想起了方才自己对须卜当说的话，是啊，走的人已经走了，可是留下来的人还得活，还得活啊……

王昭君抹了一把眼泪，对孩子们说："别哭了，孩子们！要说伤心，母亲的心已经碎了，可是眼泪能把我的伊屠智牙师招回来吗？海棠，海棠呢？"

云说："我已经派人送她回寝帐歇息去了。"

王昭君的眼泪又流下来了，说："我的海棠，这会儿她心里怕是要疼死了，我可怜的媳妇，我可怜的孙儿啊……"

王昭君忽然想起了什么，忙问道："那个放羊的汉子呢？快给我叫来，我要问话！"

须卜当上前道："母亲，是我不好，那汉子不知什么时候已经走了。"

王昭君心疼地喊道："这是为什么啊，是什么人和我的虎儿过不去，我的儿啊……"

须卜当夫妇和金珠跪在王昭君面前说："母亲，您千万要保重啊……"

王昭君忍住泪水，说："你们去吧，单于庭有多少事情还等着你们呢，别担心，母亲顶得住……"

就在这时，有人跑来对须卜当说："右骨都侯，快去看看吧，乌累若鞮单于归天了！"

夜里，在如琴的搀扶下，王昭君向儿媳的穹庐走去。儿子走了，这一刻最难熬的恐怕就是儿媳海棠了。这个刚强的孩子啊，当着大家的面，硬是把伤痛憋在心里不肯哭出来，可心疼死人了。

海棠的寝帐里，她趴在毡褥上，除了哭还是哭，此刻她不知该怎么办才好，看着泪人儿似的两个女儿，自己竟然一点主张都没有了。当年，她一个牧羊女跟着伊屠智牙师从草原上来到了王庭，一切都是那么生疏，要不是丈夫点点滴滴地呵护着，真不知这些年是怎么过来的。伊屠智牙师不顾王庭贵族的反对，放着大臣们那些花枝招展的公主看都不看，执意和一个牧羊女结成夫妻。伊屠智牙师就是她头顶上的天，他走了，自己的天塌了……就在这时，有人进来通报说母亲来了。

此时此刻，海棠不知该怎么面对年迈的婆婆，失去了唯一的儿子，她的心里一定也痛死了，可她还过来看望自己，我的婆婆啊，你让媳妇该如何是好呢……

王昭君进来后，看到两个孙女站在角落里抽泣，她默默地在儿媳身边坐了下来。王昭君叹了口气像是对儿媳又像是自语道："海棠啊，我们汉人常说'人无千日好，花无百日红'。人这一辈子，谁都不知道会遇上啥事情，生老病死你得受着，七灾八难你得挺着，只要自己不死，就是天塌下来你也得扛着……孩子，母亲知道此刻你的心都被泪水淹苦了，可母亲除了心疼你真是一点办法都没啊……海棠，呼韩邪走了，雕陶莫皋走了，如今我的儿子伊屠智牙师也走了，要说悲伤，母亲的心都碎了，可我们是匈奴的女人，匈奴女人经历最多的就是死亡，男人们去打仗，哪一仗不是死伤大半？孩子，匈奴的男人倒下了，匈奴的女人不能倒下，照顾老的抚育小的，放牧种地，只要她们在，匈奴就在……海棠，你是个刚强的女人，听母亲的话，我们权当伊屠智牙师去打仗了，咱等着，说不上什么时候他就突然回来了……"

王昭君的声音颤抖着，眼眶又湿润了。

海棠猛地扑进婆婆的怀里，喊道："母亲……"

王昭君搂着海棠，轻轻地拍着她的后背，眼泪却扑簌簌地落了下来。

伊屠智牙师的死还得从前些日子说起。

原来，伊屠智牙师带着十几名随从离开长安后，晓行夜宿，由于都是些精壮男人，行进的速度自然也就快了些。这一日终于来到了一座山下，过了这座山，再有几日就要到家了。伊屠智牙师显得十分高兴，看看天色将晚，他吩咐手下人安排宿营。一个随从观察着周围的环境，看到山崖耸立、乱石嶙峋，担心地说："右谷蠡王，咱们是不是换个地方过夜？你看这地势，要是遇上歹人就麻烦了。"

伊屠智牙师笑道："放心吧，这地方山高林密的，没人来！再说大家赶了一天的路，早已人困马乏了。快去安排吧，多弄点好吃的，这些日子大家辛苦了！今天好好吃一顿，攒足劲，再有几日咱们就到家了！"

伊屠智牙师话音刚落，就见山谷深处一队人马向这边走来。伊屠智牙师立刻警觉起来，他吩咐手下道："快去看看是什么人！"

两个随从抓起兵器向对面跑去。

不一会儿，两个随从又跑了回来，高兴地喊道："右谷蠡王，您快看看是谁来了？"

伊屠智牙师快步上前仔细一看，不禁大喜道："啊呀，是九哥呀！"

对面，右贤王舆也翻身下马，笑呵呵地向伊屠智牙师走来。

伊屠智牙师跑过去，紧紧地和舆拥抱在一起，说："九哥，你怎么来了？"

舆笑道："估摸着你快到了，哥哥特意来迎迎你。两年了，哥哥想你啊！"

伊屠智牙师高兴地说："还是自家兄弟亲！九哥，家里都好吧？快说说，我母亲的身子还硬朗吗？"

舆应道："好，好！都好！都好！"

伊屠智牙师说："太好了！真没想到咱兄弟俩在这儿见面了！九哥，跑了这么远的路，饿了吧？我这就吩咐他们安排吃的，咱兄弟俩边吃边叙话。"

舆说："不用忙乎了，九哥早已经安排好了，你跟九哥走就是了！"

伊屠智牙师不解地问："九哥，我们要去哪里？"

舆笑道："不远，就在前面。"

舆带着伊屠智牙师一行拐进一个山岔子，这地方果然不错，头上是茂密的树林，脚下是一块块平展展的大石头，身旁一条小溪哗哗地淌着。

伊屠智牙师四下看了看，笑着说："果然是个好地方，只是过于隐秘了些，寻常人是找不到这样的地方的。"

舆呵呵地笑道："哥哥这不是为了兄弟你嘛！你看看，吃饱喝足，在这大石板上美美地睡上一觉，明日一早我们兄弟拔营起寨，用不了三五日就回到龙城了！"

伊屠智牙师说："还是九哥安排得周到。"

舆大声道："兄弟，来，看看九哥给你带什么来了？"

舆拽着伊屠智牙师来到他的马队前，伊屠智牙师看到士兵们正从马鞍桥畔往下取着刚刚猎获的黄羊和狍子。

舆举起一个羊皮酒囊说："兄弟，你再看这是什么？来来，今天咱兄弟俩喝个痛快！"

伊屠智牙师快活地喊道："快，把火点起来，多弄些干柴！"

很快，一堆堆篝火燃烧起来了，黑幽幽的山谷里透出一股温暖的金红。大块的黄羊肉和狍子肉被穿在树枝上烤着，滋滋地往外冒着油。伊屠智牙师和舆坐在火堆旁，俩人一口酒一口肉地吃着、喝着，十分高兴。舆用刀子割下最好的肉递给伊屠智牙师，说："兄弟，咱们有多久没见面了？"

伊屠智牙师说："整整两年了。"

舆感慨道："啊，真想啊！兄弟，不知怎么回事，这一两年总是想起父王，想起咱们小时候的事情，莫非是年龄大了的缘故？"

伊屠智牙师也感慨道："是啊，当年我们兄弟几个一起骑马打猎，一起在草地上赛马摔跤，仔细想想，那日子多么好啊！可是，自从雕陶莫皋过世后，兄弟中接连有几个哥哥也都走了，真是让人伤心啊！"

舆说："哦，你还不知道吧，乌累单于也快不行了。"

伊屠智牙师惊道："这是怎么回事？他的身子骨一向挺结实啊！"

舆说："还不是让王莽那老家伙给气的！"

伊屠智牙师叹口气道："唉，我临回来时，珍珠还想跟着回家看看，我担心她路上受苦，所以没让她跟来。这下，他们父女怕是再也见不着面了。"

舆说："好了，不说这些烦恼的事情了！来，咱们喝酒！"

说着，舆举起酒囊喝了一大口又将酒囊递给伊屠智牙师。俩人你来我往，很快一囊酒就喝光了。

舆喊道："海力图，去把马鞍桥上的那两囊好酒拿来！"

被唤作海力图的武士拿着两囊酒过来，交给了舆。这两囊酒几乎一模一样，只是上面的盖子有所不同，一个镶着红玛瑙，另一个镶着绿松石。

舆将那个镶着红玛瑙的酒囊递给了伊屠智牙师,将那镶着绿松石的酒囊留给了自己。

舆拔开酒囊的盖子,举起来对伊屠智牙师说:"兄弟,再有几日就要到家了,今夜咱喝他个一醉方休!"

伊屠智牙师拔开盖子犹豫了一下又盖上,道:"九哥,两年前我临离开家的时候母亲曾嘱咐我说不可在外面喝酒,所以两年来我滴酒未沾。今天见了九哥心里高兴,已经喝了不少,这些酒我看还是回家再喝吧。"

舆道:"哎,母亲不让你在外面喝酒那是怕你喝酒误事,今天是跟九哥喝你怕什么?九哥跑这么多路来迎你,怎么,连这点面子都不给?莫不是怕九哥在酒里给你下毒?"

伊屠智牙师憨厚地笑笑说:"既然九哥把话说到这个份儿上,我喝就是了。"

说完,伊屠智牙师拔开酒囊的盖子,咕咚咕咚灌了几大口。

舆望着伊屠智牙师,笑道:"这才是我的好兄弟!兄弟,这块狍子肉给你,你看烤得多好!"

伊屠智牙师接过肉正要往嘴里送,忽然感到五脏六腑一阵剧烈的疼痛,立时,豆粒大的汗珠从额头上滚下来。

伊屠智牙师呻吟道:"九哥,这是怎么回事,我肚子疼得厉害……"

伊屠智牙师抬起头望着舆的时候,发现他一点都不紧张,正在笑呵呵地望着自己。胸中仿佛油煎般难受,腹中的疼痛更加剧烈了,莫非这酒里有毒?那一刻,伊屠智牙师忽然明白了,他这个九哥哪里是来迎他,分明是取他的性命来了。

伊屠智牙师呻吟道:"九哥……我疼……疼死了……"

舆坐在伊屠智牙师的对面,不说话,自顾自地一口一口地喝着酒。

伊屠智牙师倒在地上,痛苦地望着舆,挣扎着说:"九哥……我们无冤无仇,你为什么要这样,我们是兄弟啊九哥……"

舆笑道:"你还不知道吧,单于庭已经准备封你为左贤王了。左贤王,必定是下一个单于的继任者。我这么做完全是为了我的儿子乌达牙师。乌累若缇单于归天后，我必定是匈奴的大单于，将来我百年之后，我的儿子乌达牙师必须登上大单于的宝座，而你，就是他最大的障碍，所以你必须死！"

伊屠智牙师气若游丝地说："九哥，你错了……我不想当单于，我只想守着我的亲人过平静的日子，九哥，你不该……"

望着伊屠智牙师痛苦的样子，舆来到伊屠智牙师面前，拔出他腰间的径路刀，狠狠地刺进了伊屠智牙师的心窝！

伊屠智牙师一双浸满泪水的眼睛望着舆，挣扎道："九哥……你好狠毒……"

伊屠智牙师躺在黑幽幽的大山里，他望着匈奴单于庭的方向，拼尽最后的力气呻吟着："母亲……海棠……"

一阵夜风掠过伊屠智牙师的面颊，撕乱了他额前的头发……

山谷里，伊屠智牙师的随从似乎都喝多了，东倒西歪地卧在地上。

舆下令说："来人！把他们都给我杀掉，不许留一个活口！"

舆的侍从海力图望着眼前的一切，战战兢兢地说："右贤王，原来那酒里……有毒？"

舆冷笑道："海力图，你的话太多了！"

说着，舆将一把短刀捅进了海力图的肚子里……

海力图蜷缩在地上，痛苦地说："原来那酒里有毒……是你害死了右谷蠡王……"海力图昏死了过去。

之后，为了灭口，舆当天晚上就把他自己的随从和伊屠智牙师的人全部杀死了。舆做得很残忍也很巧妙，他先是让自己的手下将伊屠智牙师的人全部杀死，然后借口要庆贺一番，又用毒酒将跟随自己的士兵全部毒死。做完这一切后，舆打量了一下地上横七竖八的尸体，认为没有什么破绽了，于是趁着黎明前最黑暗的时候，神不知鬼不觉地离开了那条充满着血腥味的山谷。

几天后的一个早上，海棠带着两个女儿来到王昭君的住处，从她们的衣着看，仿佛是要出门的样子。

王昭君问道："海棠，你们这是要去哪里？"

婆婆这一问，海棠的眼圈儿又红了，她说："婆婆，伊屠智牙师走了，我也该走了。"

王昭君诧异道："走？你要去哪儿？"

海棠说："我想带着女儿回娘家住。"

王昭君心疼地说："可是孩子，这儿就是你的家呀！"

海棠说："婆婆，媳妇原本就是个牧羊女，我的家在草原上，伊屠智牙师不在了，我留在这里除了伤心还是伤心，婆婆要是心疼媳妇，就答应媳妇吧。"

王昭君叹息道："孩子，这么说你一定要走？"

海棠道："婆婆……车马已经在外面等着了……"

王昭君说："孩子，本来，我是想把你们母女留在身边的，一早一晚的还有个说话的人，伊屠智牙师走了，母亲会照顾你们的。可是，看到你这么忧伤，母亲心里也很难过。罢了，只要你心里能好受些，你想去哪儿母亲都不会拦着你了，只是……别忘了常回来看看，母亲老了，身子骨也大不如从前……"

王昭君说着，有些哽咽。

海棠含泪道："母亲，媳妇知道了。"

说着，海棠拉着两个女儿跪在婆婆面前，深深地磕了个头，颤声道："母亲保重……"

王昭君眼里含着泪花，强忍着没有让泪水流下来，她伸手拉起儿媳和两个孙女，做出一个微笑，说："好了，车马已经在外面等着了，看看，今天的天气多好，一丝风都没有。"

海棠拽着两个女儿转身向外走去，她怕再耽搁一会儿自己会控制不住哭出声来。走到门口的时候，海棠猛地回过头来，极惨然地说："婆婆，我们去了！"

王昭君没有说话，只轻轻地摆了摆手。

第九章

玉碎

荣辱身外事,功名亦云烟。我只希望将来我的墓碑刻上如下几个字:汉女王嫱,宁胡阏氏王昭君。

第九章

玉碎

乌累若缇单于去世的消息传到长安后,黑珍珠不吃不喝地哭了好几天,她后悔自己没有跟随小叔伊屠智牙师回匈奴见父亲一面,真是悔死了!当初同意和亲,不过是为了给哥哥报仇,如今哥哥的大仇非但未报,父亲也死了。黑珍珠知道父亲这五年的单于当得窝囊,王莽见父亲软弱可欺,便步步紧逼,从和亲到索要马匹牛羊,再到改"单于"为"善于",改"匈奴"为"恭奴",热血男儿谁能咽得下这口气?父亲是活活给窝囊死的啊!

黑珍珠边哭边想,父亲和哥哥的仇如果报不了,那自己苟活在世上还有什么意思?

就在这个时候,穆淳走了进来,他告诉黑珍珠说,伊屠智牙师在回匈奴的路上被人杀害了!

我的天神啊,这是怎么了……

接二连三的坏消息终于将黑珍珠彻底击倒了,她昏昏沉沉地躺在榻上,不断地说着胡话,身上火炭似的。找御医看了,喝了几副汤药之后,烧虽然退了下去,人却垮了。穆淳眼看着珍珠一日日地憔悴下去,心里十分焦灼，可怜的姑娘啊，这该如何是好呢？

王莽听说乌累若缇单于死后右贤王舆继任了单于，被匈奴单于庭尊为呼都尔尸道皋若缇单于。这个呼都尔尸道皋若缇单于可不寻常，那家伙生性凶残、桀骜不驯，更是个不好对付的家伙，他这一坐上单于的宝座，汉匈边境上说不定又要生出些什么事端来。

王莽想到这里，不由得心生烦恼，于是他吩咐人请来了大司马严尤。王莽将自己的担忧说了一遍，请大司马严尤为他拿个主意。

严尤说："陛下，依老臣看，无论谁做了匈奴的单于，他总不能上来就和咱们打仗吧？我还是那句话，和为贵。"

王莽摇摇头说："哎，害人之心不可有，防人之心不可无啊！匈奴人历来勇猛无比，马上厮杀如狂风骤雨般迅疾，这个呼都尔尸道皋又是个好战之徒，万一他们抢先下手，我们就措手不及了。"

严尤不明白王莽的葫芦里到底装的什么药，于是试探道："依陛下的意思呢？"

王莽道："朕想将须卜当夫妇请进京城，然后再将他们……"

严尤立刻明白了王莽的意思，忙道："陛下，不可，万万不可！那样只怕会引起匈奴大乱，匈奴一乱，暴客盗贼必然趁势而动，到那时，我们的边塞就不得安宁了……再说，那须卜当夫妇都是明理之人，依我看，他们是绝不会屈从陛下的意愿的。"

王莽诡秘地笑道："大司马，这就是你愚钝了！"

严尤道："陛下，我知道自己愚钝，可还是斗胆奉劝陛下三思而行。自珍珠公主和亲以来，汉匈关系明显有了缓和，两国和睦是百姓的幸事，百姓安居乐业了，我大新的江山才会根基牢固，我们切不可前功尽弃啊！"

王莽听了大司马严尤的话并不以为然，他呵呵笑道："大司马，人们都说人老怕事，看起来，你真是老了呀！"

严尤见说服不了王莽，在心里叹息道："天子昏聩，只怕是这大新朝也维持不了多久了……"

几天后，严尤便借故自己年老体衰，要休养些日子，暂时不能上朝伺候陛下了；又过了几日，严尤留下一封辞呈，带着一家老小离开了长安回乡下老家去了。

舆登上了单于的宝座，被尊称为呼都尔尸道皋若缇单于。伊屠智牙师无端失踪，舆的儿子乌达牙师也如愿被单于庭封为左贤王。但是杀害了伊屠智牙师这件事始终是舆心上的一道阴影，折磨得他寝食难安，尤其是夜深人静的时候，一闭上眼就能看到伊屠智牙师临死前望着他的那双无助的眼睛和那句"九哥……我们无冤无仇，你为什么要这样，我们是兄弟啊九哥……"

舆每日诚惶诚恐，唯恐自己的行为被须卜当夫妇看穿。那须卜当是匈奴单于庭的元老，也是很有威望的执事大臣，现在他的话几乎可以主宰大半个单于庭，一旦自己杀害伊屠智牙师的事情败露，那可是塌天的大祸！所以，得想个什么办法让须卜当夫妇离开单于庭些日子才好。等过段日子，等伊屠智牙师这件事在人们的心里渐渐淡漠些，自己在单于庭的势力也稳固了，到时候即使他须卜当有天大的本事也奈何不了我了！可是，想个什么办法好呢？

舆正坐在寝帐里想着心事，有人进来禀报说："大单于，母后来了。"

舆一惊，心想："她来做什么？"

这些年过去了，呼韩邪单于的六个妻子中有五个相继故去，就连舆的亲生母亲陶奴也在去年冬天死了，现在只剩下了宁胡阏氏。所以，下人禀报的母后除了王昭君不会是别人了。

舆正踌躇间，王昭君已经走了进来。

舆忙上前迎道："母后来了？快，到毡榻上坐，这上面暖和。"

王昭君落座后，舆又吩咐下人端来了火盆："母亲，这下暖和了吧？"

王昭君端坐在暖和的熊皮褥子上，虽然是六十多岁的人了，看上去面如满月目若寒星，颇有一股凛然之气。此刻，王昭君也在端详着舆，她在心里说当了单于到底是不同以往了，这鲁莽的汉子竟也懂得些礼数了。

王昭君说："舆，你不用忙，我坐不住，说几句话就走。"

舆一惊，差点碰翻了脚下的火盆，王昭君这个时候来找自己，是为了那件事吗？难道自己不小心露出了什么蛛丝马迹？

舆故作镇静道："母亲有什么话只管吩咐，舆照办就是了。"

王昭君笑道："不能这样说话，你现在是匈奴单于了，我来是要和你商量一件事情。舆，你这个大单于新立，单于庭的事情多，与汉的关系要处理好，与周边的乌孙、大宛、月氏等国也要如常交往。伊屠智牙师不明不白地走了，依着云的性子非要查个水落石出不可……"

舆打断王昭君的话，说："可是母后，眼下单于庭的事情千头万绪，我哪里能腾出人手来彻查此事！"

王昭君道："舆，你听我把话说完。你不说我也明白，家有三件事，先从紧处来，其他事都可以先放放，唯有匈汉关系的斡旋却不能耽搁。我以为，你初登单于宝座，大新朝那边我们还得派人过去知会一声。"

舆一听王昭君说的是这件事，悬着的心顿时放了下来，他试探地问道："不知母亲有什么想法？"

王昭君说："我来匈奴这几十年间，我们派了不少匈奴的王子入汉做质子，这对于匈汉两国而言，相互间既是一种承诺也是一种制约。云的儿子奢已经成人了，金珠的儿子子蝉也已经十三岁，我想把他们兄弟俩派遣到新朝去做质子，所以特意过来与大单于商量。"

听王昭君这样说，舆彻底松了口气，说："难得母后有这样的襟怀。母后自从来到匈奴，心里无时不装着匈汉的和平大业，着实令晚辈钦佩。可是大且渠奢和醯椟王子蝉乃是母后的爱孙，我实在不忍心让他们远离母后去当质子。母后，这件事我们还是从长计议吧。"

王昭君说："不，如果单于没什么异议的话就这么定了吧。当然，奢和子蝉是我的掌上明珠，当外婆的哪有不心疼之理？可是，如今匈汉关系脆弱得像是风中的一根蛛丝，说不定什么时候就会从中断掉，我们还是小心为好，也就顾不得那么多了。"

舆不动声色地说："大且渠奢和醯椟王子蝉毕竟年幼，我想派右骨都侯须卜当夫妇送两个孩子至西河郡，母后以为如何？"

王昭君说："舆，我们想到一起去了。我已经和云两口子说好了，只等大单于的一句话了！"

这时，须卜当夫妇走进来，大声道："大单于，我们夫妇愿往！"

舆听了心中大喜，这真是天神在助我啊，正想着该怎么将须卜当夫妇支开一阵子，他们倒自己来了，好！

舆当即对须卜当夫妇说："右骨都侯，到了西河郡见着大新朝的人，你们要和他们讲明白，互派质子是两国间的事，我们匈奴的质子送过去了，他们大新也该拿出些诚意来。如今我匈奴兵多将广，国力丰厚，你们出去说话办事给我把腰挺起来，不可委顿了我大匈奴的威风。"

须卜当应道："臣明白。"

舆心中大悦，当下吩咐道："好，你们快去准备吧！"

须卜当夫妇和两个孩子临离开单于庭的前一个晚上，一家人聚集在王昭君的寝帐里热热闹闹地吃了一顿饭。除了金珠的丈夫当于将军驻守在匈奴右地没有回来，其他人全来了。金珠在寝帐的周围点燃了一圈粗大的羊油灯，又在寝帐的中央燃起一个红通通的火盆，寝帐里既明亮又暖和。

使女如琴比王昭君小不了几岁，已经干不了什么重活了，她现在就是和王昭君做个伴儿说说话，她说自己无论怎样也得挣扎着活下去，她要伺候着夫人归天之后自己才可以离世。金珠虽然没有姐姐云那样的韬略，却是个能干的匈奴女人，平日里，她都是一边唱着匈奴的民歌一边快活地干活儿。王昭君常说，金珠是天神给她身边派来的仙女，只要听到金珠的歌声和笑声，就什么烦恼都没有了。可是今日却不一样，金珠一点都快活不起来，哥哥伊屠智牙师莫名其妙地被害了，心上的伤口还在流着血呢，她自己的儿子也要入汉了，大新朝与匈奴的关系无常，谁都不知道等着孩子们的将会是什么结果。可是为了照顾大家的情绪，金珠还是一边干活一边哼唱着民歌，声音里却充满了忧伤：

蓝天上展翅的苍鹰啊
为什么盘旋着不肯离开
是舍不得离开家乡草原吗，我的宝贝
草原上奔跑的马驹子啊
为什么踌躇着不肯离去
是舍不得离开你的母亲吗，我的宝贝
……

金珠唱着，眼泪不由自主地落下来，点点滴滴地落进滚烫的奶锅里。望着金珠伤心的样子，大家都不知道该说什么才好。

云的儿子奢毕竟年长子蝉几岁，看到大家神色黯然，站起来说："外婆，父亲，母亲，姨妈，我和弟弟摔跤给你们看好不好？子蝉，起来！"

奢说着将弟弟子蝉拽起来，俩人来到寝帐的另一侧，胳膊抓住胳膊，脑袋顶着脑袋，像一对结实的牛犊子似的转着圈地斗开了架，滑稽的动作终于将几个大人给逗笑了。

王昭君这时对两个外孙道："好了好了，看看这一头一脸的汗水。来，快到外婆这里来！"

奢和子蝉这才停了下来，坐到了王昭君的身边。

如琴张罗着要给大家斟酒，被王昭君拦住了，她说："如琴，今日你就稳稳地坐着，什么心都不必操。"

王昭君给两个外孙擦着额头上的汗水，对金珠说："金珠，斟酒！"

王昭君又说："别看你们都是挺大的人了，其实还不如两个孩子晓事。听着，从现在起，你们都给我振作起来，奢和子蝉虽然小，可是他们明日入汉，就是匈奴国的使者，这么小的孩子就能为匈奴做事了，他们可都是我们匈奴的勇士啊！奢和子蝉走的是当年呼韩邪大单于的路，今天我们大家为勇士壮行，来，端起碗来，把这酒喝了！"

七个人，七大碗酒，喝得酣畅淋漓、泪如泉涌。

王昭君牵着奢和子蝉的手嘱咐说："孩子，外婆今天必须把该说的话说在当面。什么是质子，从根本上说，质子就是人质。国与国友好时，他们锦衣玉食，是别国的座上宾，一旦国与国翻了脸，他们立时就成了阶下囚，甚至还有被杀戮的危险。你们二人前去大新朝做质子，父母只能送你们至西河郡，往后就只能靠你们兄弟自己了。"

奢拉着子蝉跪在外婆面前，叩首道："外婆不必为孙儿担心，我们凡事自会小心谨慎，即便命运多舛，也绝不会辱没匈奴赋予我们的使命！"

王昭君含泪道："我的孙儿长大了……"

第二天，大且渠奢和醯槺王子蝉在须卜当夫妇的陪同下离开了单于庭。王昭君和金珠一直将他们送出很远了，仍然不肯回去。

云停下脚步，抚着母亲被风吹散的白发，劝道："母亲且放宽心，我们将奢和子蝉送到西河郡就回来了。"

王昭君应道："我知道。"嘴上应着，脚下却没有停下的意思。

云又说："母亲，回去吧，你不回去叫我们如何上得了马？"

王昭君应道："就回去，母亲这就回去。"

王昭君嘴上答应着，脚下却还在一步一步地向前走着，她在心里对自己说，今天这是怎么了？怎么好像要生离死别似的？真担心啊，自己已经风烛残年，真担心这一别就再也见不到自己的女儿和外孙了……

云见母亲不肯停下送别的脚步，于是干脆停下来说："母亲，真的不要再送了，母亲已经送出好几里路了……来，奢，子蝉，跟外婆告别！"

奢将手里的马缰绳交给别人，走到王昭君面前说："外婆，等着我，等我明年回来给外婆过寿！"

子蝉也说："外婆，到时候我打一只漂亮的雪狐给您做风帽！"

王昭君眼里含着泪，笑道："好，好，外婆等着你们……"

须卜当走过来，说："母亲保重，我和云将孩子们送到西河郡后，很快就会回来的。"

云好像突然想起了什么，她来到母亲身边，从腰间摘下一块玉佩搁在母亲的手心里，说："母亲，这是我上回去长安时，表哥王飒送给我的，给您留下吧，看见这块玉佩就等于看见我们了。"

云说着，鼻子酸酸的，眼眶里也蓄满了泪。

金珠见状忙道："姐姐，你们快走吧，再磨蹭今天就赶不上程头了。"

云接着妹妹的话茬，回过头来大声说："好了，大家上马！"

一队人立刻翻身上马，云抖了抖缰绳，那马竟然一动不动，朝着单于庭的方向"咴儿咴儿"地叫着，声音里透出无限的留恋与悲凉。云只得在马屁股上狠狠地抽了一鞭子，那马受疼后箭一般地窜了出去。当胯下的马跑起来的时候，云忍了半天的眼泪终于噼噼啪啪地落了下来……

王莽在金殿上听说了须卜当夫妇将要送大且渠奢和醯椟王子蟬入汉的消息后，大喜过望，他大声道："天助我也！"

王莽知道呼都尔尸道皋若缇单于是个难以驾驭的人，单于不好驾驭，那么整个匈奴就更不好控制了。如果连一个匈奴也控制不了，周边的乌孙、乌桓等国就会跟着与自己叫板，那自己这个皇帝当得还有什么颜面？所以，必须另外寻人来做匈奴的大单于，这个人既要在匈奴单于庭有威信，还得是一个性情温和好驾驭之人，而这个须卜当呢，则是最合适的人选。可是，无缘无故如何才能将须卜当夫妇请到长安来呢？这是让王莽颇伤脑筋的事情。这下好了，他们要自己送上门来了，这不是天意吗？

王莽想到这里，得意地喊道："来人呀，宣和亲侯王歙上殿！"

不一刻，王歙站在了殿下。

王莽笑道："和亲侯，喜事啊！"

王歙道："陛下，不知喜从何来啊？"

王莽道："须卜当夫妇就要到西河郡了，对于你这不是喜事吗？"

王歙兴奋地问："陛下，这是真的吗？"

王莽不悦道："难道是朕和你要笑不成？和亲侯，你听着，朕特意派你到西河郡与须卜当夫妇会合，并且亲自将大且渠奢和醯椟王子蟬迎到长安来，你可愿往？"

王歙高兴道："臣愿往！"

王莽道："那好，去准备吧！"

王歙哪里知道，王莽早已在西河郡布下伏兵，只不过是拿他当诱饵，单等着须卜当夫妇前来落网呢！

王歙快马加鞭，仅仅半月工夫就来到西河郡。王歙刚刚在官驿安顿了下来，就有人来报说，匈奴右骨都侯须卜当一行人已经到了。

都是姑表亲戚，没什么客套，好久不见了，一家人正坐在驿馆里亲亲热热地叙话，西河守备派人来说，已经备好了接风洗尘的酒宴，请须卜当夫妇与和亲侯王歙务必赏光。

筵席很丰盛。

西河郡再往北就是塞外地域了，所以这里的饮食习惯既有汉家习俗，又有匈奴风格。长长的几案上，除了十几种汉家菜肴之外还有大块的牛羊肉，或煮或烤，散发着诱人的香气。

王歙招呼大家分宾主而坐，西河守备热情道："今天是个好日子啊，右骨都侯一行远道而来，我西河郡真是蓬荜生辉呀！来来来，我受当今天子的旨意给诸位接风洗尘，今天我们大家喝个痛快！"

看到西河守备如此热情，王歙和须卜当夫妇自然也十分高兴，大新朝与匈奴比邻而居，如果能和睦相处，乃是两国百姓的幸事啊！

须卜当举起酒盏，说道："谢谢守备的盛情款待，俗话说好酒难对一席，就依守备所言，今日大家喝个痛快！"

云在一旁拽拽丈夫的衣袖，悄声说："我们现在是在人家的地盘上，不可大意……"

须卜当低声应道："我明白。有表弟陪伴着，量他们也不会把咱们怎么样的。"

奢和子蝉正是吃饭长身体的时候，赶了一天的路，早已是饥肠辘辘了，于是只管狼吞虎咽地吃着热乎乎的饭菜。

王歙知道表姐存着戒心，端起一斛酒对须卜当夫妇说："姐姐、姐夫，临来时陛下嘱我务必照顾好你们一行人的饮食起居，这些日子你们辛苦了。来，我敬你们一杯！"说完，一仰头将一斛酒干了。

西河守备也说："右骨都侯，这可是我们自己酿的酒，来来，尝尝！"说着，西河守备也端起酒杯一饮而尽。

须卜当不好推托，只得端起酒杯喝了一斛。

云是女中豪杰，她怕丈夫喝多误事，于是就替须卜当喝了两杯。不多时，云就觉得天旋地转，眼前的人影儿也模糊了起来。这是什么酒，好大的劲儿，往日喝个十盏八盏的都没事，今天这是怎么了？云想着，身子不由自主地倒了下去。

就在云倒下去的时候，须卜当在心里喊了一声"不好"，紧跟着也倒了下去。

西河守备将手中的酒杯使劲往地上一摔，说："来人呀！"

埋伏在暗处的兵士们呼喊着一拥而上，将云和须卜当架起来向后堂走去。

王歙显然也喝了西河守备的药酒，他瘫软在地，指着西河守备狠狠地说："你，你可把我害苦了……"

西河守备冷笑一声说："和亲侯，对不住了，我是遵从圣上的旨意，不得不委屈你了！"

几天后，须卜当夫妇、奢以及子蝉被带进了长安。

回到长安后，王歙懊恼不已，自己堂堂一个和亲侯，没有想到却被如此愚弄，于是他去面见王莽。

此刻，王莽正在教训笼子里的白鹦鹉："……你别不识抬举，你看看朕这里锦衣玉食应有尽有，只要你开口说话，朕自会让你享尽荣华富贵；若是你不识好歹，朕就活活饿死你！"那白鹦鹉听了王莽的话，竟然将脑袋扭过一旁，甚至微微阖上了眼睛。

王歙走过来，说："陛下，臣有话要说。"

王莽并不理会王歙，他依旧饶有兴致地逗弄着笼中的鹦鹉："和亲侯，你看这只白鹦鹉周身雪白没有一根杂毛，这是朕的心爱之物，就是有点倔脾气，不肯听从朕的调教，和亲侯可有什么良方让它听话吗？"

王歙道："陛下，臣有话要说。"

王莽不耐烦地说："说吧。"

王歙道："既然陛下派我到西河郡去迎接大且渠奢与醯椟王子蝉，就应该信任我，一切事情由我来安排。可是，西河守备竟然在酒里下了药将我和须卜当夫妇蒙翻，并且将他们生擒至长安。西河守备说是奉了陛下的旨意，不知陛下这样做是何故？"

王莽依旧背着身子在逗弄他的白鹦鹉，不悦道："朕乃一国之尊，做什么不做什么难道还要过问你和亲侯吗？"

王歙道："臣不敢。陛下，臣只是以为大新朝与匈奴的关系刚刚有些转机，这个时候以这样的方式将须卜当夫妇请来，怕是不妥吧？"

王莽生气道："有什么妥不妥的，我堂堂大新朝，难道还惧一个小小的匈奴不成？"

王歙正色道："陛下，话不是这样的说法，无论怎么讲匈奴也是一个国家。当年汉宣帝时开始与匈奴友好往来，至汉元帝、汉成帝时期两国睦邻友好更甚，两国百姓开通关事贸易就像亲戚般地来往走动，这不仅对匈奴而且对我朝也是极为有利的事情。"

王莽瞥了一眼王歙，冷冷地说："和亲侯，听你这口气，今日不会是来寻事的吧？"

王歙说："陛下，臣不敢。"说完，站在那里却不走开。

王莽说："和亲侯，要是没什么事就下去吧。"

王歙躬身道："陛下，臣还有话说。"说着，从身边的几案上拿起一个陶罐，"陛下请看，这是一个精美的陶罐。"说完手一松，那个陶罐"啪"的一声落在了地上，摔得粉碎。

王莽大惊，呵斥道："你，你要干什么？"

王歙坦然道："陛下不必惊慌，我只不过是以此说事而已。这个陶罐刚才还完好无损，现在碎了，陛下能将它恢复如初吗？"

王莽愤然道："混话！已经碎成这个样子，怎么可能恢复如初呢？和亲侯,你什么意思?"

王歙接着王莽的话说:"大新与匈奴关系之脆弱就如这陶罐,一旦粉碎,再想恢复就难了。所以,臣恳请陛下三思而行。"

王莽冷笑一声道:"和亲侯,你把朕看浅薄了!"

王歙赶紧说:"臣不敢,臣只是为百姓社稷着想。"

王莽说:"大胆!就你方才这举动,朕问你个弑君之罪一点都不为过。朕念你平素对朕还算忠诚,就不追究你的罪责了。好了,你回去歇息吧。社稷百姓在朕心里装着呢,何去何从朕心中有数,不劳你费心了。"

王歙见已经没有回旋的余地,于是告辞道:"臣告退。"

王歙没有想到他刚出了大殿,就过来两名内侍,他们架起王歙的胳膊向后面走去。

王歙大声道:"你们要做什么?"

内侍道:"和亲侯,陛下说你辛苦了,让我们安排你去一个幽静的地方歇息。走吧!"

王莽本来是想先将王歙软禁起来,然后找个合适的机会将他除掉。王莽是个连自己的儿子都不肯放过的人,何况一个和亲侯!可是,后来发生的一系列事情竟然让他忘记了这码事。

当天晚上,王莽将须卜当夫妇带进了未央宫的宣室殿。

须卜当夫妇刚走进来,就被几案上的东西晃得眼花缭乱。长长的几案上堆放着各色华丽的丝绸以及黄金和白银,最令人注目的是一顶金镶玉的王冠,黄澄澄的金子上镶着一块碧绿的宝石,看上去非常华丽。

王莽见须卜当夫妇走进来,立刻笑嘻嘻地说:"右骨都侯,须卜夫人,对不住了,用这种方式请你们过来朕也是不得已啊,还请你们见谅。"

须卜当冷冷地说:"贵为大新天子,竟然以这样的方式把他国的大臣绑到长安来,陛下也算是古今第一人了。"

云说:"我们匈奴人做事向来光明磊落,打则打,和则和,什么事都摆在明面上,绝不会干那些龌龊的勾当。有什么话你就直说吧,你究竟想干什么?"

王莽听罢,干笑道:"须卜夫人息怒。久闻须卜夫人唇舌如剑,今日老夫领教了,果然厉害。右骨都侯,据我所知,你在匈奴单于庭担任右骨都侯的年头也不短了,是这样吧?"

须卜当反问道:"这与陛下有何相干?"

王莽不温不火地说:"匈奴单于换了一任又一任,只有你这个右骨都侯依旧是老样子,朕替你鸣不平呀!"

云说:"那是我们匈奴自家的事,不劳陛下操心。"

王莽说:"哎,哪里话!大新与匈奴比邻而居,你的事就是朕的事,朕不能不管!匈奴现任单于呼都尔尸道皋粗蛮跋扈,根本不是当单于的料。朕已经想好了,这一两日就派重兵护送你回匈奴,朕要拥立你须卜当为匈奴的大单于!"

须卜当大叫道:"不可!呼都尔尸道皋若缇单于虽然性格暴戾,却是按照匈奴单于庭的规矩拥立的王!陛下若强立我为单于,上不合天意下不合民心,这样一来不仅会引起匈奴大乱,而且也将须卜当置于不仁不义之地,我就是死也不会同意的!"

王莽听了须卜当的话,当即把脸一沉道:"朕的一番好意你不但不感恩反倒拿死来威胁朕。实话跟你说吧,朕就是要强立你为匈奴单于,这件事你从也得从,不从也得从,否则,别想活着走出我这宣室殿!"

须卜当说:"须卜当是匈奴人,多年来为单于庭效力,上对得起单于,下对得起百姓。陛下的这番'好意'须卜当断不能从!"

云接着丈夫的话对王莽说:"陛下,你们汉地不是有这样的话吗?'狗不嫌家贫,儿不嫌母丑'。匈奴再怎么说也是我们自己的家,身为匈奴臣子,我们宁可肝脑涂地也不能做那等卖主求荣的勾当,陛下就别费心了。"

王莽又说:"别忘了,你们还有两个孩子在朕的手上呢!"

云怒了,大声道:"王莽,你好歹也算是一朝天子,竟然用这种卑劣的手段要挟我们，真是无耻至极！"

王莽呵呵地假笑着说："朕贵为一朝天子，虽然你们说话不中听，朕也不和你们一般计较。"说着从几案上拿起那顶金冠来到须卜当跟前，"右骨都侯，你看这金冠，这是朕专门为你准备的；还有那些金银绸缎，也是朕送给你们的。哦，朕要送给你们夫妇的东西远不止这些，还有粮食、棉帛、兵器、药材等，只要你遵从朕的旨意回去坐上大单于的宝座，将来天下就是你我二人的了，如何？朕把话说到这个份儿上，够意思吧？须卜夫人，你是个明白人，你替朕劝劝你丈夫吧！"

说罢，王莽又去逗弄他的白鹦鹉，自言自语道："高官厚禄、锦衣玉食，人活着不就是为了这一天吗？真是不知好歹啊！"

云来到丈夫跟前，颤声道："夫君，我们夫妇二人十几年来南北奔走，为的就是匈汉两家的和睦与百姓的安宁……如今看来，我们的辛苦怕是要付诸东流了……"

须卜当说："云，别难过，母亲还在匈奴等着我们呢，我们不能让她老人家失望。即使我们的努力不能弥补匈奴与大新朝的裂痕，但我们也绝不能做分裂匈奴的罪人！"

云说："夫君，这一劫我们怕是过不去了，你说，我们该如何是好？"

须卜当说："自从西河郡被抓的那天起，我就做了最坏的打算。虽然我在单于庭当了多年的执事大臣，却没有机会驰骋沙场，可我到底是条匈奴汉子。云，无论死活，我们都要回到匈奴去，这把骨头只有埋在自己的土地上我的灵魂才能安宁……"

云一把捂住丈夫的嘴，含泪道："不，我不许你胡说……你说的对，母亲还等着我们呢，我们不能让他老人家失望……"

须卜当抚着妻子的双肩，为她擦去脸上的泪滴说："云，你是个刚强的女人。跟着我这么多年，南北奔走，风餐露宿，你从来没有一句怨言。下辈子我们要是还能做夫妻，我一定让你享一辈子的福！"

云说："夫君，我不苦，只要跟你在一起，干什么我都愿意……"

须卜当呵呵地笑道:"好了,别哭了!要是能见到奢和子蝉,告诉孩子们,无论做什么事,别忘了自己是呼韩邪的子孙……"

云眼含热泪点点头。

这时,须卜当忽然对云说:"云,看你身后那是什么?"

云转过身的刹那,忽然听得须卜当大喊道:"天神,须卜当来了!"

云急忙回头,只见须卜当正奋力向大殿上的一根柱子撞去……

云裂声大喊:"不!"

只听得一声巨响,须卜当撞在了那根柱子上,顿时额头上血流如注……

云声嘶力竭地喊道:"夫君!"

云扑过去将须卜当抱在怀里,望着丈夫额头上汩汩涌流的鲜血,昏了过去……

第十章

母亲的胸襟

在我的字典里没有王妃或者贫妇的差异,我只是个女人,该浣纱时浣纱,该出塞时出塞,一日日地走过来,便完成了自己的一生,有喜悦也有哀伤。

第十章

母亲的胸襟

傍晚时分,黑珍珠正在自己的住处忙乎着,听说云和须卜当来了长安,她要亲自给他们接风洗尘。自从伊屠智牙师回匈奴之后,黑珍珠身边就没什么亲人了,除了穆淳能说些知心话外,黑珍珠其余的时间只在默默地习练武功。早上,听说云和须卜当来了长安,可把她高兴坏了,于是吩咐膳房做好了一桌精致的汉家菜,又吩咐穆淳到驿馆去请姐姐和姐夫他们。

天快黑的时候,穆淳一个人回来了,看上去一副忧心忡忡的样子。

黑珍珠问道:"穆淳,你怎么了?他们呢,怎么没来?"

穆淳并不看黑珍珠的眼睛,说:"珍珠,有件事你听了不要难过。"

黑珍珠惊道:"难道出什么事了不成?"

穆淳沉重地说:"右骨都侯须卜当在宣室殿上撞柱而亡,须卜夫人连惊带吓也病倒了。"

那一瞬间,黑珍珠呆在那里,脑子空空的没有了思维。这消息来得太突然、太意外,黑珍珠傻了。

穆淳叫道:"珍珠!珍珠你怎么了?"

黑珍珠慢慢缓过来,她猛地抓住穆淳的胳臂喊道:"这……是真的吗？"

穆淳点点头。

黑珍珠颤声问道："为什么？为什么会这样……"

穆淳的手被黑珍珠掐得生疼，他抚慰着黑珍珠，让她冷静下来，然后将发生在宣室殿的事讲给了黑珍珠。

黑珍珠听了穆淳的叙说，从墙上摘下宝剑，咬牙道："王莽老儿，你害死了我的哥哥，逼死了我的父王，如今又逼得姐夫撞柱而亡。我，我跟你拼了！"说着黑珍珠就要往外闯。

穆淳一把抱住黑珍珠，说："珍珠，不可！"

黑珍珠顿时泪如雨下，顿足道："穆淳哥，你为什么要拦我？先番为了给哥哥报仇我要杀了王莽，你拦住了我；今天我要给姐夫报仇，你又不让我去。你，你到底是何居心？"

穆淳望着黑珍珠，一字一顿地说："王莽该死，十恶不赦，总有那么一天，即使你不动手，我也要杀死他，只是现在不行！"

黑珍珠眼里含着泪水，问："为什么不行？你不会是怕受牵连吧？你放心穆淳哥，一人做事一人当，珍珠我绝不会连累你！"

穆淳叹息道："珍珠，你把我穆淳当什么人了？你想想，须卜当夫人和两个孩子还在王莽的手上，如果你把王莽一剑杀死倒也罢了，万一杀不死他，你想过会是什么后果吗？"

黑珍珠流着眼泪说："穆淳哥，我知道你还要我等，可是我已经等了两年了，心都已经等成灰了，你还要我等多久……"

穆淳说："珍珠，你听我说，眼下最要紧的是将须卜夫人和两个孩子救出来送走。一旦他们安全了，我和你一同去向那王莽老儿索命，如何？"

黑珍珠含泪道："穆淳哥，珍珠依你就是了……"

几天后，深夜。

黑珍珠和穆淳换了一身行头，俩人悄悄地向关押云和两个孩子的地方摸去。本来，穆淳已经安排好了两个知己的弟兄守夜，原准备等救出须卜当夫人和两个孩子后,由那两个兄弟连夜将他们送出去。可是当穆淳和黑珍珠来到那座院子跟前时,发现守门的并不是自己的兄弟,而且房子的周围还增加了不少武士。穆淳在心里骂道:"好狡猾的老贼!"当他俩转身正要离去时,却为时已晚,周围的武士已经发现了他们,吆喝着向这边围拢了过来。

穆淳悄声对黑珍珠说:"珍珠,事情紧急,我先将他们引开,你进去救人,等我把武士们引开后再回来帮你。"

黑珍珠说:"好。"

眼看着武士们向这边围过来,穆淳故意踩翻一块瓦片,"哗啦"的声音在夜里很清晰。

武士喝道:"什么人?"

看到武士们的注意力被引了过来,穆淳敏捷地向一条僻静的街巷跑去。

武士们看到一个身影消失在黑暗处,大声呼喊道:"快,往那边跑了,快追!"

眼见得武士们向街巷那边跑去,黑珍珠闪身进了院子。

云目睹了丈夫惨死在自己面前,精神几乎崩溃,几天来水米不进,昏昏沉沉地躺在床榻上,奢和子蝉围在床前不知该如何是好。

黑珍珠没费什么事就结果了门口的看守,她闯进屋子一眼看到躺在床上的云,黑珍珠低声喊道:"姐姐!"

云缓缓睁开眼睛,见一黑衣人站在床前,问道:"你是什么人?"

黑珍珠扯下面纱,急促道:"姐姐,我是珍珠!"

云虚弱地说:"珍珠……傻孩子,你来做什么?"

黑珍珠说:"姐姐,我是来救你们的,现在不是说话的时候,快,跟我出去!奢,快背起你母亲我们走,再晚了就出不去了!"

奢去背母亲时,云却不走,她说:"我是匈奴的使臣,我为什么要逃走?我要他们怎么把我挟持来再怎么把我送回去!珍珠,你走吧!"

黑珍珠着急地说:"哎呀,你叫我说什么好呢?奢,快背起你母亲,我们走！"

奢平静地说："我也是匈奴的使臣，母亲不走，我也不走！"

黑珍珠急得直跺脚，说："哎呀，你们可急死我了！你们都听着，留得青山在，不怕没柴烧，快走吧！"

云摇摇头，沉着地坐在那里，说："你走吧，我要留在这里陪你姐夫。"

黑珍珠央求道："姐姐……"

云说："珍珠，要么你就带子蝉走吧，他爹娘还在匈奴等着他呢。你姐夫已经死了，我和奢要留下来陪他，无论生死，我们一家人也要在一起。"

黑珍珠急得嗓子都哑了，喊道："姐姐！"

云镇静道："好孩子，姐姐心意已决，你快走吧，再迟了谁都走不脱了！"

黑珍珠见劝不了他们母子，只好含泪道："姐姐，保重了……"言毕，拽过子蝉直向门外奔去。

当天夜里，穆淳安排人将子蝉送出长安，三个月后他回到了匈奴。

那天晚上，舆正在自己的寝帐里喝酒，手上端着一个镶金嵌银的酒碗。寝帐里很暖和，舆舒服地倚靠在松软的皮垫子上，心里感叹说："这一天忙乎的可真累啊！啊，终于可以好好歇歇了，吃几块烤肉，再喝上几碗热乎乎的黍酒，没有比这更惬意的事情啦！"

这时，有人来报："大单于，醯棳王子蝉回来了！"

舆说："那……右骨都侯夫妇呢？"

来人说："他们没有回来。"

舆心里一沉，立刻说："快！传醯棳王子蝉！"

子蝉向舆讲了事情的来龙去脉，舆听后既愤怒又伤心。伤心的是右骨都侯须卜当死得可惜，平心而论，须卜当是一个好人，作为匈奴单于庭的执事大臣，他的办事能力以及忠诚可靠是没人能比得了的，多么好的人呀，可惜啦！王莽那老东西为了分裂匈奴生生逼死了右骨都侯，而云和奢留在长安生死未卜，王莽老儿这不是欺负我匈奴软弱吗？本王刚刚登上匈奴大单于的宝座，他就给我来这一手，明摆着是跟本王叫板，真是气死我了！

舆越想越气，竟然将手中的那只镶金裹银的酒碗给捏碎了！

舆将手中的残片向地上一抛，命令道："传令下去，速速点起十万精兵，发兵云中郡！本王要让那王莽老儿尝尝我呼都尔尸道皋的厉害！"

十天后，一支精锐的骑兵向阴山呼啸而去！

虽然几十年没有正经打过仗了，但是匈奴人生来就是马背骄子，他们骑马狩猎一生中有大半辈子是在马背上度过的，只要他们的身子一贴在马背上，生命中那种最本能的激情和最昂扬的斗志便在瞬间爆发了出来。所以，呼都尔尸道皋若缇大单于一声令下，分散在草原上的匈奴人迅疾地向单于庭聚拢了过来。很快，十万匈奴汉子像一支锋利的箭镞，一路呼啸着向阴山一带射了出去！

长安城里的王莽听说呼都尔尸道皋若缇单于点起十万精兵要向他讨还公道时，王莽并不以为然，区区几个匈奴人有什么了不起，不过是些散兵游勇、乌合之众，我惧他何来！可是后来，不断有坏消息传进京来，先是说国内的农民也在造反，紧接着又说农民造反队伍不断扩大，现在已发展为十数万人。

一天早上，王莽刚刚起床，一位大臣慌慌张张来报说："陛下，不好了！"

王莽道："慌慌张张成何体统，有话慢慢讲来！"

大臣说："陛下，看样子须卜当的死激怒了呼都尔尸道皋若缇大单于，现在匈奴骑兵日夜兼程，已经越过了阴山山脉！"

王莽惊讶道："这么快？不会是谣传吧？"

大臣道："陛下，绝非谣传！据探报说，那匈奴人简直就是一支利箭，要是让他们过了黄河就危险了。"

王莽沉吟着。

大臣焦急地说："陛下，如若边关失守，依匈奴人的性格，他们会一路烧杀抢掠，很快就会向长安城冲来！"

王莽听到这里时终于感到了事态的严重性，他想找个贴心的人商量商量，帮着拿个主意，于是顺口喊道："来人呀，传大司马严尤严大人！"

身边的人提醒王莽说："陛下，严大人告老还乡已经多日了！"

王莽拍拍自己的脑袋，叹息道："哦，是朕忘记了……"

这时，又有人来禀报："陛下，绿林军十数万人正向长安城逼来。"

王莽来来回回地在地上走来走去，额头上渐渐渗出一层细密的汗珠。突然，他停了下来，对身边的大臣说："传朕的口谕，即刻挑选精兵强将，挑选精良战马，火速向阴山方向进发，务必将匈奴人阻挡在黄河以北，绝不可让他们南下半步！"

大臣说："陛下……"

王莽固执地说："还有，我们的军队一旦在黄河北岸站住脚，立刻向匈奴单于庭发动攻击，拔掉他们的老窝，让他们没有立足之地！"

大臣道："陛下，人倒好说，只是马匹有些难办。"

王莽问道："为何？"

大臣说："陛下，以往我们的精良战马十之八九都是匈奴那边进贡过来的，这几年汉匈关系不比从前，所以很少有马匹牛羊进贡，我们到哪里去找那么多的精良战马呢？"

王莽道："照这么说，我们就不能和匈奴人打仗了？"

大臣道："陛下，依臣之见，匈奴不可攻，当与其和。"

王莽不悦道："那匈奴人远在千里之外，你们就被吓破胆了？好了，你们不必在朕的耳边聒噪了，朕意已决，赶快去准备吧！"

大臣颤声道："陛下，那造反的绿林军正在向长安城逼来，臣担心若匈奴人和绿林军来个南北夹击，那我大新……就完了！"

王莽听罢，大怒，他一脚将大臣踹倒在地，训斥道："大敌当前，你竟敢说这样的丧气话。来人，将这贼子拖下去斩了！"

王莽斩了大臣之后，命人火速去筹集人马粮草，又连夜给西河、五原、朔方等郡下旨，命他们每郡招募兵丁五万，然后集结在黄河以北与匈奴人决一死战。

自王莽摄政以来，汉匈关系时好时坏磕磕绊绊地走了十多年。如今关系彻底破裂，双方大兵压境，战争大有一触即发之势！

听到前方传来的消息后，王昭君在寝宫里昼夜焦灼、寝食难安，原以为派外孙奢和子蝉入汉后，汉匈关系会进一步好转，没想到王莽为另立单于的事逼死了须卜当，可怜须卜当身为匈奴的右骨都侯竟然死在了异国他乡。女婿死了，云和奢也成了王莽的阶下囚，如今也不知怎么样了……

如琴来到王昭君跟前说："夫人，我知道你心里不好受。依我看，趁着这把老骨头还没散架，咱还是再做点什么事情吧。"

王昭君望着这个跟了她大半辈子的女人，头发全白了，身子骨还算硬朗，每日起来依然不闲着，像个影子似的不离她的左右。

王昭君说："如琴，以咱姐俩的岁数，即使是在秭归老家也算长寿了，就是现在死，也不足为惜了。如琴你说，咱们还能做点什么呢？"

如琴说："夫人，我倒是有个想法，不知当说不当说。"

王昭君感叹道："你呀，怎么还夫人夫人的称呼呢？我早就说了，咱们该姐妹相称才是。从现在起，你就喊我姐姐吧，否则可别怪我不答应你了。"

如琴笑道："好吧，姐姐。如今匈汉两军在阴山脚下摆开了战场，说不上什么时候就要开战了，咱们姐妹要不到阴山脚下走一趟？"

王昭君道："你是说我们去助阵？不可，万万不可，匈汉两方都有自己的亲人，我们去助阵，那不是火上浇油吗？"

如琴道："姐姐，你误解我的意思了。我们虽说是女人，可女人也有女人的长处。有时候，说不定女人还真能消弭一场战争呢！"

王昭君问道："你的意思是……"

如琴笑道："姐姐，你已经两天没有正经吃东西了。来，先吃饭，吃了饭我就告诉你。"

第二天一早，王昭君、如琴和小女儿金珠带着单于庭的一百多个女人出发了。王昭君、金珠和如琴坐车走在最前面，其他女人则骑马紧随其后，这些匈奴女人骑在马上，有的背后背着儿女，有的怀里抱着婴儿。她们明白，宁胡阏氏要做的，一定是有利于匈奴百姓的事，她六十多岁的人了尚且经得起长途颠簸，我们还有什么话说？所以，当王昭君说了自己的想法后，单于庭的女人们二话不说，安顿好老人，收拾好行李，第二天一早便聚集在了王昭君的寝帐前。

阴山脚下的平原上，匈奴与大新朝的军队虎视眈眈地对峙着。两军相隔不过十数里地，阵地上旌旗飞舞号角连天，他们都在向对方示威，大战的气氛越来越浓烈了。

草地上，血红的夕阳悬挂在地平线上，将草地染成了一片血色。

忽然，匈奴阵地的后方响起了一阵胡笳声。经过数日跋涉，单于庭的大小阏氏们在王昭君的带领下，终于来到匈奴一侧的阵地上。胡笳声幽怨而绵长，像是母亲和妻子在向将士们缓缓地诉说着什么。本来喧闹的阵地顿时安静了下来，匈奴将士们默默地听着胡笳的呜咽……

和着胡笳的呜咽，女人们在缓缓地唱着：

苍茫的天上哟，云彩连在一起，
美丽的额尔浑河哟，水花连在一起，
无边的草地哟，草根连在一起，
温暖的穹庐里哟，亲人们要在一起……
母亲把羊毛捻成思念的绒线，
一头拴在穹庐上一头拴在你身上；
妻子把羊毛捻成长长的思念，
一头在你身上一头在妻子的心上……

王昭君来到阵前，望着匈奴将士，大声道："匈奴的男人们！你们看到了吧，这就是你们的女人，你们为什么打仗？还不是为了家里的女人和孩子能过太平日子吗？告诉你们的呼都尔尸道皋若缇单于吧，不要打仗了，家里的亲人在等着你们呀！"

大帐里的呼都尔尸道皋若缇单于听到了外面的动静，走出来一看，竟然是一群女人在吹胡笳，这不是扰乱军心吗？

呼都尔尸道皋若缇单于来到跟前，惊讶道："母后，你怎么来了？"

王昭君冷冷地说："我为什么不能来？"

呼都尔尸道皋若缇单于生气道："母后年纪大了不在龙城好生待着，弄些女人跑这里来，难道看不见吗，这里就要打仗了！"

王昭君道："我到这里来，就是为了阻止这场战争的！"

呼都尔尸道皋若缇单于顿足道："母后，你不能这样，你难道没有看见吗？右骨都侯须卜当让他们给逼死了，云和奢也让王莽给囚禁了起来，他王莽想分裂我的江山，我为什么就不能给他点厉害看看？"

王昭君道："匈汉之间只能和不能打，战火一旦烧起来就没了边界，结果往往两败俱伤，最终遭殃的还不是拖老携幼的百姓？舆，你听着，我的女婿是为了匈奴而死的，他是匈奴的英雄！云和奢虽然被王莽囚禁了起来，如果想想办法或许他们还有生还的希望，可你执意要打仗，那云和奢的性命恐怕就难保了……"

呼都尔尸道皋若缇单于暴躁地说："是他们欺人太甚！母后你也看见了，我们匈奴人难道就这么忍了不成？"

王昭君大声道："那王莽固然无道，他的暴戾自然会遭天谴；可话说回来，一个巴掌拍不响，你还不是一冲动就集结军队来到了这阴山脚下？舆，你看到了，我身后的都是单于庭的女人，她们跟了我这个老太太出来，就是做好了赴死的准备的。如果有谁真的冒犯我们匈奴，我就领着女人们冲上去给你们做挡箭牌！但是我有一个条件，我们匈奴人不能首先射出第一箭！"

呼都尔尸道皋若缇单于说："可是，母后，人家如此欺辱我们，我咽不下这口气呀！"

王昭君说："舆，你想想看，如果战火熄灭了，我们回匈奴去，老婆娃娃热乎乎地过我们自己的日子；可一旦仗打起来，即使你赢了，那也是用成千上万匈奴男人的命换回来的，到那时候，或许这些匈奴的女人娃娃就成了孤儿寡妇，你叫他们以后的日子怎么过？"

王昭君的身后，胡笳一直在呜呜咽咽地响着……

呼都尔尸道皋若缇单于望着王昭君那威严的样子，终于答应道："好吧母后，我答应你，绝不向对方射出第一箭！"

王昭君稍稍松了一口气，她对搀扶在身边的如琴说："告诉那些孩子们歇歇吧，从早上到现在水米没沾牙，他们怕是饿坏了。"

王昭君吩咐完，正转身要离开，忽然看到汉军那边有一骑一乘向这边奔驰而来。

呼都尔尸道皋若缇单于眯着眼睛望着越来越近的一骑一乘，对王昭君说："母后，看见了吧，这可是他们首先冒犯我们的。既然这样，就别怪我无情了！弓弩手，搭箭！"

王昭君忙制止道："等等！你看对方手无寸铁，莫非是下书之人？"

说话间，对方已经来到阵前，只见那人翻身下马，大声朝这边喊道："请呼都尔尸道皋若缇大单于出来说话！"

呼都尔尸道皋若缇单于喊道："你是什么人？"

对方道："我是长安的和亲侯王歙！"

"和亲侯王歙"这几个字清楚地灌入王昭君的耳内，还有那熟悉的乡音，难道真的是侄子王歙来到阵前了吗？

王昭君压抑着内心的激动，用家乡话问道："你果真是王歙吗？"

对方道："正是。"

王昭君又问道："你果真是秭归的那个歙儿吗？"

对方道："正是。敢问您老是……"

王昭君尽量控制着自己的声音，说："孩子，我就是多年前出塞和亲的王昭君啊！"

王歙大叫一声："姑母！"

王昭君颤声道："歙儿！"

两军阵前，王昭君和他的侄子王歙紧紧地拥抱在一起……

王歙搀扶着姑母坐在一块石头上，说道："姑母，您老还好吧？"

王昭君笑着说："好，好！真没想到，我在有生之年还能见到娘家的亲人……哦，孩子，你过来一定是有什么事吧？"

王歙道："哦，对了，看看，一高兴险些把大事耽搁了。"

王歙站起来向呼都尔尸道皋若缇单于施礼道："大单于，我有要事要向你禀报。"

呼都尔尸道皋若缇单于道："有什么事情快说！"

王歙道："大单于，那王莽……已经死了。"

呼都尔尸道皋若缇单于惊讶道："王莽死了？"

王歙点点头。

呼都尔尸道皋若缇单于望着和亲侯王歙思忖片刻。忽然，他抽出弯刀架在王歙的脖子上，冷笑说："和亲侯，看到我匈奴大军压境，那王莽老儿莫不是派你来使诈？"

王歙笑道："大单于，您多心了，那王莽确实死了！"

呼都尔尸道皋若缇单于又问："他是怎么死的，你如实说来！"

事情其实很简单。

王歙说，近日，各路起义军进逼长安，王莽的大新朝风雨飘摇。一天夜里，长安城里狂风大作、电闪雷鸣。王莽蜷缩在床上怎么都睡不踏实，好不容易挨到后半夜才迷迷糊糊地睡了过去。这时，一男一女潜进王莽的寝宫，将王莽杀死在床榻上。有人说那男的像是王莽的御前侍卫穆淳，而那女的极有可能就是黑珍珠。这之后，未央宫里便再也没见到穆淳和黑珍珠的身影。

呼都尔尸道皋若缇单于听了王歙的话，追问道："和亲侯，你这话可当真？"

王歙道："大单于，怎么能不真呢！两军阵前，要是我王歙的话有半点不真，我情愿死在你的弯刀之下！"

王昭君坐在石头上，听了侄儿王歙与呼都尔尸道皋若缇单于的对话之后，骤然间感觉到浑身异常疲乏，真是一点力气都没有了，她此刻特别想找个什么地方好好睡一会儿。

就在这时，站在高处负责瞭望的兵士跑过来禀报说："大单于，好消息！"

呼都尔尸道皋若缇单于喝道："说！"

兵士道："大单于，我看到对面的军营里人影绰约，跑来跑去地不知在忙着什么，不大一会儿，一拨拨的士兵便像潮水般退了。"

呼都尔尸道皋若缇单于惊讶道："他们退兵了？"

王歙道："大单于，这下您相信我说的话了吧！"

呼都尔尸道皋若缇单于听罢王歙的话，阴沉了多日的脸上终于露出一丝笑容，他转过身来向士兵们喊道："王莽死了！汉军撤兵了！我们不打仗了！不打仗了！"

匈奴的士兵们挥舞着手中的弯刀，高呼道："噢！噢！不打仗了！不打仗了！"

金珠跑过来高兴地说："母亲，不打仗了，姐姐和奢也该回来了，是吧？"

王昭君猛然醒悟过来，说："是啊，不打仗了，可是云呢？奢呢？他们母子在哪儿？"

王昭君一把拽住王歙，急切地问道："孩子，你表姐和奢呢，你看见他们了吗？"

王歙神色黯然，说："姑母，云表姐他们很快就要回来了。"

天色暗下来了。

单于庭前的草地上。

王昭君和侄儿王歙在等待着云和奢的归来。自从前些天在阴山脚下和姑姑见面后，王歙看上去似乎总有些心神不宁的样子。王昭君问时，王歙却推说大约是生活不习惯的缘故。

王昭君感慨道:"啊,不打仗了,云和奢也要回来了,只可惜了我那女婿须卜当,没能看到这些……"

如琴劝道:"姐姐,别难过了,云和奢能平安回来,已经是咱家的大幸了!"

王昭君吩咐如琴道:"快,如琴,你快去安排些饭食,云他们这些日子受苦了,让他们好好吃顿家乡饭。还有,还要准备一只烤羊,奢最爱吃的!"

王歙欲言又止。

如琴去忙了,王昭君转过身来对王歙说:"孩子,自从出塞和亲以来,姑母还是第一次见着娘家人,等云他们回来,我们一定要好好热闹热闹!"

远处,一队人马远远地向这边走来。

王歙低声道:"姑母,大约是表姐他们回来了。"

王昭君满脸慈祥,她微微眯起眼睛,望着滚滚而来的三辆马车,笑道:"奢这孩子,平日是最爱骑马的,今天怎么坐车回来了?"

一队人马来到跟前,三辆马车走在最前面。

王昭君向前走了几步,说道:"奢这孩子倒沉得住气,都到跟前了还不下车!"

三辆马车来到跟前,停了下来,王歙搀扶着姑母走上前去,他颤声道:"姑母,您老要保重……"

王昭君迫不及待地来到第一辆马车前,她柔声道:"孩子们,下车吧,母亲来迎你们了!"

王昭君说着,一把掀开车帘——只见一个黑色的陶罐赫然出现在眼前,上面写着:须卜当之灵骨。

对于须卜当的死,单于庭的人都已经知道了,所以王昭君还是有心理准备的。她上前抚摸着那陶罐,眼睛湿润了,她颤声道:"孩子,你回家了……从今以后,咱哪里都不去了……"

王歙搀扶着姑母向第二辆车走去,王昭君抹一把泪水,唤道:"云儿,自从你走后母亲日夜为你担着心啊,这下可把你们盼回来了……云,还磨蹭什么呢,快下车吧!"

车上没有动静。

王昭君笑了,说:"这孩子,难道还要母亲给你打帘子不成?好,你远路风尘回来,母亲就为你……"

就在王昭君掀开车帘的一刹那,只见她浑身一颤,目光立刻直了——马车上依然是一个孤零零的黑陶罐,上面写着:须卜夫人云之灵骨。

王昭君一把推开王歙,颤巍巍地向第三辆马车冲去,到了跟前她大声喊道:"奢,你给我出来!"

车上一点动静都没有,王昭君一双手颤抖着,她犹豫着,既期望着什么,又害怕着什么……

忽然,王昭君狠狠地一把扯下车帘,只见也是一个黑陶罐,上面写着:大且渠奢之灵骨。

"怎么会这样,怎么会这样啊……"王昭君被突然发生的事情给击懵了,她大喊着:"不……这不是真的……云,你在哪儿?在哪儿啊?奢,别吓外婆,你出来,出来……你们都给我出来……"

人们站在灵车周围,谁都不说话。

王昭君无论如何都不能相信这是真的,她回过头来,望着侄儿王歙,颤声道:"王歙,你说话,这是怎么回事,你说话呀!"

王歙搀扶着王昭君,哽咽道:"姑母节哀……表姐他们当真去了……"

王昭君顿时泪如雨下……

后来,王歙向大家讲了云和奢的事情。须卜当撞柱身亡之后,云忧伤过度,几天后便卧床不起了。穆淳和黑珍珠救走了子蝉。奢向王莽提出要送母亲回匈奴将养,王莽不允,他说:"只要你大且渠奢答应回去后做匈奴单于,我立刻派重兵护送你们母子回去,否则,休怪朕无礼!"奢没有答应王莽,他说自己是须卜当的儿子,父亲没有答应的事情他也绝不能答应。于是，母子二人被囚禁在一个秘密的地方，黑珍珠虽然千方百计打探他们的消息，但没有结果。后来，王莽被刺之后，人们在一间堆放杂物的屋子里发现了他们母子的遗体。

　　天黑了，单于庭前的草地上，点燃着无数盏油灯，远远望去，像是无数颗明亮的星星。草地上聚集着许多女人和孩子，他们跪坐在地上，没有一点声音，一张张虔诚的面孔在灯火的映照下，肃穆而又哀伤。
　　人们正在这里举行着一种仪式，他们在用匈奴人独特的方式召唤着亡故在外的亲人回家……
　　匈奴男人们远远地站在女人和孩子的四周，每人手里擎着一支火把，他们用自己结实的肩膀为女人和孩子们遮挡着刮过来的夜风。
　　王昭君在金珠和子蝉的搀扶下，来到单于庭前的草地上，她的手里紧紧地攥着云留给她的那块玉佩。前些天，在阴山脚下的两军阵前，王昭君还像一个将军似的威风；仅仅过去了几天，她便显得苍老了许多。
　　看到王昭君出来了，草地周围的汉子们开始用一种低沉的声音唱了起来：

　　　　吭哟，吭哟，吭哟……
　　　　苍鹰在天上飞了九十九天哟，
　　　　飞得再高也要回家。

　　女人和孩子们接唱道：

　　　　苍鹰飞回来啦……
　　　　麋鹿在天边奔跑了九十九天哟，
　　　　跑得再远也要回家。

　　女人和孩子们接唱道：

麋鹿跑回来啦……

男人们唱道：

奔波在外面的兄弟们走了九十九天哟，
家里的亲人等你们回家。

女人和孩子们接唱道：

兄弟们回来啦……

男人和女人们一起唱道：

草原上点起了无数支火把，
那就是为你们引路的星星，
如果是离家太久忘记了回家的道路，
亲人的招魂曲在等着你们回程……

招魂曲在静谧的草原上萦绕着，像一圈圈舒展开的光波越传越远……
夜风中，满头白发的王昭君站在草地上。

人们发现王昭君真的老了，那件深棕色的袍子披在她的身上竟然显得那样宽大。凛冽的夜风吹乱了王昭君花白的头发，她张开双臂仰望着深邃的夜空，泪流满面，她大声喊道："天神啊，你都看到了吧……为了匈汉和平，为了两国百姓的安居乐业，我把我的儿子、女儿、女婿，还有我的外孙，全都奉献给你了……"

王昭君的声音和着草原上的夜风向远处飘荡着："……奉献给你了……奉献给你了……奉献给你了……"

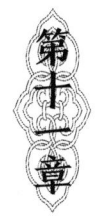

第十二章

为了匈奴草原

比草原更宽阔的是什么,是海洋;比海洋更宽阔的是什么,是天空;比天空更宽阔的是什么,应该是人心……有时候人心小得如一粒芥子,有时候人心宽阔得可装下整个乾坤。

第十一章

为了匈奴草原

漠北草原的三四月间，正是牧草泛青的时候，在太阳的照射下草皮子开始变松变软，草地有了温暖的意思。虽然草原上的风拍打在脸上还是有些凛冽，但远远地望过去，灰蒙蒙的草原竟然有了一些青翠的感觉。

距离王庭十几里的地方，有一处茂密的枳芨滩，浩浩荡荡的枳芨滩绵延几十里，一墩墩的枳芨草似锋利的箭镞一般生得蓬蓬勃勃，两岁子的犍牛钻进去连牛角都没了。眼下，枯黄的枝条间已经绽出了尖尖的翠绿的嫩芽，用不了几天的工夫，枳芨滩就会变成一片绿色的海子了。

草原上天地相接的地方出现了一个小黑点，小黑点渐渐地变大了，到了近前才看出原来是一个身着紫红色袍子的女人。这个女人是金珠。金珠一早从龙城出来，信马由缰地在草原上走着，不知不觉来到了几十里外的枳芨滩。

连日来，金珠被失去亲人的痛苦煎熬着，心里郁闷极了。今日一早见母亲稍微清爽些，于是吩咐子蝉在外婆跟前好生伺候着。自己则牵了一匹马跑到草原深处，她就想狠狠地大哭一场，若再这样郁闷下去，恐怕自己都要憋疯了。

金珠懒懒地从马上下来，独自一人坐在枳芨滩旁边的草地上，情绪糟糕到了极点。金珠坐在那里，禁不住开始点点滴滴地落泪。是啊，往日出来散心，总是姐姐陪伴在她的左右，金珠是家里最小的孩子，哥哥姐姐宠着她护着她，不肯让她受半点委屈。可是，哥哥伊屠智牙师去了，姐姐云也去了，金珠望着眼前那一蓬蓬枯黄的枳芨草心中掠过无限悲凉，不由得哭了起来。

风在枳芨丛中蹿跳着，发出"呜儿——呜儿——"的嘶鸣，金珠边哭边诉说着："天神啊，你睁眼看看吧，我的哥哥姐姐究竟做错了什么，你为什么要把他们收走啊……"

接连几个亲人的离世，使金珠的心像是被掏空了似的。她怎么也想不明白，姐姐和姐夫怎么说走就走了呢，还有奢，竟也早早地成了隔世之人……最可怜的是母亲，她毕竟已经风烛残年，怎么能经得起白发人送黑发人的摧残啊！

金珠想一阵哭一阵，乏了，不觉昏昏沉沉地睡了过去。

前几天夜里，单于庭前的祭祀完毕后，王昭君回到寝帐后就病倒了，一连几天不吃不喝地昏睡着。金珠和子蝉还有如琴一直守候在毡塌前，如琴也老了，她佝偻着身子给王昭君熬汤煮粥，蹒跚着在地上走来走去，颤巍巍的样子，很让人心酸。

寝帐里，王昭君盖着一条锦被安静地躺在毡塌上，身子瘦瘦的，几乎与毡榻一样平了。

如琴守候在王昭君身旁，握着她的手絮絮叨叨地说着："姐啊，你快点好起来吧！你看看，天下太平了……姐啊，从你当年出塞，我和百合、采莲、秋菊一直跟着你，那时候我们多好啊……如今几十年过去了，她们几个走了，如琴也老了……姐啊，你得快点好起来呀！你说过多少遍了，说要回一趟秭归，去看看家乡的亲人，看看家乡的山水。姐啊，再不回去，咱姐俩的这把老骨头就禁不得一路的颠簸了……"

这时，子蝉在外婆的寝帐外走来走去，满腹心事。自从得知姨母姨父和奢哥哥在长安出事的消息后，他就一直这样沉默着，终日说不上几句话，谁都不知道他在琢磨些什么。

王昭君迷迷糊糊地躺在毡榻上，觉着自己的身子忽而像一朵巨大的云彩，忽而又成了一个小小的针尖；忽而飘浮在了半空中，忽而又陷进了地下……王昭君觉得自己直向无底的黑暗中坠去，周围好黑啊，伸手不见五指，她在黑漆漆的地方走着，摸索着……突然间她感到有点喘不过气来，天神啊，我是要死了吗？那就让我走吧，如今天下太平了，我也再无牵挂了……我的丈夫、我的孩子们已经去了你那里，我该去见他们了……前方什么地方亮起了几盏油灯，火苗儿忽闪着直向这边飘了过来，王昭君大喊道："谁？是谁在那里？"几个人影向这边移过来，王昭君惊喜地发现原来是她的孩子们，有儿子伊屠智牙师，有女儿云，还有女婿须卜当和外孙奢……王昭君唤道："虎儿，等等母亲……"一盏油灯忽地熄灭了，伊屠智牙师不见了；王昭君又大喊："云！云！"又一盏灯熄灭，云也不见了……王昭君焦急地喊道："虎儿，云，你们等等母亲！等等我……"王昭君挣扎着去追他的孩子们，一使劲，身子便飘了起来，头顶上的黑云像一扇沉重的磨盘在她的身上碾来碾去，最终把她碾成了一张薄薄的草席，草席越变越大，越飘越远……忽然她看到儿子伊屠智牙师了，伊屠智牙师笑吟吟地在不远处等着她。只见伊屠智牙师一招手，便把她从天上招了下来，王昭君惊喜地叫道："虎儿，果真是你啊，我的儿啊……"王昭君定睛一看，站在她面前的不是伊屠智牙师，而是云，云的身后站着须卜当和奢，王昭君笑道："原来你们都在呀，叫为娘我找得好苦……"云上前一步拉着母亲的手，笑道："母亲，你仔细瞧瞧，我们不是都好好的嘛。"王昭君长长地松了一口气，说："啊，这就好了！"

蓦地，王昭君醒了过来，她左右看看，没有伊屠智牙师，没有云，也没有须卜当和奢，只有如琴坐在她的身旁打瞌睡。顿时，一缕彻骨的悲凉袭遍全身，王昭君不由得打了一个寒战，她呻吟道："好冷啊……"

金珠伏在枳茇丛下睡了一会儿，忽地醒了过来，她抬头望了一眼天上的太阳，自语道："唉，天不早了，回去吧！"

就在这时，离金珠不远处的枳芨丛发出一阵唰唰的轻响，隐约看到草丛里有一个人影在晃动，金珠大惊，喝道："什么人？"

一阵唰唰的响动后，只见一个衣衫褴褛的男人走了出来。这个男人看上去大约三十多岁，蓬乱的头发粘在一起，上面挂着草屑；身上是一件千疮百孔的毡裘，腿上、脚上包着几块破羊皮。最可怕的是他那张脸，黝黑，坑坑洼洼的，还有一道长长的刀疤。这人或许是多日没有正经吃东西了，皮包骨的脸上是一双无神的眼睛。

金珠见那人一步步地向自己走来，大声喝道："站住！你是什么人？"

金珠小时候跟着父亲雕陶莫皋学过一些马上马下的功夫，只不过那些年有哥哥姐姐们呵护着，她用不着去舞刀弄枪；如今哥哥姐姐不在了，金珠骨子里的那种强悍便显露了出来。此刻，她迅速将箭搭在弓上，厉声喝道："再不站住，我就要放箭了！"

那汉子一步步向金珠走过来。

金珠见状，将弓满满地拉开正要放箭，忽听那汉子问道："请问……你可是当于居次？"

金珠一愣，随即问道："是又怎样？不是又怎样？"

那汉子又追问一句："这么说……你真的是金珠伊墨了？"

金珠手握弓箭怒道："你这人好没道理，我是谁关你什么事！"

听了金珠的话，只见那汉子沉沉地叹了口气，说："唉，既然这样说话，那……你走吧！"

见那汉子这样一说，金珠反倒收起了弓箭，她放缓语气问道："你究竟是什么人？为什么会在这里？"

那汉子说："要让我说实话，你必须先告诉我你是不是金珠伊墨。"

金珠端详着那汉子，虽然相貌丑陋，可那双眼睛看上去并无恶意；再说了，就算他是个歹人，自己这一身功夫也不会让他占什么便宜，于是说道："有什么话你就说吧，没错，我就是当于居次，人们也唤我金珠伊那汉子听了金珠的话，突然上前一步跪倒在金珠的脚下，颤声道："公主啊……我总算找到你了！"说着，便泣不成声了。

金珠忙将那汉子扶起来，说："有什么话起来说吧。"

那汉子站起来，满脸泪水。

金珠诧异道："你是谁？找我究竟有什么事？"

那汉子用粗大的手抹了一把泪水，沙哑道："公主，我已经在单于庭周围的草地上流浪很久了，我知道总有一天会遇上你的……"

金珠问道："你……你怎么知道我就是当于居次？"

那汉子说："我见过你的，那时候我是右贤王舆的侍卫，不过当时离得远看不太真切。"

金珠从马背上的褡裢里拿出了干肉和水囊，搁在流浪汉的面前，说："先吃点东西吧。"

那汉子感激地望了金珠一眼，熟练地拢起一堆火，将那些干肉条埋在火堆旁，拿起水囊贪婪地喝了几口后，向金珠讲出了一段秘密——

呼都尔尸道皋若缇大单于的寝帐里鼾声如雷。

这是一顶豪华而结实的穹庐。穹庐的四壁镶着华丽的绸缎和珍贵的兽皮，穹庐中央是一张宽大的毡榻，上面铺着厚墩墩的熊皮褥子，柔软而又暖和。

此刻，呼都尔尸道皋若缇单于四仰八叉地躺在熊皮褥子上，肚皮一起一伏，鼾声响得如同打雷一般。几个侍女静悄悄地跪坐在毡榻旁边，准备随时服侍这位王。

自从王莽死后，曾一度紧张的汉匈关系缓和了下来，双方撤兵之后，阴山南北又恢复了先前的平静。看到草原上的老百姓又回归到了从前的日子，呼都尔尸道皋若缇单于悬了多日的心也终于放下了。一连数日，他都在无日无夜地寻欢作乐，穹庐里一天到晚酒气熏天。"来人呀，给本王上酒！来人呀，给本王上肉！"这位匈奴的王，往往是从天黑开始饮酒作乐到天明,而白天则一觉睡至天黑,把单于庭的大事全丢到了脑后。

　　这天早上,单于庭里已经聚集了不少人,大臣和诸位王子在等待着大单于升帐议事。已经快响午了仍然不见大单于到来,王庭内闹哄哄的,大臣们显然已经等得不耐烦了:"大单于这些日子是怎么了?已经数日没有升帐议事,莫不是身子不舒服?"大臣们议论着,相互间却交换着会意的眼神,他们心里自然都明白,这个大单于夜夜笙歌燕舞,长此下去,可如何是好?

　　呼都尔尸道皋若缇单于的儿子乌达牙师看不下去了,冲出王庭直向父亲的寝帐奔去。

　　乌达牙师冲进父亲的寝帐,不顾侍卫和侍女们的阻拦,几步便来到父亲的毡榻前。看到父亲还在呼呼大睡,顿时感到一阵深深的羞愧。父王,我的父王啊,你怎么能这样呀,再这样下去,匈奴人的心就要散了啊!

　　乌达牙师跪在父亲的毡榻前,唤道:"父王!父王!"

　　呼都尔尸道皋若缇单于在厚厚的熊皮褥子上睡得正香,他梦见在水草丰美的草原上鲜花盛开,一年一度的蹛林大会正在进行着,肥嘟嘟的牛羊像珍珠般在草地上滚来滚去,成千上万的匈奴百姓载歌载舞地向他涌来……"父王!父王!"似乎是儿子乌达牙师的声音。呼都尔尸道皋若缇单于极不情愿地睁开眼睛,果然是乌达牙师跪在跟前,他有些恼怒地喝道:"什么事?"

　　乌达牙师恭敬地说:"父王,大臣们已经在王庭恭候多时了,正等着父王议事呢!"

　　又是议事!呼都尔尸道皋若缇单于的火气不打一处来,他烦躁地说:"你去告诉他们,改日再议!"

　　乌达牙师恳求道:"父亲这样的话已经说过多次了,今日无论如何也要去见见那些大臣,否则……否则怕是要尽失人心的。"

　　呼都尔尸道皋若缇单于一听,火腾地一下蹿了起来,他骂道:"你个软蛋!一点都不像我舆的儿子!你去,跟他们说,就说我今日身子不爽,叫他们散了!"

乌达牙师跪在地上没有动，恳求道："父亲……"

没错，乌达牙师一点都不像他的父亲。舆凶残、粗暴，而乌达牙师却是个性格淳厚的王子。看到父亲如此执拗，他既焦急又失望，深深地叹了口气。

呼都尔尸道皋若缇单于看到儿子这般模样，又气又恼，他一脚踢过去，大骂道："滚！滚开！"

乌达牙师站起来走了。

呼都尔尸道皋若缇单于不知道，他的醉生梦死引起了诸位王子的极度反感。这日，居住在王庭的几位王子不约而同地骑马来到草地上散心，唯独乌达牙师没有来。

草地上，王子们松开缰绳，信马由缰地走着。一位年幼的王子挑起话头说："大单于怎么能这样呢？长此下去，即使没有外力侵扰，匈奴自己怕是就完了！"

听了这话，左日逐王莫昆反驳道："谁说匈奴会完？就算大单于暴戾、不理朝政，难道匈奴没人了吗？咱们换一个单于就是了！"左日逐王莫昆是已故乌珠留若缇单于的长子。

一位年长些的王子喝道："混账话！大单于岂是随便可以换的！"

左日逐王莫昆不服道："难道你们没看见吗？大单于只顾自己快活，根本不管家国大事，换就换了，有什么了不起的！"

另一位王子说："说的是啊，匈汉之间的风波刚刚停歇，正是治理国家的大好时机，大单于他怎么就……唉，长此下去，怕是真要出乱子了。"

王子们骑在马上你一言我一语，说得大家心里乱糟糟的。王子们原本是出来踏青散心的，现在却一个个神情恹恹了。

王子们少不更事，他们发发牢骚也就过去了，可是王庭里有权势的大臣们就没那么简单了。

王昭君的大女婿须卜当曾经是匈奴王庭的执事大臣，他死后接替他位置的是须卜家族的另一位成员，他叫须卜良，是须卜当的堂弟。这个须卜良三十岁出头，早年间就经常走动在匈汉之间，是一位有学识、有教养的贵族。说实话，须卜良从骨子里瞧不上呼都尔尸道皋若缇单于，早在乌累若缇单于病重之时，须卜良就极力主张拥立仁义忠厚的伊屠智牙师为匈奴的大单于。伊屠智牙师是多么好的王子啊，以他的血统、人品以及显赫的地位，匈奴的单于非他莫属。可是，依照匈奴论资排辈的规矩，右贤王舆最终坐上了大单于的宝座，而伊屠智牙师也由原来的右谷蠡王升任为左贤王。按照惯例，左贤王铁定就是下一任的大单于。当时，伊屠智牙师并不知晓单于庭的这个决定，他正在从汉地赶回匈奴的路上。

后来的事情就越发蹊跷了，谁也没有料到，伊屠智牙师从汉地回来的路上竟然被人杀害了！伊屠智牙师为什么被杀？是什么人干的？没人知道。整整一年过去了，伊屠智牙师之死成了一个解不开的谜。

话说回来，若论打打杀杀呼都尔尸道皋若缇单于不愧是条汉子，他勇猛、暴烈，骑一匹乌骊马在敌阵中冲来杀去如入无人之境；可一旦局势安定下来，在治理国家上他就显得有些力不从心了。身为一国之君，安邦定国需要的是智慧和韬略呀！

看到呼都尔尸道皋若缇单于日日沉湎于酒色，须卜良的心里已经有了另一层打算：为了匈奴的长治久安，定要想个什么办法除掉这个暴君才好，就算自己背个大逆不道的骂名也值了！

夏天的日子总是好过的。

用不着再去打仗的男人们把使不完的力气给了女人，过不了多久女人们的身子便圆鼓鼓地膨胀了起来；再过些日子，草地上便此起彼伏地响起婴儿欢快的啼哭声，娃娃们就像雨后的蘑菇似的冒了出来，白白胖胖、敦敦实实。

太阳照耀在草地上暖融融的，空气中弥散着浓郁的草香。草地上奔跑着母牛般结实的女人们，她们的身后是肥嘟嘟的羊羔子，还有那些跌跌撞撞的孩子们……每逢这时，男人们便会眯起眼睛一边喝着奶酒一边欣赏着眼前的情景，满足感油然而生。是啊，有什么能比得上此刻的惬意呢？

可是这些善良的人们并不知道，看上去平静的单于庭内，正在酝酿着一场变故：草原上的王并非徒有虚名，他们每个人的手中都握着足以颠覆一个政权的实力。左右贤王、左右谷蠡王、左右日逐王……虽然他们与大单于都有着血缘上的牵连，但他们对于登上单于宝座的渴望一刻也没有停歇，他们甚至像一匹匹狼，一旦嗅出某种血腥，浑身的血液便立刻沸腾起来。呼都尔尸道皋若缇单于的为人是有目共睹的，他凶狠、残暴，但这并不能作为颠覆他的证据。几十双狼一样的眼睛在盯视着单于庭，要想把舆从大单于的宝座上拽下来，他们必须找到一个令人信服的口实！

已故的乌珠留若缇单于的儿子左日逐王莫昆，驻守在匈奴南部，握有相当大的实力，更何况匈奴南部水草丰美、气候宜人，要比其他的地方富庶许多。莫昆的父亲乌珠留若缇大单于弥留之际，他就曾跃跃欲试企盼登上大单于的宝座，当时还有另一个人也在背地里暗暗使劲，那就是舆。后来的结果是俩人双双落马，而一向对单于宝座并不热衷的咸被拥立为乌累若缇单于。莫昆只好强压着性子，耐心地等待着下一个机会。

让左日逐王莫昆恼怒的是乌累若缇单于归天之后，王庭竟然扶持舆那个暴戾的家伙坐上了大单于的宝座。而舆这家伙对他这个左日逐王很不信任，竟然派王庭的大臣到南部来查点他的兵马与牲畜。真是欺负人欺负到家了！

莫昆十分气愤，待王庭的大臣走了之后，他一连多日闷坐在自己的毡帐里。接下来他不得不认真地思考一个问题了。

那天，茂密的枳芨滩上，那个流浪汉在吃完了几条肉干、喝光了一皮囊水后，面对着尊贵的金珠公主他讲述了那段目前只有他与呼都尔尸道皋若缇单于知道的秘密。

流浪汉说："公主，我叫海力图，曾经是右贤王舆的一个侍卫。公主，你可知道一年前是什么人杀害了伊屠智牙师王子吗？"

金珠一惊，问："什么人？"

海力图说："就是当今的呼都尔尸道皋若缇大单于。"

金珠惊道:"你说什么?"

当时,在乌累若缇单于弥留之际,王庭已经确立了舆为下一任单于的继任者,同时确立了伊屠智牙师为新的左贤王。舆清楚地知道自己百年之后,匈奴单于的位置非伊屠智牙师莫属,舆非常不甘心。如何才能子承父业让自己的儿子将来坐上大单于的宝座呢?舆终于想出了一条毒计——在伊屠智牙师从汉地回来的路上杀死他!

那天晚上,在那条幽静的山谷里,海力图被舆捅了一刀后昏死了过去。他以为自己已经死了,没想到天快亮的时候,他竟然醒了,他看到山谷里到处都是死人,伊屠智牙师和他的随从死了,自己的弟兄们也死了,唯独不见右贤王舆。

海力图说他虽然拣了一条命,可由于他也曾误喝了几口毒酒,他的嗓子坏了,牙齿掉了,身上的肌肉严重地抽搐,一个健壮的汉子几天之间就变得虚弱不堪。海力图开始时不想活了,他躺在荒凉的草地上只盼着天神快点把自己接走。后来,海力图想明白了,他不能就这样死去,他得把这件事告诉重病在身的乌累若缇大单于,告诉单于庭。可是当他千辛万苦来到单于庭外时才知道,乌累若缇单于已经归天了,而现在的大单于是舆,也就是呼都尔尸道皋若缇单于。

海力图失望了,拖着伤残的身子离开了单于庭前的草地。从此,海力图开始了他的流浪汉生活,可伊屠智牙师之死的真相日夜折磨着他,这件事不说出来,他将会终生得不到安宁。可是,跟谁说呢?谁会相信他这个流浪汉呢?海力图想起了须卜当夫妇,单于庭和草原上的人们都知道,他们是两个难得的好人。然而就在这时,海力图听说须卜当夫妇带着他们的儿子入汉了。唉,等着吧,只要不死,总有一天会见到他们的。

海力图曾经是右贤王舆的侍卫,他清楚地意识到自己这样整天在草原上游荡,极有可能被人认出来,要想靠近王庭就更难了。这该如何是好呢?

海力图跟随舆多年,他知道匈奴单于庭有个规矩,除了贵族之外,一般人若进单于庭时必须黥面后才准许入内,也就是将脸涂抹成黑色,黥面……忽然，海力图想到了易容。于是，海力图找来半碗豌豆，在锅里炒到极热，然后将豌豆倒出来，猛地吸一口气憋住，趁热将脸覆了上去……半个月后，草原上出现了一个又脏又丑的流浪汉，蓬乱的头发下是一张疤痕累累的脸，看上去非常丑陋。

然而，事情并不像海力图想象得那么简单，别说是靠近单于庭了，他连人多的地方都去不了。草地上的孩子们看见这个丑八怪不是用牛粪片打他就是用口水唾他；大人们也把他当作不祥之物，不允许他靠近穹庐和牛羊。

海力图躲避着人们的视线，在人烟稀少的草原上转悠着，像一只被遗弃的狗，孤独、凄凉。可他不甘心就这么死了，怀里揣着天大的秘密若不能告白于天下，他是不会轻易死的！海力图相信，伊屠智牙师不能白死，总有一天，天神会睁开眼的。

天神果然开眼了，海力图用了整整一年的时间，终于等到了伊屠智牙师的小妹妹金珠。

那年的雨季似乎要比往年来得早些。一阵闷雷过后，憋了几天的暴雨便迫不及待地倾了下来，白茫茫的雨幕笼罩着雄伟的王庭，往日车水马龙的王庭一下子便寂静了许多。王昭君的寝帐里，气氛似乎不同寻常，金珠眼睛红红的在低声抽泣，王昭君身后披着被子坐在毡榻上，面颊上挂着两行泪水。显然，金珠已经把海力图的事情对母亲说了。

金珠含泪劝道："母亲不可过分悲伤，倘若伊屠智牙师哥哥在天有知，他也不想母亲这么难过的……"

女儿这一劝，王昭君却更加伤心了，她哭诉着："伊屠智牙师，我的儿啊，他是多么仁义的一个孩子啊……多少年以来，单于庭让他戍边就戍边，让他入汉就入汉，从不与人争长短……都说是'打虎亲兄弟，上阵父子兵'，若是死在两军阵前倒也罢了，为什么偏偏是他的哥哥……呼都尔尸道皋若缇大单于，那是他同父异母的哥哥啊……天神啊，自从我王昭君嫁到匈奴以来，我相夫教子，为匈汉两国的和睦操碎了心，我究竟做错了什么呀你要这般惩罚我，天神啊……"

王昭君哭得心悸，身子在微微地抽搐着。

金珠过去抱住母亲，将脸颊贴在母亲的脸上，心疼地说："母亲，你还要挣扎些，你还有女儿，还有你的女婿当于将军和子蝉，母亲千万要珍重啊！"说着，金珠也哭了。

如琴端着一碗热乎乎的奶子来到王昭君跟前，轻声道："姐姐，中年丧夫老来丧子，这是人世间最揪心的事情。可是走的已经走了，你就是把自己哭死，他们也回不来了……老姐姐，从早上到现在，你还水米没沾牙呢……听如琴一句劝，喝口奶子吧。"

金珠接过奶子，伺候母亲刚喝了几口，就听得寝帐的门"嗵"的一声被推开了，子蝉闯进来高声叫道："外婆！母亲！"当他发现寝帐里的气氛不对时，他忽然噤了声。子蝉看看外婆，又看看母亲，拉着如琴婆婆来到一个僻静的角落，悄声问道："婆婆，母亲和外婆怎么了？"

如琴也是老糊涂了，她叹了口气说："唉，杀害伊屠智牙师的凶手查出来了，竟然是呼都尔尸道皋大单于……"

当金珠突然意识到什么的时候，已经晚了！

只见子蝉大喊一声："啊呀！"

子蝉奔到毡榻旁，看到外婆的脸上挂着泪水，母亲的眼睛也红红的，他一把抓住母亲的手问道："母亲，这是真的吗？伊屠智牙师舅舅果真是被那舆杀害的吗？外婆，你说句话呀！"

王昭君和金珠母女俩相互看了一眼，深深地叹了口气，谁都没有说话。

子蝉见状，转身就往外走，说："好，你们不说，就当是默认了，我这就找他索命去！"

金珠一把拽住子蝉，说："儿啊，不可莽撞！"

子蝉顿足道："母亲，你放开我！"

这时，王昭君说话了，她对子蝉说："孩子，你也不小了，听外婆的话，等外婆把事情弄明白后我们再做打算，如何？"她转身又对金珠说：

"金珠，你把那个流浪汉给我找来，我要当面问个明白。"

一连几天，草原上的绵绵细雨一会儿大一会儿小，像一张扯不开撕不烂的网，笼罩在人们的头顶上，淋得人心里都快要发霉了。

金珠站在寝帐门口望着灰蒙蒙的天空，盼着天快点晴起来；子蝉则坐在寝帐的一角，霍霍地磨他的径路刀。这把刀说起来话就长了，曾是呼韩邪单于当年用过的，后来传给了雕陶莫皋，又传到了伊屠智牙师的手上。伊屠智牙师遇害之后，王昭君将这把径路刀亲自交给了云的儿子奢，嘱咐他将来为舅舅伊屠智牙师报仇，谁知道大仇未报，奢竟然先去了。当初，还是在子蝉逃离长安的时候，奢将身上佩带的这把刀塞给了他，说万一自己遭遇什么不测，报仇的事就交给弟弟了！子蝉当时就有种不好的感觉，他说什么也不肯收下，奢硬是给他挂在了腰间，说："子蝉弟弟，这样吧，权当你给哥哥收着，我回去后你再还我不就是了！"没想到他俩这一分手竟然成了永诀。

霍霍的磨刀声让金珠感到心烦，她回过头对儿子说："子蝉，没来由的你磨那刀做甚？"子蝉不作声，用拇指肚试试刀锋，然后将上面的水渍擦拭干净，小心地插入刀鞘。

金珠发现，从昨天开始，子蝉的话陡然少了，而且一副心事重重的样子，这可不好。子蝉虽然已经十三岁了，可这样的年纪也正是容易犯浑的时候，万一做出什么浑事来自己可如何向丈夫交代？

当于狐鹿是匈奴的一位将军，驻守在距离单于庭四百里地的西北角上。金珠本来是和丈夫在一起的，自从姐姐一家出事后母亲的身体就大不如前了，金珠只好过来陪伴母亲。

金珠轻轻地从儿子手中拿过那把径路刀，哄劝道："子蝉，这宝刀母亲且给你收着，你快去看看外婆吧。"

子蝉望着母亲的眼睛，说道："母亲，你以为子蝉还是个不晓事的孩子吗？"说着，眼睛竟有些潮润。

昨天夜里，刮了整整一夜的风，早晨的时候，天终于晴了。

看到天晴了，金珠忙准备了些肉干和奶酪之类的食品，又拿了几件整齐的衣服，胡乱塞进一只羊皮口袋匆匆地出了王庭。

金珠到枳芨滩后跳下马来，四处张望，并不见那个流浪汉。金珠心想，莫非那汉子在诳我？金珠想到这里，不禁有些气恼，她将手中的缰绳丢开，任那马在草地上吃草，自己拎着那只羊皮口袋向枳芨滩的深处走去。

也难为金珠伊墨的千金之体了，这要是在汉地，别说是公主了，就是有钱人家的大小姐也是大门不出二门不迈的。金珠是匈奴女人，比起汉地公主的精致来，匈奴女人就显得粗放多了。

金珠拨开茂密的枳芨丛哗哗地向里面走着。这枳芨草是多年生宿根植物，一墩连着一墩，茂密的枝条像一簇簇箭杆密密匝匝地长在一起，有五六尺高。虽然每根枝条粗细不及筷子的一半，但这东西非常有韧性，汉人用它编筐做扫帚，编成草篱笆盖房子。可这是匈奴人的地界，匈奴人并不用它做什么，所以就一任它年复一年地长着、荒着，直长成了一片连天连地的枳芨滩。

金珠走着走着，蓦地站住了，她的眼前出现了一座像穹庐一样的东西，圆圆的，不大，看上去却结实，细看，竟然是用枳芨草做成的。金珠心想，这莫非就是流浪汉海力图的家吗？掀开用枳芨草编的帘子，里面空空的，地上铺着一层干草，上面是一张烂羊皮……金珠将手上的口袋丢在地上，转身走了出来。

其实，金珠并不知道，流浪汉海力图就躲在离她不远的地方。海力图听到一阵急促的马蹄声向枳芨滩这边驰来，已经猜到可能是金珠伊墨来了，于是飞快地躲进了枳芨滩的深处。倒不是他对这位公主有什么戒心，而是担心会有人尾随而来，自己这条命横竖是不值钱的，但他终究是个活证，伊屠智牙师死得太冤，要是这个秘密不能大白于天下，他海力图死不瞑目。

金珠没有找到流浪汉海力图，她留下些干粮正准备离去，忽听得身后的枳芨丛一阵唰啦唰啦的轻响，金珠以为碰上什么野兽了，她机敏地抓过斜挎在身上的弓箭，再看时，从枳芨丛中钻出来的却是海力图。

金珠道："你跑哪儿去了，让我这个好找！"

海力图歉意地笑笑说："对不住了金珠伊墨，我不得不防啊！"

金珠问道："你说什么？你千辛万苦地找到了我，如今又防着我，你究竟什么意思？"

海力图连忙解释说："你误会了，我不是防你，是怕你被别人跟踪。金珠伊墨，下面该怎么办，你吩咐吧，我听你的就是。"

这天傍晚，金珠从外面回来时，她的身后跟着一个三十多岁的男人，这男人的额头和脸上涂抹着乌黑的草灰，以致看不出他本来的面目了。路上，有人问金珠这个丑八怪是什么人，金珠说是为母亲找来做杂役的。

当天夜里，在金珠的安排下，王昭君在自己的寝帐里秘密地召见了海力图。寝帐里没有别人，除了王昭君外，只有金珠、子蝉和老侍女如琴。

海力图进来后，忙上前施礼道："见过宁胡阏氏。"

王昭君打量着眼前的这个人，禁不住有些唏嘘。唉，昔日的武士今天竟然沦落到这步田地，于是上前将海力图扶了起来，说："起来吧孩子，让你受苦了！"

望着这个母亲，海力图的眼眶里不由得蓄满了泪水。她是那样慈祥、那样温厚，可是她的眼睛里却含着一丝忧伤。唉，谁说不是啊，人活在世上，有什么能比失去自己的孩子更令人心痛呢，可怜的老妈妈……

这时，王昭君问道："孩子，我听我的女儿说了，你叫海力图，是吧？"

海力图忙应道："是的，我叫海力图。"

王昭君又问道："海力图，你说是呼都尔尸道皋杀害了伊屠智牙师，你可有证据？"

海力图说："宁胡阏氏，我海力图死里逃生活到今天，又千辛万苦地找到你们，我就是为了来做证的。老妈妈，我就是证据！"

这时，王昭君叹了一口气，说："唉，孩子，说说当时的境况吧。"

海力图望着宁胡阏氏满头的白发，他脸上掠过一丝痛苦的表情，思绪又回到了一年前的那个夜晚……

"那天晚上，右贤王舆带着我们一干人马来到狼居胥山下，说是要迎接伊屠智牙师从汉地归来。他们兄弟俩见面后，伊屠智牙师显得特别高兴，那天他们喝了不少酒。后来我才知道，害死伊屠智牙师的正是那酒，那酒里有毒……那天晚上，右贤王也喝了不少，还拉着伊屠智牙师说了不少贴心的话，到半夜的时候大家都醉了。

右贤王平时是不允许我们喝酒的，那天晚上却破了例，我们这些兵士好不容易喝一回酒，也就顾不了许多，直喝得东倒西歪、一个接一个地倒了下去……这时，我看到伊屠智牙师捂着肚子蜷缩在那里，很难过的样子……"

王昭君颤声问道："那……你听到他说了些什么吗？"

海力图道："听到了，伊屠智牙师大睁着眼睛，一字一句地对右贤王说，九哥，我千里迢迢从汉地回来，就是为了辅佐你的，只要咱弟兄们同心协力，匈奴一定会强大起来的，九哥……"

听到这里，王昭君心里一疼，她呻吟道："我的儿啊……"接着便泪流满面了。

子蝉一步跨到海力图面前："我问你，舆喝那酒了吗？"

海力图说："喝了。"

子蝉又问："那他为什么没有死？"

海力图说："老妈妈，右谷蠡王与那舆喝的并不是同一囊酒……那天夜里几乎所有人都中毒了，只有舆没事。"

子蝉一把抓住海力图的前襟，厉声道："那你呢？你为什么没有死？"

海力图叹息了一声："唉，本来是死了，后来又活了过来。"

金珠插话道："究竟是怎么回事，你快说！"

这时，王昭君对如琴说："你去端碗水过来。海力图，别急，先喝口水，你慢慢说。"

喝完水后，海力图接着说道："我这人天生不胜酒力，所以只是尝了尝，并没有喝多少。当我看到伊屠智牙师中毒后，去问右贤王酒里是不是有毒，右贤王舆为了灭口，他给了我一刀……天快亮的时候我慢慢地醒了过来，当我挣扎着爬起来时才发现山洼子里到处是死人，伊屠智牙师死了，所有的弟兄们都死了，却唯独不见了右贤王舆……"海力图说着，解开身上的破衣裳，肚子上有一处鸟蛋大的疤痕。

王昭君又问："海力图，你可知道，我的伊屠智牙师最后还留下了什么话吗？"

海力图说："我隐约听到伊屠智牙师王子一声声地叫着右贤王说，九哥，为什么，你为什么要这样，我们是兄弟啊九哥……"

王昭君心如刀割，她的身子晃了晃，一把抓住如琴，硬是没让自己倒下去。

海力图退过一旁，说："宁胡阏氏，我说完了。"

王昭君将手搭在如琴的肩膀上，来到海力图的面前，她说："海力图，你看着我。"

海力图抬起头来，他看到的是一双虽然饱经风霜但依然明澈的眼睛。

王昭君盯视着海力图说："孩子，你听着，如果让你与那呼都尔尸道皋对质，你敢吗？"

海力图大声道："我敢！"

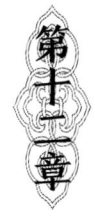

第十一章 家国天下

如果有一天我离开人世,就把我葬在阴山脚下吧。在那里我向南可以看到汉家山水,向北可以回望匈奴草原,这是两块让我牵挂了整整一生的土地啊……

第十二章

家国天下

须卜良这几日没有闲着,他知道呼都尔尸道皋若缇单于虽然不得人心,但他在单于庭还是有些实力的。若想凭自己的能力将呼都尔尸道皋若缇单于扳倒不是一件容易的事,必须从长计议。

夜里,燃起一盏羊油灯,须卜良独自坐在寝帐里苦思冥想……忽然,须卜良想到了一个人——乌珠留若缇单于的儿子左日逐王莫昆。

须卜良和莫昆私交甚好,对于莫昆这些年的心思他须卜良是太明白了,莫昆想登上大单于宝座都快想疯了。乌珠留若缇单于死后莫昆本来是有机会登上单于宝座的,岂料右骨都侯须卜当扶助咸当上了大单于,咸是莫昆的叔叔,自然是无话可说。咸死后,大单于的位子又被那舆坐了上去,依然与莫昆无关。此时的莫昆不淡定了,何况那舆心胸狭隘,时时处处想压着莫昆一头,这就让莫昆忍无可忍了。莫昆仗着自己驻守的匈奴南部,兵强马壮、粮草丰裕,便生出了谋权篡位之心。这一切都没能逃出单于庭执事大臣须卜良的眼睛。

须卜良想到这里时兴奋不已,他高声叫道:"来人呀,将我从汉地带回的好酒拿上来,我要痛饮三杯!"

须卜良拿定主意之后，径直前往呼都尔尸道皋若缇大单于的住处。

此刻，呼都尔尸道皋若缇单于的寝帐里歌舞弹唱好不热闹。呼都尔尸道皋若缇单于坐在几案旁敞胸露怀、醉眼迷离；十几个大宛的舞娘身着五彩绣衣，围着呼都尔尸道皋若缇单于跪坐在地毡上，随着乐曲舞动着柔软的双臂和丰腴的腰身，眼角眉梢都飘着妩媚。呼都尔尸道皋若缇单于望着舞娘们柔弱无骨的腰身，呵呵地笑着，被迷得神魂颠倒。

须卜良走进来说："须卜良见过大单于！"

呼都尔尸道皋若缇单于高声叫道："须卜良，来得正好！快过来喝酒！"

须卜良婉言道："谢过大单于，臣今早起来身子有些不适，这酒就不喝了。"

呼都尔尸道皋若缇单于打断须卜良的话，大声道："那就来吃肉！有熊掌，有狍子，这是昨天送来的鹿肉，非常鲜嫩。来，尝尝！"

须卜良笑着说："单于，家里捎话来说老父亲病了，要是单于庭没什么事情的话，我想回去看看。"

呼都尔尸道皋若缇单于听了，连想都没想就摆摆手说："去吧去吧。"

须卜良拱手道："谢单于。我快马加鞭回去看看，若父亲的病无甚大碍，须卜良尽快返回便是。"

呼都尔尸道皋若缇单于说："须卜大人你不用着急，既然回去了就多住几天！"

不等须卜良回话，呼都尔尸道皋若缇单于便朝着那些乐手们拍拍手，鼓乐又响了，舞娘们扭动着丰腴的身子又舞了起来。

须卜良从呼都尔尸道皋若缇单于的寝帐出来后，备了一匹快马，只带了两个随从，三人三骑飞快地离开了单于庭。

呼都尔尸道皋若缇单于之所以这么痛快就准了须卜良的假，一则是因为匈汉关系暂时缓解，单于庭似乎没什么要紧事可做；二则是因为须卜良这个人婆婆妈妈的，一天到晚总在耳朵旁嗡嗡，事情多的好像一辈子都做不完，就是吃顿酒也不得安生，但愿他多走几日才好，耳根子清净！

须卜良走后，呼都尔尸道皋若缇单于吃着肉，喝着酒，望着舞娘们跪在自己面前摇来摆去的憨娇模样，舒坦得浑身的骨头缝儿都松开了，他高兴地大喊道："酒来！肉来！"

自那天晚上见过海力图后，王昭君平静了多日的心又涌起了波澜，无论白天夜晚，儿子的声音总是不时地在她的耳边响着："九哥，我们是兄弟啊，为什么要这样……九哥……"

每每想起儿子那双无辜的眼睛，王昭君心痛欲碎，她叹息自己虽然贵为匈奴的一代母后，却连自己的孩子们都保护不了，自己还算什么母亲？王昭君坐在昏暗的羊油灯前，想一阵哭一阵，哭一阵想一阵，就连聪明的如琴也不知该怎样劝慰她才好。

王昭君在灯下独自伤神的时候，金珠的寝帐里却是另一番情景：金珠正与子蝉剑拔弩张地对峙着——子蝉的手里握着那把径路刀，像头小豹子似的喘着粗气；金珠则堵在门口，一双手紧紧地拽着子蝉的胳膊。俩人喘息着谁都不说话，看得出来，他们手上都在暗暗较着劲。

金珠和云虽然是一母同胞，但她俩的性情却截然不同。云小的时候喜欢诗文书画，长大后更喜欢与母亲探讨一些国政大事；而金珠在三四岁的时候就跌跌撞撞地跟在父亲雕陶莫皋身后，看父亲和叔叔们摔跤习武、骑马射箭，稍大一些，雕陶莫皋干脆将她扶上马背任由她在草原上驰骋。金珠不愧是雕陶莫皋的女儿，待她长到十六七岁时，对付两三个精壮的匈奴汉子已经不是什么难事了。金珠说自己是匈奴的女儿，天生就该在草原上摔打才是。有了儿子后，金珠便将全部心血都用来教习子蝉。子蝉天资聪颖，又秉承了父母的遗传，是同龄孩子中的佼佼者。因此，眼下母子俩僵持着，还真有些势均力敌的架势。

见母亲不放自己出去，子蝉倔强地说："母亲，你让我出去！"

金珠厉声道："不行！你这孩子，太不懂事了！"

子蝉说："我要为伊屠智牙师舅舅报仇，有什么不行？"

金珠喝道："你以为你报得了这个仇吗？"

子蝉说："哼，我没想到母亲竟然如此懦弱！"

听儿子这样说，金珠真的生气了。她的手上稍一发力然后往前一送，子蝉没有防备，顿时噔噔噔地向后退了几步。子蝉愣怔了一下，随即扑了上来，金珠见状抬起胳膊肘轻轻一撞，子蝉便扑通一下坐了个屁股蹲儿。

子蝉没想到母亲会来这一手，他气恼地叫道："母亲！"

金珠忙伸手拽起儿子，心疼地说："儿子，你还小啊，就凭你现在的身手，莫说你一个，就是十个也不是舆的对手。你若一意孤行，非但报不了仇，我们全家都得搭上性命。再说了，你父亲在边地驻守多年，早就盼望着我们过去团圆，你要是出了事，叫我如何向你父亲交代？"

子蝉急道："那……舅舅难道白死了不成？"

金珠道："子蝉，你听着，若报仇不成再惹出什么事端来，你的父亲和我还有外婆跟着你受牵连小，你年纪轻轻要是有个三长两短，你叫母亲可怎么活啊……"金珠说着，眼眶里蓄满了泪水。

子蝉见状，沉默良久，愧疚道："母亲不必难过，子蝉知错了，子蝉不给母亲惹事就是了。"说完便往后面去了。

金珠心里清楚，母亲知道了伊屠智牙师被害的真相后，一定非常痛心，但母亲是个心里装着家国天下的女人，这件事究竟该如何处置，她一定比谁都明白。想到这里，金珠吩咐厨房里的人做了几样小菜，然后往母亲那边去了。

王昭君正坐在毡褥上想心事，见金珠款款地走了进来。金珠的身后跟着一个侍女，侍女的手上拎着一个食盒。

看见母亲，金珠故意做出一副笑吟吟的模样说："母亲好悠闲，这半日可把女儿给忙坏了！"

王昭君问道："你忙什么呢？"

金珠从侍女手中拿过那个食盒，打开后，里面竟然是几样可口的小菜和一钵热乎乎的莲子粥。金珠说："这莲子粥呢，自然是母亲爱吃的，这几样小菜可就不简单了。"

王昭君也笑道："噢，是吗？"

金珠接着说："您看这小蘑菇，是我和侍女们一大早踏着露水在草地上采的；这盐水鸟蛋呢，是子蝉骑马跑到很远的水泡子旁捡的；还有这野蒜，是我昨日采回来细细地洗净又细细地切碎，然后装在陶罐儿里腌制而成的。母亲尝尝看，味道很鲜呢！"

金珠的一席话把王昭君说得高兴了起来，她嗔道："你这张嘴呀，就跟抹了蜜似的，什么事让你这么一说，就显得受听多了！"

金珠笑道："哎呀母亲，人家真是特意来孝敬母亲的嘛！"

王昭君笑道："好，好，母亲心领了。"

这时，只见金珠从食盒的最下层捧出一个精致的小陶罐儿来，说："母亲，这儿还有呢，这是当于将军派快马给您送来的杏仁奶酪，您快尝尝！"

王昭君诧异道："奶酪倒寻常，这杏仁奶酪就稀罕了。女婿是从哪里寻来的杏仁？"

金珠说："当于说是一个汉人朋友带过来的，这杏仁奶酪也是那位朋友教他做的。"

王昭君一听二女婿这么有心，禁不住又是一番感慨："唉，那么武大三粗一个汉子，远天远地的还惦记着母亲，也真难为他了。"

王昭君接过女儿手中的陶罐，只见那杏仁奶酪细腻嫩滑，就像家乡秭归的水豆腐，她舀了一小勺搁进嘴里品着，赞叹道："香，好吃！虽说只是加了点杏仁，但味道就大不一样了！"

王昭君忽然孩子似的喊道："如琴，快来！你看这么多好吃的东西，快来尝个稀罕！金珠，你别说，母亲还真有点饿了。"

金珠也高兴地说："那母亲就多吃点，好歹是女儿女婿的一份孝心嘛！"

金珠说着，眼睛不由得湿润了。自从得知哥哥被害的真相后，母亲已经好几天没怎么正经吃饭了，于是她就变着法儿地弄来几样吃食，谢天谢地，母亲终于肯吃东西了。

夜深了，王昭君和如琴坐在灯下准备着明日祭奠用的祭品。王昭君说她要按照汉人的习俗去祭奠她的孩子。

如琴唯恐王昭君累着，便关照说："姐，你去歇息吧，剩下的事我来做。"

王昭君说："我不累，如今，能为孩子做的，也只有这点事了。"说着，眼眶里隐约绽着几点泪光。

如琴见状，忙把话头引开了："姐，夜里凉，要不我去端个火盆过来？"

王昭君说："倒也不觉着冷，你把那件夹袍子给我披上就行了。"

王昭君认真地准备着祭品，一盏奶酪，一盏烤肉，一盏糜粥，还有一些子蝉特意从山上采来的野果子。她对如琴说："如琴，咱俩已经是风烛残年的人了，没想到还要为孩子做这种营生。唉，白发人送黑发人，不该啊……"

如琴劝慰道："姐，人生不如意事十之八九，一家有一家的难处。姐，咱不想那么多了，当心伤了身子。"

王昭君缓缓说道："能不想吗？儿是娘的心头肉啊！小时候，孩子们的指头上扎根刺儿，当娘的都扯心扯肺地疼；好不容易盼得他们成人了，却又早早地走了。如琴，姐姐无用啊……"

如琴说："姐姐，你心里装的是匈汉两国的百姓，你是心里有大爱的人，是天下第一的好母亲呢！"

王昭君眼里含着泪道："如琴，快别说了，老姐姐的心里都要痛死了……"

第二天一早，天气出奇地好，天蓝云白，太阳亮堂堂的，草原上没有一丝风。王昭君吩咐下人套好了马车，又吩咐海力图将头天晚上准备好的祭品搬出来装在车上，接着对如琴说："我们上车吧。"

海力图有些迟疑地说："夫人，您要去的地方少说也有百十里地，可是您……行吗？"

王昭君平静地说："我们家乡有句话说，'山高高不过太阳，路长长不过脚板'。走一程就近一程，上路吧！哦，还有，海力图，无论什么人盘问，你只管不作声，一切有我呢。"

海力图应道："知道了，夫人。"

王昭君和如琴上了车，海力图赶着马车向王庭外走去。

马车来到王庭门口的时候，只见两排武士将手中的弯刀一横，厉声向海力图喝道："干什么的？车里是什么人？"

海力图遵从王昭君的嘱咐，傻呵呵地站在那里，不作声。

就在这时，只见车帘儿一挑，如琴从里面探出身子道："今儿个天气好，宁胡阏氏想到外面去散散心。"

武士收起弯刀，笑笑，示意他们过去。

车子行驶在草原上，车轱辘碾过坚硬的车辙，发出咯愣愣的声音。马车两旁的草地上牧草长得很茂密，王昭君望着绿油油的草地感叹道："牧草长得这样好，看来匈奴今年又是个好年景了！"

如琴说："姐姐，你我都是这把年纪的人了，你就别操那么多心了。"

王昭君说："唉，我就是个操心的命，一辈子了，改不了啦！如今细想想，只有稽侯珊和雕陶莫皋父子在世的时候过了几年清净的日子，自他们走后，我这心里就再没有安闲过了。"

如琴见状，笑着说："姐姐是思念两位单于了吧？"

王昭君苦笑了一下，说："唉，什么思念不思念的，或许用不了多久，我们就能见面了……"

车子正走着，忽听得后面传来一阵急促的马蹄声。如琴探出身子向后望了一阵，回过身来说："姐姐，是两乘两骑，看不太真切，恍然看着像是金珠姑娘和子蝉。"

王昭君说："不用管他们，咱们走咱们的。"

说话间，后面的那两乘两骑追了上来，果然是金珠母子。

金珠骑在马上与马车并行着，大声喊道："停车！快停车！"

海力图只好将车停了下来。

金珠跳下马，一把撩开车帘，只见母亲端坐在车里，她大声问道："母亲，这是要去哪里？"

王昭君温和地说："回去吧，金珠！母亲就是出去走走，你不用为母亲担心。海力图，我们走吧。"

金珠一把拽住缰绳，急道："母亲，就算不用我担心，可我总该知道你们这是要去哪儿吧？"

王昭君望着远处的山峦没有说话。

如琴道："孩子，你们回去吧，夫人是想让海力图带着去那个地方看看。"

金珠明白了母亲的心思，说："母亲，事情已经过去一年多了，您纵然到了那里又能怎么样呢？再说，就这车子，恐怕天黑你们都到不了，母亲的身子怎么能受得了？"

王昭君道："你哥哥伊屠智牙师死不瞑目啊，我一定要过去看看。"

金珠劝道："母亲，哥哥要是知道您这么辛苦，他一定会心疼的。"

王昭君说："金珠，母亲心意已决，你不要再说了。你若跟我们一起走，母亲自然高兴；你要是回去，母亲也不拦着。"

金珠说："瞧母亲说的，金珠和子蝉自然是要陪伴母亲左右的。可是母亲，我是说这一来一回最少也要三四天的工夫，单于庭那边……"

王昭君说："金珠，你就放宽心吧！那个舆呀，整日快活还来不及呢，哪里还会关注我这个老太婆？再说我昨日已与那执事大臣打了招呼，说我要去看望一个故旧，怕是要走三五日，让他们不必担心。"

金珠道："还是母亲安排得妥帖，那就没什么可担心的了，咱们走吧！"

王昭君唤道："海力图，我们走！"

当王昭君一行赶到伊屠智牙师当初遇害的山谷时，已经是第二天下午了。山谷的入口处杂草丛生，若不仔细察看几乎很难发现。

海力图手握一把砍刀在前面开路，金珠搀扶着母亲跟在后面磕磕绊绊地走着，子蝉扶着如琴婆婆走在最后。

大约走了半个时辰，忽然海力图站住不走了，只听咕咚一声，海力图跪在了地上。

王昭君抬眼望去时，她呆住了，只见眼前一具具尸骨横七竖八地倒在地上。

王昭君颤声唤道："虎儿……我的虎儿在哪儿啊……"

海力图站起来，在尸骨间小心翼翼地辨认着，最后在一块巨石前站住了，巨石旁是一具蜷缩着的白骨。

海力图低声道："夫人……"

王昭君默默地走过去，在那具尸骨前坐了下来，颤声唤道："虎儿……"

如琴早已哭得不成样子了，她跪在地上边哭边从食盒里取出几样果子摆在石头上，又取出一些肉干和奶食，接着点燃了两个灯盏，然后又斟了一碗酒。

金珠扶着儿子站在母亲身后，泪水不断地涌流着。

天边，大朵大朵的乌云翻滚着向这边涌了过来。

王昭君略略平复了一下情绪，唤道："虎儿，母亲来看你了……你在那边过得好吗？母亲知道你父王和雕陶莫皋他们会关照你，可你走得太早，白发人送黑发人，母亲心疼啊……虎儿，你知道吗，为了匈汉大业，你的妹妹云走了，须卜当走了，奢儿也走了，母亲有一肚子的话要对你们说啊……你们若在，母亲现在何至于如此孤单？"

王昭君又道："虎儿，害你的仇人找到了，母亲做梦都没有想到竟然是那天杀的舆……自古道'杀父之仇，弑子之恨'，这是世间最不能化解的仇恨，仇人找到了，可是母亲却陷入了两难。几天来，子蝉磨刀霍霍闹着要向舆去寻仇，要不是金珠拦着，怕是早闹出人命了……就算子蝉不动手，这事若是让金珠的夫婿当于将军知道了，那火暴性子说不准啥时候就会点起一彪人马向单于庭杀来……按理说杀人偿命欠债还钱，可是虎儿，事情并不是那么简单呀。匈汉之间经历了多年的对峙和动荡，近日好不容易安定了下来，那舆虽然暴戾，但他毕竟是一国之君，若是把他杀了，单于庭怕是要大乱了……单于庭乱了，匈奴难免又起战火，战火一旦烧起来，周边的敌国必定会乘虚而入，那时候，百姓就又要受苦了……可是话说回来，要是不杀舆，难道我们就这样忍了不成？虎儿，你说母亲该如何是好？"

说来也怪，刚才头顶上黑压压的云层，这时竟然绽开了一道缝隙，一缕阳光豁朗朗地透了下来，十分耀眼；紧接着便起风了，大朵大朵的云彩跑马一般迅疾地向东边移动着，须臾间，天晴了。

这时，王昭君对海力图说："海力图，我让你带的东西带来了吗？"

海力图从怀里掏出一个软羊皮口袋，蹲下身子说："夫人，还是我来吧。"

王昭君不肯，她坚持要亲自为伊屠智牙师收拣尸骨。她坐在儿子身边，一字一泪地说道："虎儿，母亲来接你回家了……原本他们不让我来，可母亲不甘心，我不能让我的儿子就这样暴尸荒野，母亲今日就接你回家……"

王昭君边拣着儿子的尸骨边哭道："虎儿，母亲做梦也没有想到，会以这样的方式接我的儿子回家，母亲的心疼死了……虎儿，你是个仁慈的孩子，你一定不愿意看到匈奴再起战火……如果今后母亲做了什么你不如意的决定，你不要怨母亲……"

离开山谷之前，王昭君吩咐海力图和子蝉用树枝和杂草将其余尸骨遮盖停当，她说这些孩子是跟着伊屠智牙师被冤死的，可怜啊！

四天后，王昭君一行回到单于庭时，天已经黑透了。连续奔波了好几天，实在是累坏了，王昭君吃了点东西后感到乏困得厉害，正要休息，有人来禀告说："乌达牙师求见！"

王昭君心里纳闷："这孩子来干什么？"遂吩咐道："今儿我乏了，

让他明天再来吧。"

来人说："乌达牙师说有要紧事情，非今天面见宁胡阏氏不可。"

王昭君挣扎着坐起来，说："既是这样，就让他进来吧。"

乌达牙师进了寝帐后扑通一下跪在了王昭君的面前，说："婆婆，孩儿这么晚了过来打搅，实在是有要紧事情禀告。"

王昭君问道："孩子，不必拘礼，有什么事情起来说吧。"

乌达牙师看看左右，欲言又止。

王昭君对如琴说："如琴，你带大伙先下去吧。"

待人们都出去后，乌达牙师急切地说："婆婆，大事不好了！"

原来，须卜良与左日逐王莫昆会见时密谋的事情，让莫昆的一个侍从听到了，而这个侍从与乌达牙师是从小结拜的兄弟。于是，这个侍从将须卜良和莫昆秘密约定的事情告诉了乌达牙师，他说须卜良和莫昆已经约好要在蹛林大会的时候杀掉呼都尔尸道皋若缇单于，然后另立莫昆为新单于！

乌达牙师听到这个消息后十分震惊，本来他想去禀告父亲，但又考虑到以父亲的脾气一旦知道了事情的原委一定会在单于庭大开杀戒，那样的话单于庭必然会血流成河。乌达牙师和他父亲不同，他不仅懂事还是个粗中有细的年轻人，紧张之余他想到了宁胡阏氏，于是便急急地赶了过来。

王昭君听了乌达牙师的述说后顿感事情重大，这还了得，这是要造反啊！

王昭君严肃道："孩子，你说的话可当真？"

乌达牙师道："千真万确。"

王昭君沉吟道："看来今年的蹛林大会不同寻常啊！"

乌达牙师道："婆婆年事已高，按说这时候我不该来打搅婆婆，可我真不知该如何是好了。"

王昭君安慰道："孩子，难为你这时候还能记起婆婆。这样吧，你先回去，容婆婆好好想想。记住，你刚才那番话对谁都不能讲了，做得到吗？"

乌达牙师点点头道:"婆婆,我记住了。"

乌达牙师走后,王昭君飞快地思索着这几日发生的事情,心里慌慌的,山雨欲来风满楼啊,他们终于要动手了!王昭君在地上踱来踱去,竟然一点睡意都没有了。

如琴走进来关切地问道:"姐姐是身子不适吗?"

王昭君摇摇头说:"如琴,你今日也乏了,先去歇息吧!我想一个人待会儿,有些事情得好好捋捋才是。"

整整一个晚上,王昭君的脑子里想来想去就那么几串字:莫昆、须卜良、呼都尔尸道皋、伊屠智牙师……国事、家仇、江山社稷、百姓安乐……看似简单的几个字,却千丝万缕地纠缠在一起,轻易动哪一个,后果都不堪设想,这……该如何是好呢?

三星西斜之后,整个单于庭都安静了下来,一座座牛皮大帐里的羊油灯也相继熄灭了。可王昭君却在自己的寝帐里度过了一个长长的不眠之夜。

第二天一早,王昭君打发人将乌达牙师叫过来,如此这般地嘱咐了一番,乌达牙师去了。王昭君又将女儿金珠叫了过来,并将昨天夜里已经想透彻的事情对女儿说了一遍。金珠听后满眼含泪,哽咽道:"母亲说得有道理,一切依母亲就是了,只是哥哥的大仇……"

王昭君抽出丝帕,轻拭着女儿脸上的泪水,笑道:"好啦,好啦,别难过了,过来陪母亲吃早饭吧,母亲委实是饿了。"

金珠眼里含着泪花道:"母亲,女儿能做些什么?"

王昭君说:"先吃点东西,然后飞马去见你的夫婿当于将军!"

金珠诧异道:"母亲,你怎么想起……"

王昭君又说:"金珠,当于将军委实是个急脾气,你去了之后,关于哥哥伊屠智牙师的事,要好言安抚;关于须卜良与莫昆的事,要和风化细雨般慢慢浸透给他。你告诉他说,母亲知道他是个刚正不阿的匈奴汉子,眼睛里揉不得一粒沙子,可是为了匈奴的长治久安,咱的一己委屈就算不得什么了。闺女,你见了你的夫君当于将军后,一定要动之以情晓之以理，好好说话，万万不可急躁。你对当于将军说，他本就是匈奴的栋梁，这次事情成败与否，母亲全仰仗他了。"

金珠应道："母亲，女儿知道了。"

几天后，须卜良接到一封请柬，当于将军邀他到草地上去做客，说草地上的芍药花开了，羊儿也肥了，邀请他前去赏花、饮酒、吃肉。

须卜良欣然前往。

草地上，十几顶雪白的毡帐像雨后的大蘑菇一般镶嵌在绿莹莹的草地上，十分养眼。不远处，芍药花开得如雪如胭，须卜良看了心中好不高兴，他乐呵呵地对当于将军说："守着这么一块风水宝地过日子，当于兄你好福气啊！"

当于将军笑着将须卜良请进一顶毡帐，令须卜良没有想到的是王昭君竟然端坐在那里，金珠、子蝉等也在。

须卜良当即一惊，随即又笑道："宁胡阏氏何时到的，我怎么不知道？"

王昭君笑道："我也是昨日刚到。我女婿当于将军孝敬我来赏花饮酒，我得承领孩子们的这份孝心啊！"接着，王昭君便话里有话地问道："须卜良，这几日心情可好？"

须卜良不知王昭君问话的意思，笑了笑，应道："托您的福，还好，还好。"

王昭君又道："日子过得真快啊，转眼间一年一度的蹛林大会就要到了，到时候须卜大人免不了又要忙些日子了！"

须卜良心里一惊，不明白王昭君此刻为何要提起蹛林大会，莫不是这老太太听到了什么风声？

须卜良小心回答道："忙自然是会忙些，无妨，无妨。"

王昭君满面慈祥地端坐在那里，微笑着，给人一种不怒自威的感觉。

这时，左日逐王莫昆在十几名兵丁的簇拥下也走了进来，当他看到须卜良的时候，脸上掠过一丝不自然的表情。

莫昆环视了一下毡帐里的所有人，略微镇静了一下，说："哦，大家都来了！婆婆一向可好？"

王昭君笑道："好，好！大家快入席吧！"

很快，几大钵鲜嫩的羊肉端了上来，当于将军乐呵呵地说："大家动手吧！这可是最新鲜的羊肉，很肥嫩呢！"

王昭君这时也说："大家不必拘礼，今天当于将军请你们来就是赏花、饮酒、吃肉，大家只管大块吃肉大碗喝酒，有我女婿当于将军保护着，没人敢在这里对你们无礼。"

左日逐王莫昆不屑地说："母后此话差矣，我是左日逐王莫昆，我带来的六十名侍卫个个强健，谁敢对我不恭？"

王昭君并不直接回答莫昆的话，她转身对须卜良说："须卜大人，这是在我女婿当于将军的地盘上，如果有谁心怀不轨，定然会死无葬身之地，你说是吗？"

须卜良应道："宁胡阏氏说的是。"

左日逐王莫昆也尴尬地应道："婆婆说的是。"

须卜良无意间向毡帐外望了一眼，隐约看到外面的草丛中有不少刀尖闪着寒光，于是偷着给左日逐王莫昆递了个眼色，似乎在说：今天这餐饭怕是不好吃啊！

王昭君继续说道："今天在座的都不是外人，莫昆是已故单于囊知牙斯的儿子，须卜良又是我大女婿须卜当的堂弟；既然大家都沾亲带故，所以我们叙话就如同在家里一般，谁也不必拘着什么。"

左日逐王莫昆附和着说："婆婆说得有理。"

王昭君说："我们汉家有这样一句话——若要人不知，除非己莫为。别看现在单于庭表面上风平浪静，说不定此时已经是暗流涌动了。你说是吗，须卜大人？"

须卜良从王昭君的语气中嗅出了异样的味道，他说："宁胡阏氏何出此言？"

王昭君笑笑说："咳，我也是随便说说。罢了，罢了，来，大家快吃肉，凉了就不好吃了！"

看到王昭君坦然的样子，须卜良心里不禁有些紧张。

这时，金珠开口对丈夫说："嗨，当家的，你既是请大家来吃肉赏花的，这有肉没花算怎么回事，不如我们到草地上去，边赏花边吃肉如何？"

大家都说这个主意好，于是将筵席移到了离毡帐不远的草地上。

须卜良和左日逐王莫昆这一餐饭吃得如坐针毡。

绿莹莹的草地上，一蓬蓬的芍药花开得如胭如雪。阔大的几案上，肥羊、美酒香气袭人。

王昭君感叹道："多么好的天气啊！来，大家吃着，喝着。如琴你去把我的琵琶拿来，须卜良与莫昆难得和大家吃顿饭，今天高兴，我来为大家添点兴致！"

如琴拿来了琵琶，王昭君感叹道："唉，多年了不曾抚琴，肯定弹不好了，若聒噪了两位贵客，还请见谅。"说着，王昭君便不慌不忙地弹了起来，琴声真挚恳切，既像是在拉家常又像是在规劝迷途的孩子，让人不由得心有所动。听着母亲的琴声，金珠想起了哥哥姐姐，如若他们在世，今日自己何至于如此孤单？想到这里，眼眶里禁不住弥漫了一层泪水。

一曲终了，当于将军等喝彩道："母后弹得真好，孩儿们愧领了！"

王昭君接着话茬说："今天喝了两杯酒，有些骄狂，让大家见笑了。虽然大家同在龙城住着，但像今日这样的相聚却不多，所以有些话憋在心里许久了，不吐不快。今日当着自己的至亲，还是要念叨念叨的。莫昆，须卜良，你们不嫌老妇麻烦吧？"

须卜良忙说："宁胡阏氏有话尽管说，我们听着呢！"

王昭君正色道："那好，那我就说了。我王昭君活了这么大年纪，几十年来经历了汉朝与匈奴之间的许多是是非非，感慨良多啊！你们说人生最惬意的是什么？是登上至尊至贵的王位接受百姓的朝贺，还是穿金戴银享尽人间的荣华富贵？不，都不是。人生最惬意的事情是和你的亲人热热闹闹地围坐在一起，有说有笑地吃一餐粗茶淡饭，是和你的妻儿们厮守在自己的穹庐里平安地共度每个晨昏……你们想想，无论是谁，就算你登上了至高无上的王位，可那王位是若浸满了亲人的鲜血，你纵然为王，然而没有亲人来分享你成功的喜悦，你这个王做的还有什么意思？每当夜深人静，当你面对一盏孤灯的时候，你不感到冷清、不感到孤寂吗？你成功了，而为你铺就王位的则是成千上万的白骨，那个王位你坐得安心吗？哦，好了好了，今天喝了两杯酒，话说得多了！"

岂料，王昭君的话音刚落，左日逐王莫昆突然站了起来，大声道："看来，你们已经什么都知道了。那好吧，今天索性把话挑明了！我是个匈奴汉子，开弓没有回头箭，匈奴男人做事从来没有半途而废的道理。当初，我父乌珠留若鞮单于死后，大单于的位子就该是我的，没想到却让那咸做了乌累若鞮单于；乌累若鞮单于死后大单于的位子总该轮到我了吧，却又让那舆占了去。他舆若是尽心地做他的大单于倒也罢了，可他日日笙歌燕舞，将单于庭的政务丢到了脑后，难道我们单于庭缺这个酒囊饭袋吗？我身为匈奴的七尺男儿着实咽不下这口气，这回要不把大单于的位子夺过来，我枉为人！今天我的秘密既然让你们知道了，那就别怪我的宝刀不长眼了！"

说着，左日逐王莫昆将径路刀横在胸前，大声喝道："谁先来受死？"

当于将军见状，唰地抽出宝刀，喝道："左日逐王，你也不看看这是在谁的地盘上？"

不知何时，子蝉已经站在了左日逐王莫昆的身后，一把锋利的尖刀已经顶在了他的腰眼儿上。

这时，王昭君款款地走近左日逐王莫昆，笑着说："孩子，你先把刀收起来，都是一家人，干什么剑拔弩张的！"

左日逐王莫昆不知王昭君是什么意思，他将径路刀逼近王昭君，说："你要干什么？"

王昭君叹了口气，说："孩子，我一个风烛残年之人，手无缚鸡之力，你说我能干什么？"

王昭君的镇静反倒让左日逐王莫昆有些慌乱，他又喝道："退后！若再不退后，我就要大开杀戒了！"

王昭君唤道："孩子，你可不要做傻事啊！婆婆死不当紧，你这一剑下去可就没有回头的机会了，难道你真的要自断后路？"

就在这时，只听当于将军一声厉喝："左日逐王，你抬起头来！"

左日逐王莫昆抬头向四处看时，立刻委顿了下来——随着当于将军的一声呼哨，四周的草丛里顷刻间亮起了密密麻麻的武器，无数把刀剑在太阳光的反射下闪烁着一片寒光，紧接着草丛中站起了无数士兵，放眼望去，成千上万。

当于将军喝道："左日逐王，你看见了吧，以我的兵力对阵你那六十名强健武士，你以为如何？"

左日逐王莫昆一时有些不知所措。

当于将军又说："左日逐王，你听好了，我是匈奴的大将军，护佑匈奴的安全是我的职责。今日我先杀了你们这两个反贼，明日再回单于庭奏报大单于！"

王昭君这时道："以舆那性子，若是知道了你们反叛之事，你们的妻儿以及家人必然要遭到荼毒，难道你们愿意面对血流成河的惨状吗？"

左日逐王莫昆问王昭君道："婆婆，你们既然已经知道了我们的事情，为什么不告诉呼都尔尸道皋若缇单于，而将我们诳来此地？"

王昭君语重心长地说："孩子，婆婆没有能耐，但是我不想你们家破人亡啊！"

须卜良见状，长叹一声："左日逐王，你我休矣！"说着，须卜良拔剑就要自刎。

这时，只听得当啷一声，当于将军用剑一挡，须卜良手中的宝刀落在地上。眼疾手快的金珠趁机手腕儿一翻，将左日逐王莫昆的刀也拿下了。

左日逐王莫昆见大势已去，怒道："我是匈奴的王子，今天落在你们的手中随便你们发落，我再无二话！"

王昭君这时走过来，柔声道："左日逐王，此言差矣！你已经看到了,此时此地,除了我们几个再无他人,只要你不再生二心、安分守己地驻守在你的领地上,今天这事就算过去了,你看如何?"

左日逐王莫昆疑惑道:"宁胡阏氏,你不是在诳我吧?"

王昭君正色道:"就以我宁胡阏氏的名分做个见证,你以为如何?"

左日逐王莫昆听罢,长叹一声,忽地跪倒在地上,悔恨不已。

须卜良见了,也立刻跪在地上,乞求道:"宁胡阏氏,我须卜良身为单于庭大臣却做出这种龌龊勾当,不配你们宽恕,请求赐我一死!"

王昭君将须卜良扶起来,道:"须卜良,你须卜家也算是匈奴的贵族,多年来单于庭待你不薄,那呼都尔尸道皋若鞮单于纵然有不对的地方,作为臣子你该尽力规劝才是,不该生出叛离单于庭的念头。今天的事,若论私,你是我大女婿须卜当的堂弟,我们是亲戚;若论公,你是单于庭的执事大臣,我们是君臣,只要你今后好生辅佐单于料理好家国大事,以前的事一笔勾销了,你看这样可好?"

须卜良叩头道:"宁胡阏氏仁慈!"

左日逐王莫昆昂首大叫道:"天神啊,呼都尔尸道皋若鞮单于昏庸无道,匈奴人从此无望了……"说着,他热泪涌流,自语道,"反又反不了,死又死不成……天神啊,你叫我莫昆可如何是好?"

王昭君将左日逐王莫昆扶起来,说:"孩子,你听着,在来这里之前,婆婆把什么都想过了,单于庭不能垮,匈奴也不能亡,那舆毕竟是单于庭按规矩立的单于,他的昏庸婆婆早已看在眼里,婆婆不会任由他再如此荒唐下去。你且看看,多则半年,少则三个月,若他能痛改前非倒也罢了,若他一如既往,到那时不用你出面,婆婆定然饶不了他!"

王昭君的一番话说得莫昆心悦诚服,他颔首道:"既然如此,一切全凭婆婆周全了。"

这时,当于将军厉声对左日逐王莫昆与须卜良道:"别以为自己做的事神不知鬼不觉,天神在上面看着呢,这等龌龊事若再有二次,我当于将军定斩不饶!"

左日逐王莫昆和须卜良同声道:"日后再有二心,全凭当于将军处置。"

王昭君见状，暗暗地松了口气，她笑着招呼大家说："看看，好端端的一餐饭没有吃好。来来来，事情都过去了，今天我们不是来赏花喝酒的嘛，好了，我们重新入席！"

金珠指使丈夫道："当家的，赶紧吩咐下去，热乎乎的肉，大碗的酒，重新端上来呀！"

王昭君回到单于庭的第二天晚上，吩咐如琴备了一桌家宴，并命人去请呼都尔尸道皋若鞮大单于过来吃个便饭。

呼都尔尸道皋若鞮单于诧异道："怪了，她怎么突然想起来要宴请本王？莫不是……"

有些日子了，呼都尔尸道皋若鞮单于差不多已经将这个老太婆忘掉了。今日虽然有些惊讶，但他还是将自己收拾整齐赶了过来，不说别的，单说那个叫如琴的老女人做的饭食还是很精致的。既是请本王去赴家宴，过去坐坐又有何妨？

呼都尔尸道皋若鞮单于带了几个侍卫来到王昭君的寝帐前，早有人在那里等着接应了。呼都尔尸道皋若鞮单于吩咐那几个侍卫道："你们几个，等在这里就行了！"说罢大摇大摆地走了进去。

王昭君看见呼都尔尸道皋若鞮单于进来，笑道："我就说嘛，大单于一定会来的！大单于如此给老妇面子，老妇真是不胜荣幸啊！"

呼都尔尸道皋若鞮单于大咧咧地说："母后抬举晚辈了，晚辈早就想来看望母后，只是单于庭的事情过于繁杂，还望母后体谅晚辈才是！"

王昭君笑道："都是一家人，不必客气。如琴，吩咐她们上菜吧！"

不一刻，热腾腾的饭菜端上来了。王昭君说："大单于，这都是我吩咐如琴做的一些家乡小菜，不知合不合单于的口味。这酒呢，还是前些年伊屠智牙师从长安带回来的，算来也有十几年了。都说酒是陈的好，今天没外人，大单于就多喝几杯！"

听王昭君说到伊屠智牙师，呼都尔尸道皋若鞮单于的脸上稍稍掠过一丝不自然，瞬间便又恢复了常态，可这一丝反常却让王昭君看在了眼里。

王昭君不停地劝酒布菜，她话里有话地说："大单于，别看你平日大酒大肉的习惯了，可像今天这样清爽的家宴怕是吃得不多吧？我知道，单于庭里常常是从早忙到晚，总也不得清闲，今天请你来呢，就是想让你歇息歇息。大单于，你是咱匈奴的天啊，可不能把身子给累坏了！"

呼都尔尸道皋若缇单于端起一碗酒说："谢母后！"然后一饮而尽。

接连几大碗酒喝下去后，呼都尔尸道皋若缇单于便彻底放松了自己，他大声道："母后，好酒，再来一坛如何？"

王昭君笑道："好，就依你！"说着，王昭君向里面唤道："来人啊，上酒！"

话音刚落，就见海力图抱着个酒坛子走了出来。海力图来到呼都尔尸道皋若缇单于面前，拔开酒塞，咕嘟嘟倒满一碗酒，双手端起来送到呼都尔尸道皋若缇单于面前，说："大单于，请！"

呼都尔尸道皋若缇单于端详着面前的人，此人威猛高大，一看就是个武士出身，他虽然长发遮面，却仿佛在哪里见过一般，便问："你……你是什么人？"

海力图一撩头发，说："大单于，您不认识我了？"

呼都尔尸道皋若缇单于大惊，喝道："你……你是人是鬼，为什么会在这里？"

海力图镇定道："大单于，我是你的侍卫海力图啊。一年前的那个夜晚，您不会忘记吧？苍天有眼，我没死，我又活过来了！"

呼都尔尸道皋若缇单于听了这番话吃惊不已，他唰地抽出随身的弯刀向海力图砍去，边砍边说："大胆歹人，竟敢满口胡言！"

海力图身子灵活地一闪，躲过了呼都尔尸道皋若缇单于的弯刀。

王昭君也吃了一惊，她虽然想到了舆的暴戾，但没料到他会这样不问青红皂白地在她的寝帐里杀人。就在呼都尔尸道皋若缇单于再次举刀向海力图砍来时，从穹庐的后帐里冲出一个人来，这人从背后将呼都尔尸道皋若缇单于死死地抱住，无论他怎么甩都甩不开。冲过来的不是别人，正是呼都尔尸道皋若缇单于的儿子乌达牙师。

乌达牙师是个力大无穷的汉子，偌大的单于庭无人能敌。按照王昭君的吩咐，他预先躲在旁边的毡帐内，看到事情不妙便一头闯了过来。

呼都尔尸道皋若缇单于挣脱不开，气得大骂道："你个狼崽子，快快松手！"

乌达牙师不吭声也不松手，只管将父亲牢牢地抱住，呼都尔尸道皋若缇单于一看连儿子都帮着这老妇人算计自己，懊恼地长叹了一声："天不佑我也！"

王昭君走到呼都尔尸道皋若缇单于跟前，望着他的眼睛，铿锵道："大单于，实话跟你说吧，我儿伊屠智牙师是怎么死的，我已然全都知道了。按我们汉家的说法'杀人偿命，欠债还钱'，今日就算拼了我这老命不要也得跟你讨个说法！"

呼都尔尸道皋若缇单于大声道："不错，人是我杀的，你还要我这个大单于偿命不成？"

王昭君大声道："就是要你偿命也是天理公道！别看我一个古稀之人，只要我一声吩咐，要你毙命也是须臾间的事情！"

呼都尔尸道皋若缇单于大嚷道："那你就试试看！"

王昭君厉声道："用不着我亲自动手，我只要把你毒杀伊屠智牙师的事情昭告天下，自然会有人来取你性命！退一万步讲，倘若诸王和整个单于庭知道你就是杀死伊屠智牙师的凶手，你以为你这个大单于还能坐得稳当吗？"

望着眼前这个威严的老妇人，支撑在呼都尔尸道皋若缇单于身体里的那股戾气渐渐消散了，他说道："你究竟想怎么样？大不了我这条性命还给父亲呼韩邪单于罢了。"

听呼都尔尸道皋若缇单于说到"呼韩邪"三个字时，王昭君的眼睛湿润了。她平复了一下自己的情绪，说："你还有脸提起你父亲？舆，你也是做父亲的人，十指连心啊我的大单于，难道你是畜生转世的吗，毒杀你的弟弟，你怎么能下得去手啊……"

呼都尔尸道皋若缇单于在乌达牙师结实的臂膀间挣扎着说:"母后,舆知错了,自从毒杀了伊屠智牙师,舆心里无时不在经受着折磨,每日无心治理朝政,所以就拼命喝酒,心想着喝醉了就什么都忘了,可是醒来后心里更难受。母后,事情已然这样了,对于伊屠智牙师的死,我已经无力回天,任凭母后发落,舆绝无怨言。"

王昭君哭了,这个时候,她不仅心疼自己的儿子,她更思念自己的丈夫,如若他们在世,自己何必经受这样的煎熬!

这时,只见王昭君抹了一把眼泪,说:"这些日子我前思后想,想单于庭四十年间的变故,想匈奴百姓从过去的颠沛流离到如今的安居乐业;我又想我自己,从一个香溪河畔的浣纱女到匈奴的宁胡阏氏,到如今苟活在大漠的老太婆……"

子蝉安慰外婆道:"婆婆不必难过,我杀了这贼给舅舅报仇就是!"说着,从腰间抽出那把锋利的短刀来到呼都尔尸道皋若缇单于跟前。

金珠喊道:"子蝉不可莽撞!"说着便将儿子拽进一旁的毡帐。

王昭君继续说着:"大单于,我这长长的一辈子啊,从我踏上匈奴草原的那一刻起,我的命就与匈奴紧紧地系在一起了。这些日子,我前前后后地想了几个来回,舆,从你继任大单于以来,你骄奢淫逸,将匈奴的社稷丢到了九霄云外,你把单于庭与匈奴百姓的心都伤透了!我明白地告诉你,想杀你的大有人在,即便我现在杀了你也是顺民意合民心的大好事!"

呼都尔尸道皋若缇单于平静地说:"母后说得句句在理,舆知错了,舆不配当匈奴的大单于,舆的脑袋就在肩膀上扛着,要杀要砍拿去就是了!"

王昭君听呼都尔尸道皋若缇单于竟如此说,恼了,这个不知死活的东西呀……她顺手操起自己的拐杖抡了过去……

如琴拦下王昭君,说:"姐姐,别气坏了身子。"

王昭君忽然间落泪了,说:"舆,就算我今日杀了你,我的儿子伊屠智牙师也回不来了,可我们匈奴却不能一日无主……所以我决定了,为了匈奴的安定，为了匈奴百姓的安定，我这一己之仇，不报了！乌达牙师，放开你的父亲！"

"母亲！"后帐里一声大喊，金珠冲了出来，紧跟在后面的是子蝉。

金珠哭喊着："母亲，我哥哥他死得冤啊……"

子蝉也哭道："外婆，难道舅舅就这样白死了不成？"

王昭君压抑着内心的苦楚，转过身来对呼都尔尸道皋若缇单于说："大单于，为了匈奴的江山社稷，我的女儿云、女婿须卜当，还有我的外孙奢儿都走了。今天，为了匈奴的百年大业，为了王庭的安宁，我决定对你呼都尔尸道皋若缇单于网开一面，人死不能复生，我儿在天之灵会明白为娘的苦心的。从今天起，过去的事情就不要再提了！"

所有在场的人都被王昭君的决定惊呆了。愣怔片刻后，呼都尔尸道皋若缇单于忽然泪流满面，他跪在地上，大声道："谢母后！"

王昭君道："慢！大单于，虽然我王昭君对你网开一面，但是，我是有条件的！"

呼都尔尸道皋若缇单于说："母后请讲！"

王昭君说："你是匈奴的大单于，也是呼韩邪单于的儿子，从现在开始，你要向你的父亲那样励精图治，为百姓谋利益，把匈奴治理好；否则，我必定将你杀害伊屠智牙师的事情大白于天下。到那时，别说你的儿子乌达牙师将来继任不了匈奴单于，就是你舆，豁出去我这条老命，我也要为我儿报仇雪恨！"

呼都尔尸道皋若缇单于此刻已经心服口服，他跪在地上颤声道："母后，舆记下了……"

金珠终于明白了母亲的苦心，此刻，她和子蝉已经泣不成声。

海力图在一旁大声道："宁胡阏氏，你为什么这样？难道我千辛万苦等来的竟然是这样一个结果吗？天神啊，你睁睁眼吧！"

突然，海力图摸出一把尖刀，他凄凉地朝王昭君喊道："宁胡阏氏，我知道你为难，就让海力图去陪伊屠智牙师吧！"

王昭君和金珠大声制止道："海力图！不可！"

说时迟那时快，只见刀光一闪，一股鲜血喷了出来，海力图重重地倒在了地上。

"海力图！"

"海力图！"

王昭君艰难地走过去，俯下身子，轻抚着海力图那渐渐变凉的身体，哽咽道："海力图……你这个傻孩子……"

半个月后，单于庭举行了盛大的宴会。

呼都尔尸道皋若缇单于一改过去的暴躁与焦躁，酒过三巡之后，他恳切地向各位大臣说："舆是呼韩邪大单于的儿子，可是许久以来我却荒芜朝政、沉湎于酒色，我愧对祖先，愧对父王！今天，当着各位大臣的面我发誓，今后我定然励精图治，以江山社稷为重，治理出一个强盛、富裕的匈奴王国，让匈奴百姓衣食丰裕、安居乐业，如若做不到，我死无葬身之地！"

坐在下面的大臣和王子们为呼都尔尸道皋若缇单于的突然转变而高兴，他们高举起手中的酒杯大声地呼喊道："噢！噢！噢！"

执事大臣须卜良悄声对身旁的左日逐王莫昆道："今日太阳从西边出来了。"

左日逐王莫昆低声应道："我也觉得蹊跷……罢了，他若能撑起匈奴的这一方天地，将心思放在江山社稷上，何乐而不为呢？"

这时，呼都尔尸道皋若缇单于对儿子说："乌达牙师，今天是好日子，你去把宁胡阏氏请出来，让她也高兴高兴！"

乌达牙师领命而去。不一刻，乌达牙师慌慌张张地回来了，他在父亲耳边轻轻说了句什么，只见呼都尔尸道皋若缇单于脸色陡变，急忙起身向外走去。

寝帐里十分安静。

宁胡阏氏王昭君已经走了。

王昭君安静地躺在毡榻上，身着深绿色衣裙，外罩蟹青色长衫，披一件紫金色披风，身边摆满了芍药花和干枝梅。

　　呼都尔尸道皋若缇单于跪在宁胡阏氏身边，哭道："母后，没想到我们半月前的会面竟成永诀……舆本该是要替伊屠智牙师为你行孝的呀，你怎么就走了呢，好悔啊……"

　　足有一顿饭的工夫，呼都尔尸道皋若缇单于才止住悲声，他哽咽着问道："母后临终时……可还有什么吩咐？"

　　如琴含泪说："姐姐留下话了，说她离世后就把她葬在阴山旁边吧。在那里她向南可以看到汉家山水，向北可以回望匈奴草原。姐姐说这是两块让她牵挂了整整一生的土地啊！"

　　呼都尔尸道皋若缇单于抹了一把眼泪说："就依母后的意思办吧。"

　　苍茫的草原上，行驶着长长的车队，车队两侧有骑马的匈奴汉子护卫着。王昭君安静地躺在八匹马驾驭的车辇上，车辇用蓝白两色绫子搭建而成，庄严肃穆。长长的车队中没有人说话，只有胡笳在幽幽地响着……

　　车队离开了单于庭，缓缓地向南行驶，那座宏伟的穹庐王庭渐渐消失在人们的身后。

　　空中开始落雪了，大片大片的雪如白蝴蝶似的漫天飞舞，将偌大的草原装点得格外素净。匈奴的百姓们望着漫天飞舞的雪絮，叹息说："宁胡阏氏走了，连天神都来给她送行了。"

　　胡笳还在幽幽地响着，淡淡的忧伤和着飞舞的雪絮在天地间缓缓地弥散着……

　　"如果有一天我离开人世，就把我葬在阴山之侧吧！在那里我向南可以看到汉家山水，向北可以回望匈奴草原，这是两块让我牵挂了整整一生的土地啊……"

【注释】

1. 阏氏（yān zhī）：匈奴王妃称号。
2. 居次：匈奴王侯妻号。
3. 伊默：匈奴人对公主的称呼。
4. 呼衍氏、须卜氏、当于氏：匈奴贵族。